KB146929

허실시 일상신비 사건집

허실시 일상신비 사건집

ⓒ 범유진 · 그린레보 · 김영민 · 박하루 · 정마리 2023

초판 1쇄   2023년 7월 28일

지은이   범유진 · 그린레보 · 김영민 · 박하루 · 정마리

출판책임	박성규	펴낸이	이정원
편집주간	선우미정	펴낸곳	도서출판 들녘
기획이사	이지윤	등록일자	1987년 12월 12일
편집진행	이동하	등록번호	10-156
디자인진행	고유단	주소	경기도 파주시 회동길 198
디자인	하민우	전화	031-955-7374 (대표)
편집	이수연·김혜민		031-955-7384 (편집)
마케팅	전병우	팩스	031-955-7393
경영지원	김은주·나수정	이메일	dulnyouk@dulnyouk.co.kr
제작관리	구법모		
물류관리	엄철용		

ISBN   979-11-5925-800-8 (03810)

허실시 일상신비 사건집

범유진 · 그린레보 · 김영민 · 박하루 · 정마리

Goble
Anthology
Series

목차

허실시의 연원은 조선 중기 문신 김중환1552~1615의 문집『지구집枳椇集』에서 찾을 수 있다. 헛개나무 열매가 마치 매실처럼 커다랗게 열리는 고을이라 '헛매실골'이라 하던 것이 와전되어 '허실골'이 되었다고 한다.

일제강점기 때 '虛實町'이라는 한자가 붙어 지금의 '허실시'까지 이어지고 있다. 그 시절 일제는 토지 정리를 할 때 땅의 기를 죽인다며 이름의 유래와 상관없는 한자를 끼워 맞추곤 했다는데, 아마도 '허허로운 과실'을 의도했을지도 모를 그 작명은 당시 허실정에서 고등보통학교 교장을 하던 이로 하여금 묘한 오해를 하게 만들었다.

"땅 이름 따라 사람이 모이는 것인가, 사람들이 모여 땅 이름을 만든 것인가. 이 동네 사람들은 허실피막의 얇고 부드러운 막 그 한 겹으로 살고 있다. 남의 집에 불이 났는데 전혀 모르겠다며 의뭉을 떨면서도 온갖 구호에 극진한 그들의 태도는 어느 쪽이 허이고 실인지 도무지 종잡을 수가 없다. 다른 부임지에서 조선인들은 고등보통학교 교장인 내게 지극히 공손할 뿐이었다… 나는 이 땅의 주민들이 조금 무섭다."

그가 저택이 전소된 이후 일기에 남긴 기록이라고 한다. 당시 자료를 찾아보면 방화가 유력했다는데, 글쎄. 용의자들만 있을 뿐 범인은 결국 잡히지 않았다니 진상은 알 수 없다.

허실피막虛實皮膜이란 일본의 셰익스피어라 불린다는 가부키 극작가가 남긴 말로, 허구와 사실의 아슬아슬한 경계에 극작이라는 예술이 있으며 이는 양쪽의 측면을 가지면서도 고유의 경지를 드러낸다는 뜻이다. 그러고 보면 범죄를 예술에 비유한 추리소설이 있지 않던가? 범죄자는 창조적인 예술가이며 탐정은 한낱 비평가일 뿐이라고, 브라운 신부가 말했던 것 같다.

그렇다고 이곳 허실시가 범죄의 소굴이라는 뜻은 물론 아니다.

다만 무언가가 다소 자주 일어나는 장소이기는 한 것 같다. 아주 떠들썩해질 만한 사건에는 미치지 않으나 지루한 일상의 흐름에 파란을 일 만한 그런 아슬아슬한 일들이.

이름 따라간다고는 하지 않겠으나, 이곳은 허한가 하면 실하고 실한가 하면 허 하기도 하다. 지하철역에서 나오면 주변은 번듯한 상점가. 대학도 있고 큰 제조업 본점도 있고 허우대는 나쁘지 않다. 하지만 거기서 조금만 비켜나면 퀴퀴한 뒷골목이 실핏줄처럼 퍼지고 손대면 폭삭 무너질 듯한 간판들이 생색을 내고, 조금만 더 가면 그마저도 없이 용도 불명의 빈터다. 하지만 빈터에 실수로 발이라도 들여놓을라 치면 땅주인이랍시는 누군가가 불쑥 나타나 뭘 버렸느니 긁었느니 시비를 건다. 무고를 증명하려 해도 그때 마침 주변에 행인도 블랙박스 태운 차 한 대도 안 지나치는 것이다. 그러니 홧김에 거기 굴러다니는 돌로 밉살맞은 이의 머리를 찍는다 해도 아무증거도 안 남을 정도로 말이다.

그렇다고 내가 돌로 사람을 찍었다는 말은 물론 아니다.

여하튼 지기 탓인지, 미묘하게 낙후된 탓인지, 사람들의 기질 탓인지, 여기 허실시에는 유독 '아슬아슬한 일들'이 자주 일어난다고. 나는 바람결 타고 물결 타고 내 귀에 들어오는 그러한일들을 언제부터인가 수집하고 정리하여 기록으로 남기기 시작했다. 허실피막의 예술이라 하기에는 투박한 한낱 가십거리들일지도 모르고 어떤 일들은 그 진상이 맞는다면 뜬소문정도가 아니라 형사사건으로 넘겨야 할 것들도 있다. 소문을실어나르는 자와 내 해석에 의해 허와 실이 뒤섞여 있다는 점에 미리 양해를 구하는 바다.

판단은 읽어주시는 분의 몫.

만일 궁금증이 생긴다면, 여러분께서 직접 허실시에 와보시는 것도 좋을 것이다. 내가 어쩌다 여기로 흘러들어왔다가 정착했듯이 말이다. 하지만 정착한 지도 20년이 다 되어가는 지금도 나는 이곳 사람들을 잘 모르겠다. 거의 100년 전 고등보통학교 교장이 여기 주민들을 무서워했듯이….

아니, 내 경우는 홀려 있다고 해야 적절할 것이다.

이 동네가 자아내는 허실 그 자체에.

—20■■년 ■■월, 정든 '이야기의 고향'에서 진설주 (향토사 연구자)

달면 삼키는 안다정
|
범유진

안다정이 기억하는 어릴 적 첫 감각은 달콤함이다. 누군가 아기의 입에 선심 쓰듯 넣어 준 초콜릿 한 조각의 강렬한 단 맛은 안다정을 일으켜 세웠다. 안다정은 짧은 두 팔로 바닥을 집고 일어나, 초콜릿을 가진 어른을 향해 아장아장 걸어 갔다. 돌을 훌쩍 넘기고도 걸음마를 할 의지조차 보이지 않는 안다정 때문에 매일 육아 카페를 드나들던 안다정의 부모는 환호성을 질렀다.

안다정은 모든 면에서 조금 느렸고, 뭔가 사 달라 조르지도 않았으며, 키즈 카페에 가도 멍하니 앉아 있었다. 부모님은 안다정의 발달이 느린 것은 아닌가 염려해 병원을 찾아갔으나 '이상 없음' 판정을 받았다. 안다정은 그저 주변 아기들보다 좀 더 게을렀을 뿐이다. 안다정의 게으름은 아기라면 으레 가지게 마련인 주변 사물에 대한 호기심을 이겼다.

안다정의 유치원 때 별명은 '좀비'였는데, 팔다리를 늘어뜨리고 걷는 모습이 비슷하단 이유였다. 초등학생이 된 후에는 '당좀비'로 별명이 업그레이드했다. 평소에는 멍한데 단 것만 먹으면 되살아나는 모습이 좀비 그 자체란 거였다.

안다정의 게으름을 이기는 유일한 것. 그건 단 것에 대한 열정이었다. 학교에 가기 싫다고 이불을 둘러쓰고 있다가도 초콜릿을 준다고 하면 바로 가방을 멨고, 점심시간에는 급식실이 아닌 매점으로 먼저 달려갔다. 안다정이 특히 좋아한 것은 달달한 크림이나 초콜릿이 잔뜩 든 빵이었다. 안다정의 표현에 의하면 빵은 '푹신함과 달콤함이 공존하는 완벽체'였다. 안다정은 중학교 수행평가로 매점에서 판매하는 각종 빵의 비교분석 그래프를 제출했다. 당연히 혼났다. 담당 교사는 안다정의 이마를 둘둘 만 종이로 툭툭 치며 말했다.

"그렇게 빵이 좋으면 제빵을 배워. 원 없이 먹을 수 있잖아."

안다정은 정색을 했다.

"남이 만든 맛있는 빵이 얼마나 많은데, 왜 제가 만들어야 해요? 귀찮아요."

귀찮아. 그건 안다정이 가장 많이 하는 말이자 생활 태도 그 자체였다.

그러나 당좀비인 안다정에게도 고3은 어김없이 찾아왔고, 하고 싶은 것이 없어도 무엇이든 하고 싶은 것을 말하라는 압박은 점점 강해졌다. 진로상담을 하던 어느 날, 앞에 주르륵 놓인 대학 팸플릿이 귀찮아진 안다정은 말했다.

"대학 안 가요. 저 제빵사 될 거예요."

제법 성적이 괜찮았던 안다정이 대학 진학을 하지 않겠다고 하자 당황한 담임은, 안다정의 부모에게 전화를 걸었다. 담임은 안다정의 부모가 펄쩍 뛰며 딸에게 대학 진학을 권유하기를 기대했으나, 안다정의 부모가 보인 반응은 담임의 예상과는 사뭇 달랐다. 그들은 안다정이 무엇에든 의욕을 보였다는 것에 기뻐하며 당장 제과·제빵 학원을 수소문했다. 집에 돌아온 안다정은 즐비하게 놓인 학원 전단지를 보고 망했다, 라고 생각했다.

그러나 막상 학원을 다녀보니 제빵은 안다정의 적성에 잘 맞았다. 안다정은 처음으로 먹는 것이 아닌, 만드는 일에 몰두했다. 친구들이 수능 공부를 하는 동안 자격증을 땄고, 성인이 되자마자 프랜차이즈 브랜드의 제빵기사 모집에 원서를 냈다. 10주간의 교육기간 동안 60여 종류의 빵을 만들었다. 한 달이 지나자 교육 동기들은 빵은 보기도 싫다며 손을 내저었으나, 안다정은 예외였다. 교육을 받는 건 힘들었지만 빵은 여전히 맛있었다. 안다정은 무사히 교육을 수료했고,

두 달 뒤 매장을 배정받았다. 푹신한 빵을 만드는 곳의 작업 환경은 그다지 푹신하지 않았다.

안다정이 일을 그만둔 건 그로부터 5년이 지나서였다. 크리스마스이브 날 새벽, 안다정의 손이 몰더기에 빨려 들어 갔다. 황급히 기계를 멈추고, 얼얼한 아픔을 견디며 굽던 빵을 마저 구웠다. 크리스마스 날도 너무 바빠서 대충 손에 드레싱을 하고 일을 했다. 26일 오후에 병원에 가니 인대가 파열되었으니, 적어도 6개월은 손을 쓰지 말라고 했다. 안다정은 회사에 휴직하겠다고 통보한 뒤, 가게로 돌아가 점장에게 그 사실을 알렸다. 점장은 안다정에게 욕을 했다. 그때 케이크 쇼케이스에는 안다정이 만든 케이크가 딱 한 개 남아 있었다. 안다정은 그 케이크를 사서 집으로 돌아왔다. 집에 오자마자 케이크를 먹었다. 아무런 맛도 느껴지지 않았다. 그토록 좋아하던 초코케이크임에도 그랬다. 안다정은 이 빠진 둥그런 케이크를 내려다보다가, 집 밖으로 뛰쳐나가 편의점에 갔다. 아이스크림과 초콜릿, 사탕을 잔뜩 사와 와구와구 먹었다. 어떤 맛도 느껴지지 않았고, 힘이 나지도 않았다. 안다정은 다음날 회사에 연락을 해서 휴직이 아닌 퇴사를 하겠다고 알렸다. 그러고는 여행을 떠났다. 6개월간, 곳곳을 돌아다니며 유명하다는 빵집의 빵을 먹었다. 역시나 아무 맛도 느낄 수 없었다.

안다정이 마지막 여행지로 정한 곳은 대한민국 지방의 소도시인 허실시의 허실동이었다. 고등학교 때 같은 반이었던 김성진의 고향이다. 김성진은 안다정이 여행을 하는 내내 반드시 자기 고향에 와야 한다고, 네가 진짜 좋아할 거라고 메시지를 보냈다. 하루에 한 번씩, 김성진의 메시지가 알람처럼 울릴 때마다 안다정은 어느새 아득해진 교실의 공기를 떠올렸다. "안좀비. 이거 줄게. 먹고 부활 좀 해 봐." 그렇게 말하며 손바닥에 쿠키를 쥐어주던 목소리가 되살아났다. 달콤함을 청각화한 듯 했던 목소리. 안다정은 김성진의 목소리를 좋아했다. 단맛을 느끼지 못하게 된 지금도 그 목소리가 좋을까. 궁금해진 안다정은 결국 여행 계획을 변경해 허실동으로 향했다.

허실동에 도착한 안다정은 김성진의 '네가 좋아할 거야'라는 메시지가 무슨 뜻인지 알았다. 상점가 한가운데, 2층짜리 커다란 빵집이 떡하니 자리 잡고 있었다. 안다정은 '허실당'이라고 쓰인 간판을 올려다보다가 가게 안으로 들어갔다. 초콜릿 케이크 한 조각을 주문해서 창가 자리에 앉았다. 빵집의 통유리창 너머로 로터리를 지나는 자동차가 보였다. 도로 건너편 거리에는 커다란 휴대폰 대리점이 자리 잡고 있었다. 그 옆으로는 때 묻은 간판을 이고 진 가게들이 보였다. 정돈된 듯 보이나 곳곳에 자리 잡은 쇠퇴의 흔적을 미처

가리지 못한, 흔한 소도시의 거리 풍경이었다.

'이젠 포기해야 할까 봐.'

안다정은 멍하니 창밖을 바라보았다. 유년기를 회상하는 노인이 된 것만 같았다. 달콤함은 안다정이 열의를 가진 유일한 대상이었다. 그 대상이 한순간에 사라졌다. 이래서야 정말로 좀비다. 어떻게 하면 움직일 수 있는지 알지 못한 채, 눈만 껌뻑거리며 누워 있는 좀비. 차라리 완벽하게 죽는 게 낫지 않을까. 안다정은 포크를 들고 앞에 놓인 초코케이크를 한 입 잘라 입에 넣었다.

달콤했다.

안다정은 포크를 꽉 움켜쥐었다. 등을 펴고 앉아 케이크를 크게 잘라 입에 넣었다. 머릿속에서 폭죽이 터지는 감각과 함께 사라졌던 세계가 되돌아왔다. 안다정은 울면서 남은 케이크를 모두 먹었다. 케이크를 먹는 안다정의 눈에, 가게 벽에 붙은 제빵기사 모집 공고문이 보였다. 안다정은 자리에서 일어나 빵을 진열하고 있는 직원에게로 다가갔다.

"저거, 아직 모집 중인가요?"

"그럼요. 이력서 내면 바로 면접 보실 수 있어요."

안다정은 그길로 이력서를 사와 빈칸을 채워 넣었다. 취직은 그날 바로 결정되었고, 안다정은 배낭을 들고 김성진의 집으로 갔다. 허실동에서 살 거라는 안다정의 말에 김성진은 어리둥절해했다. 그러나 "빵이 너무 맛있어서"라는 안다정의 말에, 곧 고개를 끄덕거렸다.

"분명 네 마음에 들 줄 알았어. 거기 빵맛 기가 막히지? 내 고향이지만, 허실동의 유일한 자랑거리야. 허실당 때문에 웬만한 프랜차이즈 빵집은 여기서 다 망해서 나갔잖아."

"무슨 빵집 자랑을 부모님 자랑하듯이 하냐. 누가 들으면 네가 빵집 주인인 줄 알겠다."

"주인은 아니고 주인 아들이지."

"뭐?"

"허실당, 우리 엄마 가게야."

다음날 안다정이 원룸을 얻으러 가자 부동산 주인은 젊은 사람이 이사를 다 오네, 라며 반겨 주었다. 그리고 다른 곳에서는 젊은 사람이 무슨 사고를 쳤기에 이런 데까지 다 왔지, 라고 안다정의 험담을 했다. 허실동은 그런 곳이었다. 언뜻 상냥하지만 폐쇄적인 곳. 함께 존재할 수 없는 상반된 요소들이 못난이 빵처럼 하나로 꽉꽉 뭉쳐져 있었다. 그 못난이 빵이 어떤 맛을 낼지는 도저히 예측할 수 없었다.

그것이 벌써 2년 전의 일이다. 안다정은 다른 사람들의 소문에 신경 쓰는 것조차 귀찮아했기에 허실동에 자리잡을 수 있었다. 안다정의 하루는 허실당을 중심으로 빙글빙글 규칙적으로 돌았다. 허실당에서 사 온 빵으로 아침을 먹었고, 허실당에서 빵을 만들었고, 쉬는 날이면 김성진과 함께 허실당 2층에 있는 카페에서 수다를 떨었다. 유일한 고민은 당최 교환 스티커가 나오지 않는다는 것이었다. 허실당에서는 7월이 되면 열 개 한정으로 스페셜 빙수를 만들었다. 우유 얼음을 갈아 커다란 특제 슈 껍질 안에 채워 넣은 것인데, 돈을 받고 팔지는 않았다. 이벤트 빵 안에 랜덤으로 들어 있는 '올해의 빙수' 교환 스티커 서른 개를 모으면 경품으로 제공될 뿐이었다. 안다정은 그 빙수를 꼭 먹어보고 싶었다. 매일 빵을 먹으니 스티커 서른 개쯤 금방 모을 거라 자신했지만 안다정은 뽑기 운이 없었다. 결국 작년에는 딱 다섯 개를 못 모아서 실패했다. 이번 여름에는 반드시 성공하겠다고 결심했지만 스티커 수집률은 저조하기만 했다. 안다정은 빵 안에서 스티커가 나오지 않을 때면 혼잣말로 중얼거렸다.

"그래도 뭐. 최악의 사건이 스티커가 안 나오는 일상이라니 나쁘지 않아."

그 일상이 또다시 삐걱거리게 될 줄은 몰랐다.

*🔍

　오후 네 시. 한 차례 빵과의 전쟁을 치른 후 주방의 긴장이 잠시나마 풀리는 때다. 하지만 6월 1일, 오후 네 시 허실당의 분위기는 평소와는 조금 달랐다. 가게 안으로 들어선 정장 차림의 남자 두 명 때문이었다. 허실동에서 평일 오후에 정장을 입고 돌아다니는 사람은 많지 않다. 그런 옷차림을 해야 하는 일자리가 많지 않으니까. 허실동에서 정장을 입은 사람을 가장 많이 볼 수 있는 건 교회 예배와 결혼식이 열리는 일요일이다. 그러니 평일 낮에 정장 차림의 사람들의 등장은 이벤트를 알리는 신호탄과 마찬가지였다. 주방 직원들은 나란히 서서 밖을 살폈다.
　"대표님도 쫙 빼 입으셨네. 평소엔 추리닝 차림으로 돌아다니시는 분이."
　"ZMT식품이랬지? 협업 제안해 온 게."
　"우리나라에서 손에 꼽히게 큰 식품회사잖아. 그런 데서 왜 우리 가게 같은 곳이랑."
　"우리 가게가 어때서. 요즘 동네 빵집하고 협업하는 거 인기잖아."

"여기가 허실동에서나 유명하지. 허실동에 관광객이 많이 오기를 해, 전국구로 유명하기를 해? 더 유명한 동네 빵집이 널리고 널렸는데 뭐 하러 서울에서 여기까지 오냐고."

저마다 한두 마디씩 하고 있는데, 홀을 담당하는 매니저가 주방으로 들어왔다.

"김명장 씨. 회의 참석하시라네요. 안다정 씨도."

매니저의 말에 주방에 있던 모두의 시선이 김명장과 안다정에게 쏠렸다. 김명장은 명실상부 허실당의 제일가는 실력가였다. 허실당의 판매량 순위 상위권을 차지하고 있는 빵은 모두 김명장이 개발한 제품이었다. 게다가 반죽부터 오븐까지, 모든 파트를 종횡무진 누비며 일당백의 업무량을 해치웠다. 막내인 안다정이 떠맡아 하는 철판 닦기며 설거지까지 묵묵히 도와주었다. 딱히 살갑게 말을 걸거나 하진 않았지만, 안다정은 그런 김명장이 고마웠다.

김명장. 안다정은 처음엔 그게 이름인 줄 알았다. 모두가 '김명장'이라고 불렀으니까. 하지만 김명장의 가슴에 달린 이름표에 쓰인 이름은 '명장'이 아니었다. '명장이기에 명장으로 부른다'는 것이 매장 직원들의 설명이었다. 안다정은 그 말을 '명장처럼 빵을 잘 만든다'는 뜻으로 받아들였다. 대한민국 제과 명장 호칭을 받은 사람은 대부분 개인 매장을 운영하거나, 유명 브랜드의 고문을 맡거나 한다. 진짜 명장이 이런 작은 동네 빵집에서 일할 리가 없다. 아무리 그래도 명장 아닌 사람을 명장이라고 불러도 되는 것인가. 주저하던 안다정도 곧 그 이름이 입에 붙었다. 김명장의 빵 만드는 솜씨는 명장이라 불러도 전혀 손색이 없었다. 안다정에게 달콤함을 돌려주었던 초코케이크도 김명장의 솜씨임을 알게 된 후, 안다정은 김명장을 '내 마음속의 명장'으로 삼기로 했다.

그러니 김명장이 회의에 참석하는 건 당연한 일이다. 하지만 안다정은? 허실당에서 일한 지 2년이 되었지만 안다정은 여전히 주방의 막내. 그런 안다정을 왜 회의에 부르는 걸까. 입 밖으로 소리 내어 말하진 않았지만, 사람들의 눈빛은 분명 그렇게 묻고 있었다.

'나라고 알 리가.'

안다정은 어깨를 으쓱해 보이곤 주방을 나갔다. 필요하니까 불렀겠지 싶었다. 그 이상으로 깊게 생각하는 건 귀찮았다. 안다정은 김명장과 함께 매니저의 뒤를 따라 2층 안쪽에 있는 회의실로 향했다.

"안다정 씨가 예전에 프랜차이즈에서 근무한 적이 있잖아요? 그러니 저쪽의 프로세스에 좀 익숙하지 않을까 해서 부른 거니까, 긴장 안 해도 돼요."

매니저는 그렇게 말하며 회의실 문을 열었다.

"어서 들어와요. 이쪽은 윤호영 팀장님. 협업할 때 우리 쪽에서 주축이 될 직원을 만나보고 싶다고 하셔서 불렀어요."

허실당의 대표, 하나마가 두 사람에게 앉으라는 손짓을 해 보였다. 두 사람이 소파에 앉자, 맞은편에 앉은 남자가 명함을 내밀었다. 마흔 중반쯤 되어 보이는 남자는 누구든 호감을 가질 법한, 서글서글한 인상의 소유자였다.

"ZMT식품 개발연구부 팀장 윤호영입니다."

안다정이 명함을 받아드는 동안, 하나마는 초조한 듯 닫힌 문 쪽을 바라보았다.

"어휴. 왜 이렇게 차를 안 가지고 오지. 죄송해요. 직원들이 좀 많이 바쁜 모양이에요. 지금 매니저를 불러서…."

"제가 잠깐 나가서 가지고 올게요."

김명장이 자리에서 일어나 문밖으로 사라졌다. 안다정이 자기가 가겠다고 나설 틈도 없이 빠른 몸놀림이었다. 김명장은 잠시 후, 쟁반에 커다란 포트와 유리컵을 들고 돌아왔다. 포트에는 딸기에이드가 가득 차 있었다. 김명장이 컵에 에이드를 따라 사람들 앞에 놓아 줄 때였다. 윤호영이 자신의 가방을 열더니, 그 안에서 컵을 꺼내 김명장에게 내밀었다.

"저는 제 전용 컵을 가지고 다녀서요. 여기에 따라 주시겠어요?"

윤호영이 내민 것은 어디서나 흔히 볼 수 있는 휴대용 실리콘 컵이었다.

"제가 좀 결벽증이 있어서요."

윤호영은 겸연쩍은 듯 웃었다. 김명장은 컵을 받아 들고 킁, 코를 찡그렸다. 그러고는 컵 안쪽을 살펴보더니 에이드를 따라 윤호영의 앞에 놓았다. 윤호영은 목이 많이 말랐던 듯 컵을 단번에 비웠다.

"그럼 이젠 본격적으로 이야기를 시작해 볼까요? 메일로도 자료를 보내 드렸지만, 저희 ZMT식품에서는 역량 있는 동네 빵집과의 콜라보를 통해 지역 특성을 띤 제품을 개발하고 있습니다. 작년에 대히트를 친 여수 갓김치 빵이 대표작이지요."

본격적인 브리핑이 시작되고 몇 분 지나지 않았을 때였다. 말을 하던 윤호영이 갑자기 배를 움켜쥐며 가쁜 숨을 몰아쉬었다.

"팀장님. 왜 그러세요? 팀장님!"

윤호영의 몸이 소파 아래로 무너져 내렸고, 차분했던 회의실은 순식간에 아수라장이 되었다. 윤호영과 함께 온 직원은 어찌할 바를 모르며 쓰러진 윤호영의 몸을 마구 흔들었다. 하나마는 그런 직원을 말렸고, 안다정은 119에 전화를 걸었다. 곧 앰뷸런스가 달려와 윤호영을 싣고 떠났다. 하나마와 허실당의 직원들은 모두 가게 밖으로 나와, 떠나는 앰뷸런스의 뒷모습을 보며 근심 어린 표정을 지었다.

"대체 무슨 일이람. 급성 맹장염 그런 건가?"

"타지라 아는 사람도 없을 텐데 문병이라도 가야겠네."

경찰이 찾아온 것은 앰뷸런스가 떠나고 네 시간이 지난 후였다. 가게 문을 닫을 준비를 하던 직원들에게, 경찰은 윤호영이 메탄올 중독 판정을 받아서 위세척을 했으며 지금은 안정을 찾았다고 전했다.

"메탄올이 실수로 마실만한 게 아니다 보니 누군가 의도적으로 마시게 했다고 밖에 생각할 수 없는 상황입니다. 윤호영 씨 말로는 이곳에서 음료를 마시고 쓰러졌다고 하던데요. 음료는 누가 만든 건가요?"

"접니다."

앞으로 나선 사람은 김명장이었다. 모여 있던 가게 사람들 사이에 작은 술렁임이 일었다. 2층 카페 주방을 담당하는 서미주가 아닌, 어째서 김명장이 나섰는지 의아해하는 분위기였다. 팔짱을 낀 채 가만히 서 있던 서미주가 입을 열었다.

"맞아요. 제가 아이스 아메리카노를 다 만들어 놨는데, 김명장이 내려와서는 갑자기 에이드를 만들어서 가지고 올라갔어요. 그리곤 굳이 서빙까지 자기가 하겠다고 손수 가지고 올라갔죠."

경찰은 김명장 앞으로 걸어가 김명장을 내려다보았다.

"그렇군요. 혹시 그 음료에 뭔가 이상이 있었던 건 아닐까
요?"

"모르겠습니다."

김명장의 대답에, 경찰의 미간이 좁아졌다. 안다정은 다급
히 손을 들고 외쳤다.

"잠깐만요. 에이드라면 저도 마셨어요. 대표님도 마셨고,
그 자리에 있던 모두가 마셨다고요. 하지만 다른 사람들은
다 멀쩡하잖아요? 음료에 이상이 있었으면 어떻게 그래요?"

경찰과 김명장이 동시에 안다정 쪽을 바라보았다.

"그렇다면야 뭐…. 그럼 윤호영 씨가 마셨던 음료를 볼 수
있을까요?"

그 말에, 서미주가 고개를 가로저었다.

"에이드 남은 건 버렸는데요. 포트도 씻어 버렸고. 이런 일
인 줄 몰랐거든요."

경찰은 쯧, 혀를 차고는 회의실을 보고 가겠다며 2층으
로 올라갔다. 매니저가 다급히 그 뒤를 따라 올라가고, 잠시
1층에는 정적이 내려앉았다.

"김명장이 의심받는 거 아냐?"

"의심스럽긴 하잖아. 음료에 뭐, 메탄올? 그거 넣을 여유

있던 사람이 김명장뿐이잖아."

"사람이 좀 의뭉스럽긴 해. 말수도 적고."

속삭이는 말들 속에서 입을 다물고 서 있는 건 두 사람, 안다정과 김명장뿐이었다. 뒤숭숭한 가게 분위기 속에서 주방 뒷정리를 하는 내내 김명장은 한마디 말도 하지 않았다. 안다정은 언제나처럼 미리 사놓은 빵을 들고 집으로 돌아갔다. 가게에서 일어난 일은 가게의 일일 뿐, 자신과 큰 상관은 없다고 여겼다.

그 생각이 큰 착각임을 알게 되기까지는 하루밖에 걸리지 않았다.

"윤호영 팀장이 연락을 해왔어요. 협업에 문제가 생길 수도 있으니 없던 일로 묻고 넘어간다고. 경찰에는 자기가 손 소독제를 만들어서 사용하는데 메탄올을 에탄올로 착각해서 넣었다고 했대요. 가게에 도착해서 손 소독제를 썼는데, 그때 입에 들어간 것 같다고. 경찰도 사건 당사자가 그렇게까지 말하니깐 사건 종결을 염두에 둔다고 해요."

"그렇군요. 그런데 대표님."

그 이야기를 왜 저한테 하세요. 안다정은 의구심 가득한 눈빛으로 하나마 대표를 바라보았다. 출근하자마자 회의실로 부르더니 느닷없이 어제 일어난 사건 이야기라니. 대체 무슨 영문인가 싶었다.

"잠깐만. 마저 들어봐요. 여기서 끝이면 참 좋을 텐데, 뒤가 있어요. 사건을 공론화하지 않는 대가로 김명장 씨를 해고하라고 하네요. 음식에 위험한 일을 하는 사람이, 음식점에서 일하는 걸 두고 볼 수 없다고. 해고하지 않으면 협업은 없는 걸로 하는 건 물론이고 사건을 다시 공론화히겠다고 하더군요."

"그게 무슨…. 차라리 경찰에 맡기는 게 낫지 않나요? 김명장 씨가 그랬을 리도 없고. 그랬다는 증거도 없잖아요."

"그게 말이죠. 이 지역 경찰들이 허실당을 별로 안 좋아해요. 정확히는 나를. 그래서 늘 뭔가 꼬투리를 잡으려고 안달이란 말이죠. 그러니 이번 일이 공론화되면 어떻게든 김명장 씨를 범인으로 몰고 갈 게 분명하단 말이죠."

하나마의 이야기인즉슨, 이전에 프랜차이즈 대형 술집이 허실당 자리를 사서 들어오려 한 적이 있었다고 했다. 하나마는 가게를 팔라는 제안을 거절했다. 그 술집 주인이 경찰 관계자와 아는 사이였기에 이런저런 이해관계가 얽혀 결국 허실당이 미움을 샀다는 거였다.

"허실당은 명실상부 허실동에서 제일 규모가 큰 가게잖아요? 고용하고 있는 인원도 꽤 많고. 오래되기도 했고. 주민들의 눈치가 보여서라도 함부로는 못하지 않을까요."

"으음…. 그것도 좀 복잡한 문제라서. 허실당 때문에 프랜차이즈 가게들이 자리를 잡지 못한다고 보는 사람들도 있거든요. 프랜차이즈 빵집이 들어오면 일자리도 더 많이 생기고 거리도 더 번듯해질 거라고 생각하는 거지요. 그러면 젊은 애들도 서울로 가지 않고 이곳에 남아서 일할지도 모른다고. 허실시의 사건 사고가 올라오는 인터넷 게시판이 있거든요. '찾아가는 허실시 소식지.' 그곳에 프랜차이즈 매장 입점이 무산되었다는 기사가 뜰 때마다 허실당 탓이라거나, 그런 댓글이 꽤 달려요."

"프랜차이즈라고 해도 딱히 고용률이 높지는 않을 텐데요. 필요 인력을 모두 허실동에서 채용한다는 보장도 없고. 제과점 같은 경우는 제빵 기사도 외부 용역을 계약해서 쓰는 경우가 많으니깐요. 게다가 업무 조건도 허실당보다 안 좋은 곳이 대부분인데."

안다정의 말에, 하나마는 원래 사람 자기가 가지지 못한 걸 더 좋게 생각하는 법이라며 웃었다. 그러나 곧 웃음을 거두고, 진지한 표정으로 안다정을 봤다.

"그러니 안다정 씨가 도와줬으면 해요."

"…제가요? 뭘요?"

"윤호영 팀장은 이틀간 병원에 더 입원해 있을 거라고 해요. 그의 제안에 대한 답변은 그 후에 만나서 하기로 했죠. 그러니깐 그 이틀 사이에, 김명장이 범인이 아니라는 증거를 찾아 주세요. 사소한 거라도 좋아요. 윤호영 팀장에게 내보일 수 있는 것이라면 무엇이든."

그러니깐 그걸 왜 저한테. 안다정은 다시 의구심을 듬뿍 담은 눈빛으로 하나마를 마주 보았다.

"안다정 씨가 고등학교 때 성진이를 도와준 사건에 대해 들었거든요. 성진이가 몇 번이나 이야기했는지 몰라요. 좀비 같던 애가 쿠키를 와구와구 먹더니, 코난처럼 외쳤다던데. 범인은 너다! 라고."

"…그런 대사 한 적 없고, 그렇게 격정적으로 외친 적도 없는데요."

설마 김성진이 그 사건을 자기 엄마에게 몽땅 말했을 줄이야. 안다정은 눈앞에 없는 친구에게 소리 없는 욕설을 퍼부었다.

"어쨌든. 안다정 씨가 은근 날카로운 면이 있는 거 아니깐 부탁하는 거예요. 김명장 씨가 그만두는 건 안다정 씨도 바라지 않지요?"

"그야 바라지 않죠."

그건 진심이었다. 안다정은 김명장이 좋았다. 그렇게나 맛있는 빵을 만드는 사람을 싫어할 이유가 없었다. 게다가 김명장이 허실당을 그만두면 주방에 일손이 부족해질 건 누가 봐도 명확한 일이었다. 당장 막내인 안다정의 일부터 늘어날 터였다. 김명장을 제외하고는 누구도 안다정의 일을 도와주지 않으니까.

"하지만 그렇다고 능력에 맞지 않는 일을 맡을 순 없습니다. 전 코난도 아니고 셜록 홈즈도 아니에요. 고등학교 때 사건도 성진이가 과장한 거예요. 제가 단 걸 좋아하다 보니, 판매되는 쿠키 종류를 꿰고 있었을 뿐이라고요."

그 사건. 김성진이 멋대로 '슈가맨 쿠키 사건'이라 이름 붙인 그 사건은 6년 전, 안다정과 김성진이 고등학생일 때 일어났다. 그것은 안다정과 김성진이 친해진 계기이기도 했다.

고등학교에 다닐 때, 김성진은 '슈가맨'이라 불릴 정도로 주변 사람에게 간식거리를 잘 나누어 주었다. 쿠키며 사탕, 초콜릿 같은 것들. 어느 날, 김성진이 나누어 준 쿠키를 먹은 반 애들 여섯 명이 심한 설사를 하고 쓰러졌다. 쿠키가 원인으로 지목되었다. 김성진은 쿠키에 설사약을 탄 것 아니냐는 의심을 받고 교무실로 불려 가게 되었다. 김성진은 가지고 있던 쿠키를 교무실 한가운데 놓인 책상 위에 모두 쏟아부어 놓고는 자기가 한 일이 아니라고, 검사해 보라고 외쳤다. 고등학교에 쿠키 성분을 검사할 수 있는 사람이나 도구가 있을 리가 없었다. 그렇다고 경찰을 불러 일을 크게 만드는 것은 학교에서 원하는 해결 방식이 아니었다. 김성진의 담임은 인정하라고 다그쳤다. 김성진이 장난으로 그랬다고 말하면 가벼운 처벌로 넘어가 주겠다고. 김성진은 절대 자기가 한 일이 아니라고 버텼다. 자기가 쿠키를 먹어서 이상이 없는 걸 증명하면 되는 것 아니냐고. "네 쿠키잖아. 어느 것에 약이 들어 있는지 알겠지. 증거가 안 돼." 담임의 말에 김성진은 절규했다. "그럼 선생님이 먹어 보던가요!" 교무실에 있는 사람 누구도 쌓여 있는 쿠키에 손을 대지 않았다.

그때 안다정은 교무실에 체육 창고 열쇠를 받으러 와 있었다. 그날 안다정은 극심한 당 부족 상태였다. 간식 주머니를 집에 놓고 온 데다, 학교 매점은 공사를 한다고 문을 닫았다. 친구들이 한두 개 건네준 초콜릿은 좀비를 사람으로 되돌리기에는 턱없이 부족한 양이었다. 열쇠를 받아 들던 안다정은 김성진의 고함 소리에 끌린 듯 고개를 돌렸다. 수북이 쌓인, 포장을 뜯지 않은 쿠키와 반쯤 먹다 남긴 쿠키 하나가 놓인 것을 봤다. 안다정은 김성진과 반이 달랐지만, 김성진의 반에서 일어난 소동에 대해서는 알고 있었다. 사건이 소문이 되어 퍼지기까진 채 십 분도 걸리지 않았다. 안다정은 김성진이 선 쪽으로 다가갔다. 포장된 쿠키와 먹다 남은 쿠키를 번갈아 보고, 망설임 없이 포장된 쿠키에 손을 뻗어 하나를 집어 들었다. 교사들 사이에 작은 동요가 이는 것에도 아랑곳없이 입에 넣고 우걱우걱 먹었다. 또 하나. 안다정은 포장되어 있던 쿠키 열댓 개를 단번에 먹어 치웠다. 김성진의 담임이 사색이 되어 괜찮냐고 물었다. 안다정은 딱 하나 남은 포장된 쿠키를 집어 들며 대답했다. "당연히 괜찮죠. 이거랑 저거는 다른 쿠키예요." 안다정은 손에 든 쿠키와, 먹다 남은 쿠키를 번갈아 가리켜 보였다. "포장도 비슷하고, 쿠키 모양새도 비슷하지만요. 제가 들고 있는 이건 C사의 쿠키. 저건 A사의 쿠키예요. C사의 쿠키가 좀 더 높이감이 있고, 결정적으로 초콜릿을 세로로 갈아서 쓰죠. 보세요. 잘 보면 초콜릿 모양새가 완전히 달라요. 참고로 A사의 쿠키는 6개월 전에 식중독 문제로 단종되었는데, 그걸 재포장해서 다른 회사 제품인양 판매하는 곳이 있다고 들었어요. 이거, 경찰에 신고하는 편이 좋을걸요." 안다정의 말에 교무실은 소란스러워졌다. 곧 경찰이 왔고, 김성진은 혐의를 벗었다. 그리고 다음 날부터 김성진은 쉬는 시간마다 안다정을 찾아와 쿠키며 초콜릿, 사탕을 잔뜩 쥐어주고 갔다. 졸업할 즈음에는 '슈가맨'이란 김성진의 별명 앞에 '안다정 전용'이란 말이 덧붙여졌다.

'그건 내가 온갖 회사의 쿠키를 섭렵해서 가능한 일이었어. A사의 쿠키를 먹고 식중독 걸려서 병원에 실려 갔었는데 어떻게 그 쿠키 모양을 잊어버리겠냐고! 식중독 걸려 있는 동안 먹고 싶은 것도 마음대로 못 먹고 얼마나 괴로웠다고. A사의 쿠키를 재포장해서 판다는 뉴스도 그래서 기억하고 있었던 거고. 하지만 이건 다르잖아. 내가 김명장에 대해서 뭘 안다고 그 사람 누명을 벗겨. 벗기기를.'

역시 무리다. 못하겠다고, 다시금 확실하게 말하려 할 때였다.

"올해의 빙수 스티커. 모으고 있다면서요?"

하나마가 회심의 카드를 내밀었다.

"도와주면 스티커를 100퍼센트 찾을 수 있는 스킬을 알려줄게요."

"…그런 스킬이 있다고요?"

그건 도저히 못들은 척 할 수 없는 매력적인 제안이었다. 안다정은 '저도 모르게 해보겠습니다'라고 말하려다 얼른 입을 다물었다.

"김명장 님은 윤호영 팀장이 그런 제안을 한 걸 아세요?"

"아직 말 안했어요. 시간이 좀 있으니까."

"…생각 좀 해보겠습니다."

결국 안다정은 그렇게 말하고 회의실을 나왔다.

'빙수야 먹고 싶지. 100퍼센트라니. 혹시 대표님이 빵 봉

지에 스티커 붙이나…?'

안다정은 회의실을 나와 곧장 화장실로 향했다. 화장실 칸에 들어가 변기 커버에 걸터앉았다. 주방에 일이 잔뜩 쌓여 있을 것을 알지만, 지금 김명장과 마주치면 괜찮냐는 말이 튀어나갈 것만 같았다.

'대표님이 저렇게 엉뚱한 분일 줄이야. 아니, 대체 뭘 믿고 나한테 그런 걸 시키냐고. 내가 김명장이 범인이 아니라는 걸 못 밝혀내면 어떻게 하려고. 역시 안 돼. 그런 어마어마한 일을 떠맡을 수는 없어. 딱 잘라서 거절하자. 생각 좀 해보겠다고 말한 게 있으니 바로는 좀 그렇고 내일 즈음에. 고민하다가 밤샌 듯 보이려면 저녁에 술 좀 마셔야겠네.'

마음을 정한 안다정이 변기에서 일어날 때였다. 누군가 화장실 안으로 들어오는 소리가 났다. 혹시나 들어온 사람이 주방 동료라면 마주치지 않는 편이 나았다. 괜히 귀찮은 질문 세례에 시달릴 수도 있으니 말이다. 안다정은 슬그머니 잡았던 화장실 칸 손잡이에서 손을 뗐다.

"경찰까지 오고, 아무래도 큰일 나는 거 아냐?"

"내가 그날 음료 안 가져가서 다행이지 뭐. 안 그랬으면 경찰이 나 의심했을 거 아냐."

낯익은 목소리가 칸막이 너머에서 흘러 들어왔다. 2층 카페에서 근무하는 서미주와 한경희다. 허실당이 건물을 리뉴

얼하면서 카페까지 겸하게 된 것이 3년밖에 되지 않은지라, 서미주와 한경희는 직원들 중에서도 근무 경력이 짧은 쪽에 속했다. 둘 다 주방 근무자와 친하게 지내는 편은 아니었지만, 안다정은 비슷한 연령대라 몇 번 잡담을 떨기도 했다.

"김명장 조사 받을까?"

"받지 않겠어? 윤석중이 좋아하겠네. 그 아저씨, 김명장 엄청 싫어하잖아. 자기가 선임인데 오븐 파트 지휘는 김명장이 하니깐. 만날 김명장이 잘난 척한다고 뒷담화하고 다니고."

"설마 이번 일, 윤석중이 꾸미고 김명장한테 뒤집어씌운 거 아냐? 윤석중 그날 느닷없이 카페 주방에 왔었잖아. 평소엔 카페 쪽은 거들떠도 안보는 사람이."

"생크림 남은 거 가지러 온 거잖아."

"내 말이! 그 아저씨가 자기 손으로 그런 잡일 하는 거 본 적 있냐고! 근데 왜 그날만 직접 가지러 오냐고. 혹시 그 아저씨가, 음료에 약 같은 거 타고…."

윤석중이 김명장을 싫어한다고? 몰랐던 사실이었다. 주방에서 윤석중은 김명장을 무척 존중하는 듯 행동했다.

'툭하면 우리 김명장 없으면 주방이 안 돌아간다고 말하는 사람인데. 흉을 본다고?'

어라. 잠깐만. 설마…. 이제까지 한 번도 해본 적 없는 생각이 안다정의 머릿속에 퍼뜩 떠올랐다. 안다정은 좀 더 문 쪽에 바짝 붙어 섰다.

"아서라. 네 입으로 그랬잖아. 김명장 안왔으면 네가 음료 가져갔다고. 그럼 윤석중이 널 모함하려고 그런 일을 꾸민 게 되는데, 말이 되니?"

"하긴…. 근데 김명장 그날 진짜 재수 없더라. 커피 다 만들어 뒀는데 굳이 자기가 에이드 만들어서 가지고 가는 건 대체 뭐야. 자기가 음료도 잘 만든다고 자랑이라도 하고 싶었나. 역시 김명장이 음료에 뭐 탄 거 아냐? 음료 남은 거 괜히 버렸어. 잘 됐으면 그게 증거가 됐을 텐데. 그럼 김명장 혼 좀 났을 거 아냐."

"안 돼. 일 더 커지면 내가 곤란해. 사실은 그날, 경찰 오기 전에 윤호영 팀장 쪽 직원이 컵 찾으러 왔었거든. 팀장이 가지고 다니는 컵이 가게에 있는데 찾아달라나. 내가 그걸 어떻게 찾아? 2층 올라가 보긴 했는데 누가 벌써 버렸더라고. 못찾겠다고 했더니 팀장한테 연락오면 컵 찾아갔다고 해 주면 안 되겠냐고 하더라. 자기 혼난다고. 난 이런 일 터질지도 모르고 알았다고 해버렸지 뭐야. 이거 혹시 문제 되진 않겠지?"

"그래봤자 컵인데 뭐. 말하지 말고 모른 척해. 괜히 휘말리면 귀찮잖아."

물 흐르던 소리가 멈추고, 화장실 문 여는 소리가 들렸다. 바깥이 조용해진 것을 확인하고 안다정은 화장실 칸 안에서 나왔다. 물음표가 머리 위에 둥둥 떠다니는 기분이었다. 그것도 한 개가 아닌 세 개. 안다정은 머리를 긁적이며 1층 주방으로 내려갔다.

"뭐 하다가 이제야 와!"

안다정이 주방에 들어가자마자 짜증 섞인 목소리가 곳곳에서 터져 나왔다. "대표님은 왜 바쁜 아침에 신입을 부르는 거야?" "안다정! 이쪽 와서 채소 다듬어!" 개점 전 폭풍처럼 일이 몰아치는 와중에 궁금증을 해소하고 있을 여유는 없었다. 안다정도 기꺼이 폭풍에 몸을 맡겼다.

머릿속을 떠다니는 물음표가 다시 선명해진 건 폭풍이 끝나고, 주방이 뒷정리에 들어간 때였다. 안다정은 철판이 가득 쌓인 개수대 앞에 서서 기계적으로 손을 움직였다. 암묵적으로 철판 설거지는 막내인 안다정의 일이었기에, 누구도 도와주지 않았다. 단 한 사람, 김명장을 빼고는. 김명장은 자신의 일이 끝나자 안다정의 옆에 다가와, 아무 말 없이 철판을 닦기 시작했다. 한동안 물줄기가 철판을 쓸어내리는 소리만이 두 사람 사이를 채웠다.

'사라져라. 사라져. 물음표 좀 사라지라고.'

안다정은 머릿속에 둥둥 떠다니는 의문도 물줄기에 씻겨

나가기를 바라며 벅벅 철판을 솔질했다. 하지만 마지막 철판을 닦을 때쯤 물음표는 더 이상 머리 한쪽에 밀어 넣을 수 없을 정도로 커져 있었다.

"저기. 선배님. 저 궁금한 게 있는데요."

결국 안다정은 손을 멈추고 김명장에게 말을 건넸다.

"뭔데요?"

"혹시 어제 오신 윤호영 팀장님하고, 예전부터 알던 사이에요?"

김명장은 수도를 잠그고, 닦은 철판을 하나씩 집어 옆에 쌓아 올렸다. 스무 개 넘는 철판이 가지런히 쌓아질 동안 안다정은 잠자코 기다렸다. 더 이상 쌓을 철판이 없자, 김명장은 어쩔 수 없다는 듯 안다정을 향해 되물었다.

"…왜 그렇게 생각했어요?"

"우리 가게에서는 손님이 오면 보통 아메리카노나 녹차를 대접하잖아요. 그게 제일 무난하니까. 그런데 어제 명장님은 에이드를 가지고 오셨어요. 서미주 씨한테 들었는데, 그거 명장님이 직접 준비한 거라면서요. 미리 준비되어 있던 커피가 있었는데 그건 안 가져가고. 명장님이 윤호영 팀장님 취향을 미리 알아서 그랬다고밖엔 생각이 되지 않아요."

안다정의 말에 김명장은 짧게 한숨을 내쉬었다.

"안다정 씨. 주변에 별로 관심 없어 보였는데 그렇지도 않나 봐. 맞아요. 아는 사이에요. 예전에 같은 가게에서 잠깐 일했어요. 윤호영 씨, 원래 제빵사였다가 매장관리 쪽으로 빠진 케이스거든요. 좀 껄끄럽긴 했죠. 마지막으로 만났을 때 내가 윤호영 씨 스카우트 제의를 거절했거든요. 그래도 뭐, 오래전 일이니깐."

"스카우트요?"

"나한테 ZMT 식품 개발부로 오라고 하더라고요. 거절했죠. 난 만드는 쪽이 좋다고. 그 뒤로 연락이 끊겼어요."

"그럼 에이드는…."

"윤호영 씨가 원래 쓴 걸 못 먹어요. 감기약도 써서 먹기 싫다고 어린이용 시럽 먹고 그랬거든요. 계약하러 왔는데 못 마시는 음료가 나오면 분위기 안 좋아질 거 아니에요."

"그렇군요. 아, 하나만 더요. 그때 얼굴 찌푸리셨잖아요. 컵 받았을 때. 왜 그러신 거예요?"

"이상한 냄새가 나서. 아세톤 냄새 비슷했는데 순식간에 사라졌어요."

안다정의 머릿속에 자리 잡았던 물음표는 이젠 두 개가 남았다. 그러나 그 중 김명장에게 물어볼 수 있는 것은 없다. 안다정은 뒷정리를 마치고 가게를 나서며 바지 뒷주머니를 더듬었다. 하지만 손에 집히는 것은 없었다.

'어라. 나 휴대폰 집에 놓고 왔나 보네.'

잠이 덜 깬 채로 출근 준비를 하다가 휴대폰을 집에 놓고 나오는 건 자주 있는 일이다. 하루 종일 주방에서 일하다 보면 휴대폰을 볼 시간도 거의 없고, 연락을 해 올 사람도 없어서 가지고 나오지 않은 것조차 깨닫지 못할 때가 많다. 안다정은 집으로 걸어가는 동안 어딘가 공중전화가 없을까, 주변을 두리번거렸다. 일단 집에 들어가면 귀찮아서 밖으로 나오지 않을 게 분명했기에, 어떻게든 밖에서 전화를 걸어야만 했다. 온 신경을 공중전화를 찾는 데에만 집중하며 걷는 동안, 안다정은 점점 중심상가에서 멀어졌다.

"있다! 공중전화!"

한참을 발 아프게 걸었을 때, 드디어 안다정의 시야에 공중전화가 보였다. 마을버스 정류장 앞에 공중전화 부스가 있었다. 안다정은 잰걸음으로 공중전화로 향했다. 문짝이 떨어져 나간 부스 안에 때가 낀 전화기가 덩그러니 놓여 있었다. 부스 이곳저곳에 스티커가 덕지덕지 붙은 것이, 과연 작동할까 싶은 모양새였다. 공중전화는 이른바 '홍만석 노인 습격 사건'으로 나름 마을의 '미스터리 사건 스팟' 중 하나로 꼽히는 곳이었으나, 주변에 관심 없는 안다정이 그런 것을 알 리가 없었다. 안다정은 부스 안으로 들어가 수화기를 들어 올렸다. 다행히도 신호음이 갔다. 안다정은 번호판을 꾹꾹 눌러 전화를 걸었다.

"나 진지하게 물어볼 거 있어. 허실당 앞에 있는 삼겹살 집에서 만나자. 내가 지금…."

안다정은 공중전화 부스 밖으로 고개를 길게 빼고 주변을 두리번거렸다. 인기척이 전혀 없는, 한적하다 못해 음산한 도롯가에 가로등 하나만 덩그러니 서 희뿌연 빛을 뿜어내고 있었다.

"…내가 지금 있는 여기가 어딜까?"

수화기 너머에서 고함 소리가 터져 나왔다. "주변 설명 좀 해 봐. 데리러 갈게. 넌 거기서 꼼짝 말고!" 안다정은 한 손으로 살포시 수화기를 덮었다.

*🔍

철판 위 삼겹살이 지글지글, 기름을 튀기며 익어갔다. 김성진은 소주병의 아래를 팔꿈치로 가볍게 친 후 뚜껑을 땄다.

"느닷없이 사람을 불러내더니, 휴대폰만 보고 있냐? 그것도 내 휴대폰을? 너 휴대폰 좀 제대로 가지고 다녀. 대체 거긴 왜 간 거야? 너 무려 세 정거장을 걸어간 거야. 거기 이젠 마을버스도 안 다녀. 밤에 혼자 다니기엔 위험한 곳이라고."

쏟아지는 타박에, 심각하게 휴대폰을 들여다보고 있던 안다정은 고개를 들었다.

"메탄올이 뭔지 좀 검색해 보려고."

"메탄올? 아. 김명장 사건. 뭐야. 엄마한테 생각 좀 해본다고 했다더니 이미 해보기로 마음 굳힌 거야?"

"닥쳐. 너 엄마랑 사이 엄청 좋더라. 난 초등학생 때 이후로 부모님한테 학교에서 있었던 일을 이야기한 기억이 없어."

"나 혼자 자취하면서 서울에서 학교 다녔잖아. 엄마가 걱정을 엄청 했거든. 일주일에 한 번씩 전화할 때마다 학교에서 있었던 일을 대하드라마 급으로 각색해서 말했지. 덕분에 지금 잘 나가는 라디오 DJ가 된 거 아니겠어. 뭐, 결국 고향으로 돌아와서 지역 방송국에 취직한 거긴 하지만."

"그 덕분에 나는 머리 복잡해 죽겠어. 나답지 않게 술이 다 땡길 정도라고."

안다정은 소주를 잔에 따르며 쯧, 혀를 찼다.

"복잡할 게 뭐 있어. 그냥 한다고 해."

"미쳤니? 난 경찰도 아니고, 탐정도 아니야. 내가 김명장 누명을 어떻게 벗겨? 난 그냥 좀, 물어볼 거 있어서 너 불러낸 거야."

"뭔데?"

"성진이 너, 허실당에서 일한 적 있지?"

"있지. 방송국 채용 확정되기 전까지 홀에서 일했어."

"…혹시 말이지."

안다정은 머뭇거리다 따라놓은 소주를 원샷으로 입에 털어 넣고, 김성진 쪽으로 몸을 기울여 작게 속삭였다.

"가게 사람들이 김명장 험담하는 거 들은 적 있어?"

"있지. 완전 많지."

어렵게 말을 꺼낸 것이 무색하게, 김성진의 대답은 호쾌했다.

"주방 사람들 중 김명장 험담 안 하는 사람 없을걸? 2층 카페에서 일하는 사람 몇몇도 그렇고. 윤석중, 그 아저씨는 툭하면 나한테 김명장 때문에 주방 분위기가 안 좋다고 하소연했어. 내가 대표 아들인 거 아니깐, 손 좀 써봐라 하는 식으로."

안다정의 머릿속을 떠돌던 물음표 하나. '혹시 가게 사람들은 김명장을 싫어하는 것인가'였다. 하지만 김성진의 대답을 듣고도, 물음표는 쉽사리 사라지지 않았다.

"김명장 때문에 주방 분위기가 안 좋다니? 왜? 일 엄청 잘하는데. 자기 일만 잘하는 게 아니라 다른 사람 일도 엄청나게 도와준다고. 그렇다고 잘난 척하는 것도 아니고. 혼자서 카스텔라 열다섯 판을 구워내도 별거 아니다라는 말밖에 안

45

해. 자기가 만든 신상품이 그 달의 매출 1위를 찍어도 별거 아니에요, 그런다니깐? 윤석중처럼 후배한테 고함을 치지도 않고, 다른 사람이 개발한 레시피를 자기 것처럼 제출하지도 않는다고."

"나도 김명장 좋아해. 우리 가게에서 일한 건 윤석중, 그 아저씨가 더 오래되었지만 말이야. 엄마나 나나 알고 지낸 기간은 김명장이 더 길어. 김명장이 서울에서 가게 할 때부터 아는 사이였거든. 나 어릴 때 집에 놀러 온 적도 많아."

"김명장이 서울에서 가게를 했어?"

"응. 자기 이름 내걸고 꽤 크게. 명장이잖아. 명장 심사 조건 중에 자기 가게 운영 몇 년, 이런 것도 있을걸?"

김성진의 말에 술을 따르던 안다정의 눈이 휘둥그레 커졌다.

"명장은 그냥 별명 아니었어?"

"별명이지. 수도권도 아닌 이런 작은 동네 빵집에 명장 타이틀 가진 사람이 월급쟁이 제빵사로 올 줄 누가 생각을 했겠냐. 김명장이 출근한 첫날부터 가게가 뒤집어졌다더라. 그 날부터 김명장은 그냥 김명장이 된 거지."

"대체 왜 허실당에서 일하는 건데?"

"나도 자세히는 몰라. 엄마한테 갑자기 전화가 와서, 아무 생각 없이 빵만 만들고 싶다고 말했대. 그래서 엄마가 스카우트한 거고. 가게 운영이 적성에 안 맞았던 거 아닐까? 빵 잘 만드는 거랑, 가게 운영하는 건 다른 문제니깐."

"세상에. 나는 이제까지 그냥 빵 잘 만들어서 명장이라고 부르는 줄 알았어. 그래서 처음에 그렇게 불러도 되나 얼마나 망설였다고. 비꼬는 것 같아서."

"…비꼬는 의도로 부르는 사람도 있을 걸. 아마."

이건 또 무슨 소리란 말인가. 안다정은 김성진의 말을 이해할 수 없었다. 안다정이 눈을 껌뻑이자, 김성진은 눈꼬리를 접으며 웃었다.

"다정이 넌 그런 질척질척한 감정 몰라도 돼. 몰라서 좋아."

"뭔 헛소리야. 설명 좀 해 봐."

"으음. 설명이라…. 아, 그래. 주방에서 일하다가 그만둔 사람이 있거든. 다정이 너 오기 전에. 그 사람이 그만두기 전에 나한테 그러더라. 자기 김명장 때문에 그만두는 거라고. 자기는 자기 일하는 것도 허덕거리는데, 김명장이 온갖 일을 해치우고 별거 아니라고 말하는 걸 들으면 자괴감이 든다나."

"자괴감? 뭔 자괴감?"

"그 별거 아닌 걸 못하는 내가, 더 별거 아닌 걸로 느껴진데. 김명장이 귀족영애 화법으로 다른 사람 일 못한다고 돌려 까는 것 같다나."

안다정은 또 한 잔, 소주를 원샷으로 입 안에 털어 넣었다. 물음표는 여전히 물음표인 채였다.

'그러니까…. 김명장이 일을 잘 하는데 잘난 척을 안 하는 게 잘난 척을 하는 것 같아서 뒷담화한다는 거야? 잘난 척을 하라는 거야, 말라는 거야?'

안다정은 순간 감탄했다. 그런 걸로 다른 사람을 미워할 수 있다니, 다들 에너지가 남아도는구나 싶었다. 세상 모든 일이 귀찮은 안다정은 타인의 행동을 있는 그대로 받아들였다. 김명장의 겸손함은, 안다정에겐 겸손함일 뿐이었다. 타인의 말과 행동을 귀족영애 화법이니 뭐니 하는 주관적인 잣대로 평가하는데 쓸 기력 따위 안다정에겐 없었다. 그럴 기력이 있으면 빵을 하나 더 먹고, 제빵 관련 책을 한권 더 보는 게 이득이었다.

"…됐다. 혹시 내가 눈치가 없었던 건가 궁금했을 뿐이야."

안다정은 빈 잔에 술을 채웠다. 소주의 쓴 맛이 입 안을 텁텁하게 채웠다. 김성진이 삼겹살을 상추에 싸 안다정의 입 안에 밀어 넣었다.

"안주 좀 먹으면서 마셔. 너 김명장 신경 쓰이지? 의뢰받아 들이라니까."

"됐다고. 내가 이상한 점 못 찾아내면 어떻게 할 건데? 김명장이 쓸데없는 참견이라고 생각하면? 대표님한테, 제대로 된 탐정 고용해서 알아보라고 해."

"엄마가 너한테 그 부탁을 한 건, 꼭 누명을 벗겨달라는 의미만은 아니었을걸. 우리 고등학교 때, 그 사건 말이야. 내가 제일 기뻤던 건 누명이 벗겨진 게 아니었어. 다음날, 내가 너한테 준 과자를 네가 먹어 준 거였어."

저게 무슨 말이야. 안다정은 입 안에 들어온 쌈을 우걱우걱 씹으며 김성진을 봤다.

"그 일 터지고, 내가 일부러 그런 게 아니라는 게 밝혀진 뒤에도 다른 애들은 내가 주는 걸 안 먹더라. 내가 일부러 문제 있는 제품을 섞어서 나누어 준 거 아니냐고 하는 애들도 있고. 나 친구 관계 엄청 신경 쓰는 편이었거든. 고등학교 때 갑자기 서울에 있는 학교에 다니게 됐으니깐, 어떻게든 잘 지내고 싶었지. 애들한테 과자 나누어 주고 그랬던 것도 그래서고. 그런데 아무도 나 안 믿어주니깐 진짜 허탈하더라. 그런데 넌 먹었잖아. 안다정 얘는 정말로 내가 일부러 그런 게 아니라고 믿어주는구나, 싶었어. 그게 진짜 기쁘더라."

"…몰랐네. 그런 생각한 줄은. 난 그냥 주니깐 먹은 건데."

"알아. 일상을 공유하던 사람이 나를 믿어준다는 게 얼마나 큰 힘을 주는지 알아줬으면 해서 말한 거야. 김명장도 그러지 않을까. 사건이 터져서 곤란하게 되더라도, 같이 일하던 누군가 자신을 위해 무언가 하려고 했다는 걸 알면 위안이 될 거야. 엄마도 그래서 너한테 그 일을 맡긴 걸 테고."

안다정은 또다시 소주를 잔에 따르며 생각했다. 김성진의 목소리가 참 좋다고. 달콤한 목소리로 조곤조곤 말하니깐 헛소리도 그럴싸하게 들린다고. 그럴싸하게 들리는 걸 넘어서서, 뭔가 꼭 그렇게 해야만 할 듯한 설득력까지 지닌다고. 혼자서 소주 한 병을 다 비운 안다정의 얼굴이 붉게 달아올랐다. 소주의 쓴 맛이 입안이 아닌 얼굴 전체로 퍼져나간 것만 같았다.

"게다가 너, 한정판 빙수 먹어보고 싶어 했잖아."

"그거는 내가 스티커 잘 찾으면 돼. 꼼수로 스티커 찾는 것도 좀 그렇고."

"스티커 문제가 아니야. 김명장이 그만두면, 그 한정판 빙수도 끝이야. 그 빙수 만드는 게 김명장이거든."

안다정은 푹 고개를 숙였다. 한 손에 소주병을 꽉 움켜잡고 점점 쓴맛이 온몸에 퍼지는 것을 느꼈다. 오랜만에 마신 술은 정말 맛이 없었다. 이번 여름, 한정판 빙수를 먹지 않으면 이 쓴 맛이 내내 몸에 머물 것 같은 예감이 강하게 몰려왔다. 쾅. 안다정은 손에 쥔 소주병으로 탁자를 내리쳤다.

"야. 안다정. 괜찮아? 너 취했어? 술도 약하면서 뭘 그렇게 마셨냐."

"…소주의 주 성분은 에탄올이야."

"알아. 그거 모르는 사람도 있냐?"

"러시아에서 메탄올로 술 만들어서 마신 사람들이 단체로 병원 갔대."

"갑자기 무슨 소리야? 소주가 에탄올이라서 뭐 어쨌는데? 러시아는 또 뭐고?"

"…."

안다정은 탁자에 이마를 박은 채 꼼짝도 하지 않았다.

"야. 안다정. 자냐? 자? 메탄올이 뭐 어쨌는데. 궁금하니깐 대답은 해주고 자!"

김성진이 안다정의 어깨를 흔들었지만 소용없었다. 안다정은 잠꼬대라도 하듯 무언가 중얼거릴 뿐이었다. 김성진은 안다정 쪽으로 몸을 기울였다.

"뭐라는 거야? 에탄올이…. 야, 안 들려. 일어나서 제대로 좀 말해 봐."

"에탄올이랑 메탄올이랑 맛이 되게 비슷하다더라, 라고 말하고 있군요."

낯선 목소리가 불쑥 끼어들었다. 안다정은 그제야 탁자에서 이마를 떼고 약간 고개를 들어 목소리가 들린 쪽을 바라보았다. 깔끔하게 차려입은 남자가 안다정의 탁자 옆을 지나며 빙긋 웃어 보였다. 머리에 쓴 갈색 신사 모자가 유독 눈에 띄는, 할아버지라 불릴 연배의 남자였다.

"…누구지?"

"카페 토스타두 주인. 몰라? 나름 허실동 유명인인데. 향토 연구사야. 예전에 우리 라디오에서 게스트로 섭외하려고 한 적도 있어. 할아버지 귀 엄청 밝으시네."

"몰라. 난 카페도 허실당 밖에 안 가니깐. 그나저나!"

쾅. 안다정은 다시 한 번 소주병으로 탁자를 내리치며 허리를 펴 앉았다.

"중요한 거 그거야! 비슷하다고. 맛이! 메탄올도 소주처럼 쓰다고! 써! 한 모금 마시면 모를 수가 없어!"

안다정은 버럭 소리를 질렀다. 김성진이 안다정의 손에서 소주병을 빼앗았다.

"네 손으로 따라 마셨으면서 네 주량도 못 지키냐? 정신 좀 차려!"

안다정은 한겨울에 길거리에서 붕어빵 포장마차를 발견한 눈빛으로 김성진을 바라보았다.

"유레카. 야, 나 알았다. 방금 네 말 때문에 알아버렸어."

"…뭐가 유레카야. 뭘 알았는데?"

"유레카!"

안다정은 자리를 박차고 일어나 허공을 향해 두 손을 번쩍 치켜 들었다. 쓴맛을 없앨 수 있는 방법은 오직 하나뿐이다. 그렇다면 할 수밖에. 안다정은 두 손을 내리고, 전혀 술에 취하지 않은 또박또박한 말투로 김성진에게 말했다.

"너, 가게 문 열 수 있지? 지금 찾아야 할 게 좀 있어."

*⊙

머리가 지끈거렸다. 안다정은 지금 느끼는 두통이 숙취 때문일까, 아니면 숨 막히는 어색함 때문일까를 잠시 고민했다. 안다정은 만들어낸 미소를 지으며 병원 침대에 누운 윤호영에게 들고 온 콜드브루 선물 세트를 내밀었다.

"거기 아무데나 두십시오. 김명장 씨의 처분을 결정하기 전까지는 찾아오거나 하지 말라고 말씀을 드렸을 텐데요."

"그것과 관련해서 드릴 말씀이 있어서 온 겁니다."

"대표도 아니고 일반 제빵사가? 김명장이 직접 오면 모를까."

안다정은 침대 옆에 놓인 탁자에 들고 온 선물을 내려놓았다. 그리곤 자연스럽게 상자를 열어 안에 든 커피를 꺼냈다.

"팀장님도 김명장이라고 부르네요. 우리 가게에서만 부르는 별명인 줄 알았는데."

쪼르륵. 안다정이 컵에 커피를 따르는 소리만이 병실 안을 채웠다. 안다정은 컵 두 개에 커피를 따르고 뒤돌아섰다.

"…예전에 함께 일한 적이 있는데, 그때도 김명장이라고 불렀습니다. 그게 입에 붙어서 그만."

"들었어요. 제빵사 하시다가 매장관리로 가셨다고. ZMT 기업 식품개발부 팀장까지 되시다니 정말 대단하세요."

안다정의 아부에 윤호영의 표정이 느슨하게 풀렸다.

"김명장하고 친한 모양이군요. 뭐, 나도 예전에 알던 정이 있으니깐 가게를 그만두게 하는 정도로 마무리 지으려고 한 겁니다. 허실당에서는 어떻게 하기로 했습니까?"

"일단 커피 한 잔 드세요. 이거 대표님이 특별히 좋은 브랜드 거로 주문하신 거예요."

안다정은 윤호영에게 커피가 든 컵을 내밀었다. 윤호영은 컵을 힐끔 보고는 치우라는 손짓을 해 보였다.

"저는 커피를 안 마십니다. 저기, 냉장고 안에 코코아가 있으니깐 그걸 준비해 주시겠어요?"

"아. 쓴 걸 잘 못 드신다고 하셨죠? 김명장님께 들었어요. 그래서 에이드를 내 왔던 거라고 하시더라고요."

"…김명장이 그걸 기억했다고요?"

"예. 두 분이 참 친하셨나 봐요. 그래서 말인데요. 팀장님은 혹시, 김명장 님이 누명을 쓴 걸 수도 있단 생각 안 하세요? 김명장 님은 뛰어나잖아요. 저희 가게에도 김명장 님을 질투하는 사람이 있나 보더라고요."

"…글쎄요. 누명이라. 그럴 수 있는 사람이 있을까요? 음료를 가져온 것도 김명장, 내게 따라준 것도 김명장인걸요."

"그뿐만이 아니죠. 메탄올을 쓴맛 하나도 나지 않게 음료에 섞는 재주까지 지녀야 하는 걸요. 쓴 걸 싫어하는 팀장님이, 메탄올이 섞인 음료 한 잔을 다 마셨잖아요. 메탄올은 에탄올과 맛이 비슷하죠. 소주처럼 쓴맛이 나요. 커피처럼 쓴맛이 진한 음료에 섞여 있었으면 모를까. 에이드처럼 단맛이 나는 음료에 섞이면 모를 수가 없을 텐데 말이에요. 범인이 참 능력이 좋나 봐요. 제약이나 화학 관련 일을 하는 게 아닐까요? 김명장 님은 그런 쪽으로는 연이 없잖아요. 그러니깐 역시 김명장 님은 아닐 수도 있겠지요."

안다정은 다시 몸을 돌려, 냉장고 문을 열었다. 냉장고 안에는 코코아와 사과주스 등, 다디단 음료가 가득 들어 있었다. 안다정은 코코아 한 캔을 집어 들고 냉장고 문을 닫았다.

"맞아. 깜빡했네. 팀장님 컵은 어디 있나요? 거기에 따라 드릴게요."

"컵은 거기 있는 거 아무거나 쓰면 됩니다."

잡았다. 요놈. 안다정은 코코아 캔을 한 손에 들고 뒤돌아서, 침대 옆 의자에 앉았다.

"전용 컵 아니면 안 드신다고 하시지 않았어요?"

"아니, 그건…. 아, 가지고 다니던 컵이 지금 없거든요. 기절하는 바람에 챙겨오지를 못했으니깐. 허실당에 떨어져 있을 거라고 생각해서 대표님께 찾아달라고 했는데 없다고 하더군요. 실수로 누가 버린 게 아닐까 싶어요."

안다정은 윤호영에게 코코아 캔을 건넸다. 그리곤 윤호영이 코코아 캔을 따는 것을 보다가, 입을 열었다.

"그래도 참 다행이죠. 딱 구토할 정도의 양만 섞여 있어서. 아, 생각났다. 오늘 제가 온 진짜 이유 말이에요. 아까 팀상님이 말씀하신 컵 있잖아요? 그서 저희 가게 직원분이 발견해서 가지고 있었다고 하더라고요. 혹시 증거로 쓰일 수 있지 않을까 싶어서 손 안 대고, 발견한 그대로 잘 놔두었대요."

"뭐? 그럴 리가…. 잠깐만. 급하게 메시지를 보내야 할 곳이 있어서요."

윤호영은 허둥지둥 코코아 캔을 내려놓고 휴대폰을 집어 들었다.

'직원한테 확인하려는 거겠지. 컵 제대로 찾아왔냐고.'

그 컵은 지금 안다정의 가방 안에 들어 있다. 오늘 새벽, 숙취에 시달리며 온 가게를 샅샅이 뒤진 끝에 쓰레기통 안에서 발견한 터였다.

"누명을 씌울 수 있는 사람은 결국 앞에 말한 모든 조건을 충족하고, 아무런 의심도 받지 않을 수 있는 사람이어야 하네요. 팀장님이 생각하기에 누구일 것 같나요?"

휴대폰 자판을 누르던 윤호영은 곁눈질로 안다정을 노려보았다. 날카로운 시선에, 안다정은 마른침을 삼키고 말을 이어 나갔다.

"제가 종종 탐정 만화를 보는데요. 거기서는 가끔 그런 케이스도 나오더라고요. 피해자가 범인인 케이스. 만화처럼 이게 팀장님의 자작극이다! 하고 끝나면 얼마나 좋겠어요. 팀장님도 김명장 님의 처벌을 요구하는 게 마음 아플 테니깐요. 조건은 딱 맞아 떨어지는데 말이에요. 팀장님이 자기 컵에 미리 메탄올을 적당량만 발라놓으면 되니깐. 김명장 님과 일한 적 있으시니 그분 성격도 잘 아실 테고. 김명장 님이 팀장님을 배려해서 음료를 가지러 갈 거란 걸요. 하지만 팀장님이 그럴 리가 없잖아요? 동기가 없으니까. 역시 만화와 현실은 다른 법이죠."

안다정은 없는 연기력을 영혼에서 끌어모아 최대한 가볍게, 능글맞은 말투로 말했다. 윤호영의 휴대폰이 울렸다. 힐끗 액정을 바라본 윤호영의 미간이 찌푸려졌다. 윤호영은 아무 말 없이 코코아 캔을 입에 가져갔다. 안다정은 캔을 쥔 윤호영의 손등에 불거진 핏줄을 봤다. 조금만 더 힘을 주면 캔이 찌그러질 것 같았다.

"…그럼요. 만화와 현실은 다르죠. 생각해 보니 김명장이 억울할 수도 있겠습니다. 김명장의 처벌을 요구한 것은 철회하도록 하죠. 옛정도 있으니."

쾅. 윤호영은 거칠게 코코아 캔을 탁자에 내려놓았다. 안다정은 짐짓 그것을 못 본 척, 자리에서 일어났다.

"고마운 말씀이네요. 그럼 대표님께 그렇게 전하겠습니다. 쉬셔야 하니깐 이만 가볼게요."

안다정은 병실 문고리를 잡았다. 빨리 이곳을 나가, 무엇이든 단 것을 입에 넣고 싶었다.

'안하던 짓을 하려니깐 체력 소모 장난 아니네.'

역시 오지랖도 부리던 사람이 부려야 하는 법이라고 생각하며, 문고리를 돌릴 때였다.

"그런데 방금 그 이야기 말입니다."

등 뒤에서 윤호영의 목소리가 안다정을 붙잡았다.

"왜 동기가 없다고 가정한 겁니까? 김명장, 가게에서도 질투 많이 산다면서요."

"팀장님이 김명장을 질투할 이유가 없으니까요. 지금은 두 분 일하는 필드가 다르잖아요."

안다정은 무심히 대답하며 힐끔, 뒤를 돌아봤다. 윤호영은 미간을 찌푸린 채 웃고 있었다. 우는 듯 보이는 웃음이었다.

"…그 사람의 겸손. 그게 누군가에게는 조롱이 될 수 있어요."

또 다. 또 그 이야기. 안다정은 그대로 문을 열고 밖으로 나왔다. 나오자마자 초콜릿 하나를 급히 입에 넣고 걸었다. 단맛이 채워진 후에도 일그러진 윤호영의 미소가 좀처럼 머릿속에서 떨어져 나가지 않았다. 가게에 도착한 안다정은 작업복을 갈아입고 주방으로 들어갔다. 대표님에게 소식을 전해야 한다고 생각했지만, 당장은 윤호영의 미소를 또다시 떠올리고 싶지 않았다. 머리를 비우기 위해 손을 움직이고 싶었다. 달콤한 것을 만들고, 갓 만든 것을 바라보고 싶었다.

"뭐 하다 이제 와! 빨리 초콜릿 빵 꺼내서 포장해."

"저 옥수수콘 충전물 먼저 만들어야 하는데요."

"포장 빨리 끝내고 해! 단체주문 들어왔어. 시간이 없다고!"

안다정이 주방에 들어서자마자 윤석중이 소리를 질렀다.

'내가 미쳤지. 그냥 회의실로 갈걸. 가게 주방에서 무슨 마음의 평안을 얻겠다고.'

이래서 사람이 괜히 감상적이 되면 안 된다니깐. 안다정은 투덜거리며 빵이 산처럼 쌓인 작업대로 다가갔다. 김명장이 묵묵히 빵을 봉지에 넣고 있었다. 당일에 대량 주문이 들어오면 막내의 몫으로 떨어지는 이런 잡일을 도와주는 건 늘, 김명장뿐이다.

'이것 때문에 충전물 만드는 게 늦어지면 또 잔소리하겠지.'

안다정은 한숨을 내쉬며 빵을 집어 들었다.

"충전물, 내가 만들어 놨어요. 오늘 늦게 출근한다고 들어서."

안다정의 한숨을 멈춘 것은 김명장의 속삭임이었다. 안다정은 자신의 옆에 선 김명장을 봤다. 김명장은 여전히 무덤덤한 표정으로, 부지런히 손을 움직일 뿐이었다.

"감사합니다."

"별거 아닙니다."

돌아오는 대답도 평소와 같다. 안다정은 빵을 봉지에 넣으며 김명장의 대답을 곱씹었다. '별거 아닙니다'라는 짧은 말. 그 말을 사람들은 저마다의 감정을 담아 해석한다. 안다정은 그것이 꼭, 초콜릿 같다고 생각했다.

'설탕과 우유를 넣지 않은 초콜릿은 쓰디쓸 뿐이지. 그래. 사람들 말대로 김명장의 겸손은 겸손이 아닐 수도 있어. 하지만 그 실제가 어떻든, 설탕을 넣어 달콤하게 버무려진 초콜릿에서 굳이 쓴맛을 찾아낼 필요는 없잖아. 상대의 능력으로 도움을 받아놓고, 굳이 거기서 숨겨진 의도 같은 걸 찾

아낼 필요가 뭐가 있냐고.'

　달콤해진 것은 이미 달콤해진 것이다. 그걸로 충분하지 않은가.

　'됐어. 사건 종료. 더 이상 내가 생각할 필요는 없지.'

　안다정은 여름에 맛보게 될 달콤한 빙수를 떠올렸다. 다시금 돌아온 평온한 일상에 어울릴 시원하고 달콤한 맛일 것이다.

내 세상의 챔피언
|
그린레보

"오만해도 된다."

그 선생님은 우리에게 말했다.

"오만해도 되는 동안엔 오만해도 된다. 그동안엔 세상 누구든 내려다볼 특권이 있어. 더이상 오만할 수 없다는 걸 깨닫는 순간부터가 시작인 거야."

"뭐가 시작인가요?"

"추락이지. 까마득한 바닥으로."

1

"너 엉덩이에 돈 묻었다."

수세미로 닦던 머그컵을 놓칠 뻔하고선 언니를 돌아보았다. 잘못 들은 줄 알았다. 수도는 잠가둔 상태였지만 거칠게

쌀 씻는 듯한 소리가 우리 둘뿐인 카페 안 공기를 흔들고 있었다. 마지막 손님을 겨우 내보내고 마감하려는 그때, 예보대로 폭우가 냅다 쏟아지기 시작했다.

언니는 에스프레소기를 닦던 행주를 쥔 손으로 내 청바지 뒷주머니를 가리키고 있었다. 그 반짝이는 눈빛에 당황하며 나는 고무장갑을 벗고 주머니를 더듬어 내용물을 꺼냈다. 이번에는 신사임당과 눈이 마주쳤다. 누렇고 빳빳한 5만 원권 한 장이었다.

"남의 엉덩이에 무슨 팁이라도 끼워줄 생각이었나 봐?"

흐리멍덩한 머릿속을 은빛 칼날처럼 가볍게 베고 지나가는 듯한 목소리였다. 누구보다 한 발짝 먼저, 탄산 같은 비아냥거림을 담아 상황을 요약하는 그 말투는 무척 내 언니 김소영답기도 했으면서도, 꽤 오랫동안 언니에게서 들은 적 없었다.

무심코 한숨이 나왔다. 만감이 교차한다는 게 이런 느낌인가? 한숨에는 유독 어수선했던 오늘 하루의 피로 역시 적잖은 농도로 섞여 있었다. 사실 엄청나게 컨디션이 안 좋았다.

일과 자체는 평소와 그렇게 다르지 않았다. 내 엉덩이를 슬쩍 만지는 김에 신사임당을 꽂아주신 건 의외였지만, 홍만석 어르신이 나타나서 한번 주정 부리고 떠나는 건 빈번한 일이다. 오늘 장사하는 동안 테이블을 차지한 손님은 동네 아주머니들과 함께 딸려 온 초등학생 남자애 넷 정도다.

동네 사람들이 이 카페를 사랑방 겸 애들 과외 장소로 쓰는 것도 늘 있는 일. 언니는 아예 아이들 테이블에 같이 앉아서 공부를 봐주는 게 주 업무나 다름없을 정도였다. 그런데 오늘따라 애들이 언니의 관심을 끌려 어수룩하게 구는 게 아니꼬웠다.

남자는커녕 아직 번데기들인 주제에, 언니한테 들이대지 마!

그렇게 당치않은 분통을 속으로 터트린 것도 오늘 컨디션이 아주 나쁜 탓이고, 그건 오늘 터진 생리가 다른 달에 비해 지독한 통증과 호르몬 교란을 동반한 탓일 것이다.

"그 어르신, 얼마 못 갔을 거야."

언니는 행주를 놓고 앞치마를 벗고 그대로 주방 구석에 비치해둔 장우산과 겉옷을 챙겼다. 나는 덩달아 내 짐을 챙기려다 험하게 퍼붓는 유리문 밖으로 눈길을 줬다.

"쫓아가서 돌려주자고?"

무의식중에 벽걸이 시계를 흘깃 보고 시간 계산을 했다. 저녁 9시 34분. 홍만석이 갑자기 나타나 서울 물 먹은 예쁜 아가씨가 타주는 차 좀 마시자며 떼를 썼을 때는 분명 9시 30분이었다. 언니는 주방에 있었다. 대신 내가 술 냄새 피우는 노인에게 적당히 거절하는 말을 하고 더 이상 상대하지 않겠다는 뜻으로 등을 돌렸는데, 돌이켜보면 그때 엉덩이에 뭔가 닿는 느낌이 든 것도 같았다. 용돈이 부족하지 않냐는 소리도 한 귀로 흘려보냈다.

용돈은 딱히 부족하지 않다. 망해가는 지방 한구석 동네 토박이라도 우리 엄마는 노는 땅 하나에 반쯤 취미로 카페를 세울 만큼은 여유로운 사람이고, 난 서울 물 먹은 언니와 달리 그런 엄마 슬하에서 떠날 생각이 없는 사람이다. 그리고 당신은 이 생리통에 비하면 아무것도 아닌 사람이고… 대충 그런 속말을 하며 넘겼다.

홍만석은 우산을 들지 않았다. 눈이든 비든 오는 대로 맞고 다니는 게 노인의 오랜 버릇인 데다 우리 카페로부터 그의 독채까지 난 길엔 우산을 살 만한 가게도 없고 민가도 없었다. 문득 노인이 최근 심혈관 질환으로 수술했다고 들은 게 기억났다. 이 폭우를 맞으면서 거동이 되나?

먼저 나선 언니를 따라 나도 내 외투를 걸치고 장우산을 들었다. 노인이 집 쪽으로 향했다면 중간에 비를 피할 만한 곳이 딱 한 군데 있었다. 폐선된 마을버스 정류장이 지붕과 벽, 벤치까지 갖추고 있었다. 만약 거기 있다면 돈을 돌려주는 겸 우산도 줘야 찜찜하지 않겠지.

그 정도로만 생각했다. 미운 노인 따위 안위가 진심으로 걱정되는 것도 아니고, 놔두면 찜찜하다는 정도. 설마 진짜로 홍만석에게 큰일이 나 있으리라곤 상상도 못 한 것이다.

"어?"

먼저 소리 낸 건 언니였다.

차 하나 안 다니는 도로를 따라 몇 분 걸어 폐정류장 가까이 갔을 때였다. 그 바로 앞 공중전화 부스 근처에서 형체를 발견했다. 사람이 쓰러져 있었다. 나는 이미 앞서나간 언니를 따라 달렸다.

홍만석은 문짝이 달리지 않은 공중전화 부스 바닥에 다리를 걸친 채 흙길에 뻗어 폭포처럼 쏟아지는 빗줄기로 얻어맞고 있었다. 그 다리 위로 은색 스프링선에 매달린 수화기가 허공에 늘어뜨려진 채 비바람에 흔들렸다.

"심장도 약한 노인이 취한 채 찬비를 맞으니까 그렇지!"

언니가 내뱉고는 노인 곁에 쭈그려 앉았다. 하늘을 향한 노인의 얼굴과 긴소매 아래 드러난 손이 밀랍 같았다. 당황해서 굳어버린 내 옆에서 언니는 자기 우산을 팽개치고 노인의 목과 손 등을 매만졌다. 맥을 확인하는지 마사지를 하는지 알 수 없었다.

"소민아, 119."

언니의 목소리에 정신을 차리고 전화를 걸었다. 노인은 의식 불명, 숨은 붙어 있는 듯하다는 언니의 말을 고스란히 전했다. 위치를 설명하며 나는 주변을 둘러봤다.

좋게 말해 전원풍이라 할 법한 음산한 도롯가를 채운 건 겨우 구색을 맞춘 가로등 빛을 받아 흰 폭포처럼 쏟아지는 빗줄기와 그 소음. 검은 수화기는 여전히 은색 스프링선에 매달려 제 몸을 못 가눴다. 부스 안은 쓰레기 천지였다. 옆면에도 바닥에도 전화 본체 옆에도 본체 밑의 서랍에도, 심지어 수화기 연결선에도 종이 부스러기며 각종 포장지며 노끈인지 전선인지 바람에 날려온 덩굴인지 알 수 없는 것들이 빗물에 젖어 빛났다.

그림의 한 장면 같기도 했다. 직접 그려보고 싶다는 충동을 느끼는데 언니가 내게 손짓했다. 구급대원과 통화를 마치고 나는 언니와 함께 홍만석을 폐정류장 안 벤치로 옮겼다.

언니는 노인의 손발을 주무르며 말을 걸기 시작했다. 나는 덩달아, 얼떨떨해하며 따라했다. 구급차가 도착해 대원들이 나설 때까지 홍만석의 손발은 닻처럼 차갑고 무거운 채였지만 언니의 손놀림은 일사불란했고 열성이 느껴졌다.

역시 오랜만이었다. '이렇게까지 해야 하나?' 싶게 만드는 언니의 모습. 내 챔피언 김소영다운 모습. 위중해 보이는 상태로 실려간 홍만석에겐 미안하지만 최악의 하루 끝에 뜻하지 않은 보상을 받은 기분이 들었다.

"갑자기 왜 웃어?"

소동이 수습되고 돌아가는 길에 언니가 불쑥 물었다. 저도 모르게 웃음이 비어져 나온 모양이었다. 나를 보는 언니의 얼굴에서 빛나는 포도알 같은 두 눈은 어이없다기보다는 재밌어 하는 빛깔을 띠고 있었다. 호전적이기까지 한 그 반짝 거림에 이번에는 웃음 정도가 아니라 눈물이 밸 것 같았다. 나는 별 뜻 없는 것처럼 우산 위치를 움직여 내 얼굴을 가리고 능청을 부렸다.

"아니, 소재 하나 잡았나? 싶어서. 웹툰 준비하던 거 전~혀 진척이 안 되고 있었거든. 뭔가 영감 같은 게 떠올랐달까…."

"웹툰? 너 그런 거 했어?"

"너무하네. 몇 번 말했었는데, 공모전 준비한다고."

"아… 그러고 보면 그랬던가."

언니는 진짜로 가물거리는 듯했다. 아주 약간 기세가 죽은 그 눈치를 나는 여지없이 감지하고 말았다. 그리고 긴장했다. 그대로 순순히 사과할지도 모른다. 자기 잘못이라고 미안하다고 할지도 모른다. 언니가 다시 나에게로, 별 볼 일 없음이 유구히 쌓여 길을 내고 건물을 이룬 이 허실시로 돌아오고부터 해오던 모습대로 할지도 모른다.

"글쎄, 한 번이라도 결과를 봤으면 확실히 기억했을 텐데."

언니는 그렇게 가벼운 비꼼을 흘리더니 "완성되면 꼭 보여줘."라고 무난하게 맺었다. 나는 "아." 하고 신음을 내고 말았다.

"아… 맞다, 돈을 깜빡했네. 무사히 돌려줄 수 있으면 좋을 텐데."

자신이 낸 신음을 그렇게 얼버무렸다. 빈말만은 아니었다. 기분만이라면 5만 원이 아니라 500만 원이라도, 5억 원이라도 누구에게든 줄 수 있을 것 같았으니까.

"응. 조만간에."

나는 괜히 힘주어 강조했다.

2

'조만간'이긴 했다. 바로 다음 날, 우리는 1인실에서 회복 중인 홍만석과 면회했으니까.

"살인이야, 살인!"

다행히도 홍만석은 아주 멀쩡해 보였다. 전날 빗속에서 그야말로 백지처럼 질려 있던 안색에는 혈기가 돌고, 부릅 뜬 두 눈도 아주 정정했다. 말라빠진 자그마한 체구지만 방 탕한 70대 노인치고는 체력이 괜찮은 모양이었다. 오히려 어제 밤을 새우다시피 한 내 쪽이 방전 상태였다. 벌써 오후 5시 반. 저녁밥 생각조차 들지 않고 빨리 집에 가서 자고 싶은 마음뿐이었다.

오늘은 엄마가 카페 일을 돌봐서 언니와 내가 도중에 **빠**져나올 수 있었다. 카페에 놀러온 동네 아주머니가 전해준 홍만석 소식 때문이었다.

"그 노친네, 깨어나자마자 누가 자길 죽이려 했다고 난동을 부린댄다! 경찰도 불려왔는데 뭐 평소 워낙 진상을 부렸어야지. 경찰들도 화내면서 돌아갔대. 정말 웃겨. 누가 그 양반 헛소릴 진지하게 듣겠냐고?"

"아무도 안 들어주나."

언니는 그렇게 중얼거리더니, 대뜸 앞치마를 벗으며 가보자고 한 것이다.

그렇게 우리가 홍만석의 병실로 들어가자마자 대뜸 들은 소리가 "살인이야, 살인!"이었다.

"네. 말씀은 전해 들었어요."

언니는 맑고 차분한 목소리로 운을 뗐다. 표정도 밝았다. 은은한 자신감이 빛처럼 배어 나왔다.

우리가 침대 옆에 의자를 두고 자리 잡자 노인은 시키지도 않은 사연을 줄줄 늘어놓았다.

요약하자면 누군가 자신을 해치려 획책했다는 것. 홍만석이 어제 쓰러진 일은 병원에서는 저체온증으로 인한 쇼크라는 진단을 받았으나 그게 아니라고 했다. 홍만석은 공중전화 부스에 들어가 수화기를 든 순간 '찌릿'한 느낌과 함께 정신을 잃었다고 주장했다.

"찌릿?"

"그래. 이걸 봐."

언니가 갸웃거리자 노인은 왼손을 내밀었다. 같이 들여다 봤지만 의미를 알 수 없었다.

"아 거 보라고. 상처 났잖아?"

언니가 가리킨 건 주름투성이 거친 손가락 끝이었다. 중지 끄트머리 살이 터져 붉게 부어올라 있었다. 1센티미터가 약간 안 될까 싶은 크기였다.

"이게 왜요?"

"그 손으로 수화기를 잡는 순간 찌릿했다니까. 그리고 정신 들어보니 거기 상처가 나 있었고."

"그러니까 어르신 말씀은, 술 드시고 빗길 다녀서 저체온 쇼크가 온 게 아니라, 공중전화 수화기를 들었을 때 무슨 이유에선가 쓰러졌다는 말씀인 건가요?"

"서울 물 먹은 아가씨가 왜 이렇게 답답하게 굴어!"

홍만석은 갑자기 빽 소리 지르며 제 가슴을 쳤다.

"무슨 이유에서인가가 아니라 수화기 때문이라고! 수화기에 뭐가 있었어! 그거 때문에 살인 당할 뻔한 거야!"

"알겠어요. 진정하세요."

언니는 은은한 미소를 띤 얼굴을 무너뜨리지 않았다.

"수화기에 뭔가 있었다면, 누군가가 어르신을 노리고 거기 장치를 해뒀다는 얘기가 되네요."

"그렇지. 이제 좀 말이 통하는구만."

"하지만 어떻게 그럴 수 있을까요? 그날 그때 어르신이 공중전화를 쓸 줄 알고?"

홍만석의 표정이 일그러졌다. 그 모습을 보고 문득 떠올렸다. 그러고 보면 카페 손님들의 뒷말 사이로 들은 적 있었다. 홍만석은 매일 같은 시간마다 그 공중전화를 써서 전화를 건다는 이야기. 휴대전화가 없는 것도 아닌 양반이 그러고 다니는 건, 무언가 뒤가 켕기는 용건 때문에 그렇다는 소리. 이혼한 아내에게 매일 욕을 한다, 늙은이 홀로 두고 서울살이하는 자식들에게 거는 것이다, 돈 빌려간 사람들 협박하는 거다 등등 여러 설이 거론됐다.

"웬수 같은 놈 하나 있어서 매일 안부를 묻거든."

"그러세요? 그럼 그분이 꾸몄을 수도 있겠네요."

담백하게 대꾸하는 걸 보니 언니도 그 소문은 이미 알고 있는 듯했다. 그런데 이어지는 홍만석의 실토는 더욱 터무니없기 짝이 없었다.

"그럴 리가 있나! 그놈은… 알 리가 없어."

노인은 3년 전, 폐선된 마을버스 노선 일대에 국도를 새로

파고 개발한다는 얘기를 들었다. 원래 그 일대는 홍만석 소유 토지였는데, 그래서 처분하려는 마음을 접었다. 하지만 당시 살아 있던 마을버스 노선이 폐지된 후 개발 이야기 따윈 물 건너 가버렸고 점점 땅값만 떨어졌다. 개발 불발이 확정된 1년 전 즈음부터 홍만석은 그 이야기를 가져왔던 어느 건설회사 팀장의 자택 유선전화로 전화를 건다는 거였다. 저녁 아홉 시 반에서 열 시 사이에, 매일 빠짐없이 말이다.

"그러니까 그놈은 전화를 거는 게 누군지 알 턱이 없다는 거지."

상대가 전화를 받은 건 처음 몇 번뿐이었고 지금까지 대부분 신호만 울리고 내려놓을 뿐이랬다. 아마 전화번호만 살려놓고 유선전화는 안 쓰는 거 아닐까? 우리 집도 그렇다. 그 덕에 용케 신고당하지 않고 계속해올 수 있었을 것이다. 그 삐뚤어지고 쓸모없는 집념에 오히려 감탄이 나왔다.

"게다가 이 근처 살지도 않아. 서울 놈이야, 서울 놈."

홍만석은 눈살을 찌푸리며 내뱉었다. 그건 그러려나, 지역 주민도 아닌데 홍만석의 동선 같은 걸 파악하려면 힘들겠지. 사전 조사를 하러 온다 해도 눈에 띌 거고. 그렇게 저도 모르게 노인의 어거지를 진지하게 듣고 있는 자신을 자각했다.

"짚이는 데가 있으시군요."

의중을 떠보는 언니의 말투는 아주 약간 더 은근해져 있었다. 상체도 좀 더 홍만석의 침상 쪽으로 내밀었다. 평소라면 이 징그러운 노인에게 이렇게 가까이 가려 하지 않을 텐데. 대답을 기다리는 언니의 눈빛이 반짝거렸다.

홍만석의 분위기도 달라졌다.

"임자는 차암 똑똑하다고 어릴 적부터 소문이 자자했지?"

그렇게 운을 떼더니 언니를 아래위로 훑었다.

"눈빛에 총기가 달라. 인물도 훤하겠다, 집안도 여유롭지. 이 동네에 둘 인물이 아니야."

그러고는 고개를 끄덕거렸다.

"음흉함이 없어. 임자라면 믿을 만하겠네."

경찰을 포함하여 동네 사람들은 홍만석이라는 인물을 믿지 않았다. 그러나 그건 홍만석 쪽에서도 마찬가지인 모양이었다. 노인이 입에 올린 두 명의 '용의자'는 사정 청취를 하러 온 경찰에게도 말하지 않은 이름이라고 했다.

"딱 둘 중 하나야. 밝히기만 해주면 돼. 감히 이 홍만석을 건드린 놈, 혼쭐 내주는 거 어렵지 않아."

설명을 마친 홍만석은 히죽거리며 덧붙였다.

"큰물에서 놀다가 촌구석에 다시 처박히니 무료하지? 내가 서울 종로에 본사 가진 사장들이랑 좀 알거든. 똑똑한 처자 한 자리 정도는…."

"뭐 그런 건 제가 알아서 하고요."

언니는 자리에서 일어났다.

"잘 들었어요. 말씀대로 누군가가 어르신을 해치려 했다면 가만 놔둘 수 없는 일이겠네요. 믿고 얘기해주셨으니 저도 알겠습니다. '범인'을 밝혀보죠."

꾸벅 인사까지 하는 얼굴은 언니가 이력서에 붙였던 증명사진 속 완벽한 미소를 그대로 띠고 있었다.

3

병실을 나서기 전에 5만 원은 확실히 돌려줬다. 일방적으로 이불에 내려놓고 온 거지만. 어쨌거나 경찰도 안 해주겠다는 조사를 해준다는데 착수금 소리는 한마디도 안 한 게 홍만석다웠다. 이 근처에서 제일가는 땅 부자지만 제 몸과 기분 편한 일이 아니면 극도로 인색하다고 유명한 인사다. 투자도 왕년에 몇 번 말아먹더니 소극적이게 됐다는데, 지금껏 재미들려 하는 건 동네 주민들 대상으로 하는 돈놀이라던가?

홍만석이 제시한 두 '용의자' 역시 그에게 큰돈을 빌려가 여태껏 빚만 부풀리고 있는 사람들이었다. 다들 어릴 적부터 친숙한 우리 동네 이웃이었던 것이다.

"그럼 재빨리 현장 조사를 해볼까!"

병원을 나온 언니는 한번 기지개를 켜더니 그렇게 말하곤 걸음을 재촉했다. "현장이라니 무슨 소리야?" 나는 물었다.

"당연히 공중전화지."

시간은 이미 오후 7시에 가까웠다. 어제처럼 비가 쏟아지진 않았지만 하루 종일 흐려서 9월 중순치고도 주변이 어둡고 인적이 뜸했다. 폐정류장까지는 집에 가는 길목에서 잠깐 곁길로 들르면 되는 짧은 거리지만 나는 상당히 피로해 잠 생각이 절실했다.

"그걸 지금 가야돼? 아니, 진짜로 조사를 할 생각이야? 흥신소처럼?"

"흥신소가 뭐야? 듣기 나쁘게. 탐정이라고 해."

"하아…."

진짜구나. 언니는 진짜로 할 생각이다. 알면서도 나는 한번 숨을 들이켜고 단숨에 긴 볼멘소리를 늘어놓았다.

"탐정이고 코난이고 간에. 누가 그 영감님을 죽이려고 했다고 쳐, 그래도 무슨 공중전화 수화기에 무슨 장치를 설치하고 이러는 게 허무맹랑하잖아. 사실적이었으면 경찰이 갔을 때 진지하게 듣지 않았겠어? 그리고 야채 가게 사장님이랑 철물점 사장님 다 우리 어릴 적부터 봐온 분들인데 그분들이 누굴 해쳐? 말도 안 돼. 그리고 뭐가 정말 밝혀지면 어쩌게? 그대로 영감님한테 고자질해?"

"뭐가 정말로 밝혀지면 그때 가서 생각해보면 돼."

"아니 그런 거⋯."

그런 건 시간 낭비다.

턱밑까지 올라온 말이 다시 쑤욱 내려갔다.

―너, 언제까지 그렇게 시간 낭비만 하며 살래?

그런 소리를 들어온 건 언제나 내 쪽이었다. 언니는 정반대였다. 언니는 공부만 하는 아이가 아니었다. 무슨 벌레를 종류별로 모은다거나 멀쩡한 가전제품을 뜯어본다거나 들어가지 말라는 산속으로 모험을 떠난다거나, 별 의미 없어 보이는 일들을 저지르는 건 항상 언니 쪽이었다. 그리고 항상 '결과'를 만들었다. 곤충 표본이 전시에 나가고 과학 경시대회에 참가하고 산속에서 길을 잃어버린 사연이 방송 소재로 채택되어 비싼 경품을 타내는 식으로.

아무것도 하지 않고 아무것도 낳지 않는 나와는 너무 다르다. 나는 이제 뭔가를 '한다'는 게 어떤 뜻인지 잘 알 수 없게 된 것 같다. 간밤만 해도 몇 개월 만에 마주한 클립스튜디오 화면은 몇 시간 동안 거의 백지였다.

그렇다. 진짜로 하다가 만 웹툰 작업을 재개하려 했다. 하지만 만든 건 두서없는 콘셉트 스케치 몇 장. 깊은 밤중에 몰아치는 천둥 번개 소리가 피로와 허무감을 자극하고 불투명한 유리창으로 번쩍거리는 마당 나뭇가지 그림자 틈으로 기괴한 환각까지 봤다. 뒤늦게 약을 먹고 잠을 청했지만 내 내 악몽을 꿨을 뿐 아침에 일어나자 체력은 방전된 그대로 였다.

이젠 정말로 한계인데….

그래도 나는 그냥 돌아가자고 떼를 쓰지 못했다.

"아직 그대로네?"

언니가 그렇게 중얼거리며 고개를 갸웃거렸을 때 우리는 이미 공중전화 코앞으로 와 있었다. 어제 홍만석의 다리 위 공중에서 대롱대롱 매달려 흔들리던 수화기가 여전히 그런 상태였다.

"어제 이후 아무도 건드리지 않은 걸까? 쓰고 나서 일부러 이렇게 놔둔 게 아니라면."

누구나 휴대전화를 들고 다니는 시대에 폐정류장 곁 공중 전화 따위를 일부러 쓰는 건 홍만석 정도일 것이다.

언니는 어디서 봤는지 손수건을 손에 씌우고서 수화기를 집어 올렸다. 전화기 본체와 용수철이 돌돌 말린 것처럼 생 긴 전화선은 은빛 스테인리스 소재였지만 수화기는 검은 플 라스틱으로 만들어져 있었다.

"이거 봐."

그 검은 플라스틱 손잡이의 배면, 손으로 움켜쥐면 딱 중 지 끄트머리 정도가 닿을 부위에 녹아 눌어붙은 흔적이 있었다. 누군가 담배로 지졌다고 하면 그런가 싶은 정도 크기였다.

"그게 뭐?" 퉁명스럽게 물을 생각은 아니었는데 피로로 목소리가 갈라지자 그렇게 들렸다.

"어르신이 그랬잖아? 수화기를 들었을 때 찌릿하면서 정신을 잃었다고. 이 흔적도 그 '찌릿'으로 만들어진 거 아닐까?"

찌릿하고 닿은 부위가 터져나가는 느낌과 함께 눈앞이 아득해지는 감각. 나는 알았다. 언니도 같은 생각을 할 것이다. 어릴 적, 막무가내로 가전 기계를 분해하던 언니를 건드린 순간 둘 다 잠깐 쓰러졌던 경험이 있으니까.

"감전 장치?"

"가능하겠지."

비를 맞아 온몸이 젖어 있고, 최근 심장 수술을 받은 노인에겐 치명적일 수도 있는 얘기였다. 나는 무심코 수화기 뒤에 아무도 몰래 숨겨 놓은 작은 기계장치를 상상했다. 어릴 적에 동네 아이들은 곧잘 가스레인지 점화 장치를 갖고 놀았었다. 그것처럼 버튼을 누르면 전류가 흐르는 장치일 수도 있겠다.

"어."

나는 신음을 흘렸다. 어젯밤에 본 이곳 풍경이 떠오르며 뭔가 중요한 생각이 날락 말락 했다.

대롱대롱 매달려 있던 수화기, 여기저기 어지럽혀진 부스 안… 상태는 지금과 거의 동일했다. 사람들이 거의 쓰지 않는 이 부스는 공중 쓰레기통 정도로 인식되는지 휴지 조각부터 담뱃갑과 각종 유리병, 빈 캔, 음식점 전단지 같은 것들이 잔뜩 버려져 있었다. 은색 전화기 본체에도 합법적이거나 비합법적인 가게들의 홍보 스티커가 덕지덕지 붙어 있고 예전엔 전화번호부가 들어 있었을 본체 아래 선반 서랍에도 뭔가가 가득했다.

…뭐지? 방금 뭐가 생각나려 한 거지?

핑 현기증이 돌아서 비틀거렸다. 언니가 내 팔을 잡았다.

"왜 그래? 많이 안 좋아?" 언니는 걱정스럽게 내 얼굴을 들여다보며 이마를 짚어줬다. "생리통 많이 심해? 어제가 제일 아픈 날 아녔나. 어제 약 안 먹고 잤어?"

"먹긴 했는데…."

"어디 딴 데 아픈가?"

"그렇진 않아. 그냥 좀 컨디션이 안 좋네." 다시 펜을 잡았다가 참담한 기분에 빠지고 아침 가까이 되어서야 잘 수 있었단 건 말하고 싶지 않았다.

"잠깐만, 잠깐만 기다려."

언니는 갑자기 바닥에 웅크렸다. 쓰레기들을 헤치며 뭔가를 찾는 시늉을 했다.

"있을지도 몰라. 없을 수도 있지만. 어쩌면…."

언니의 중얼거림은 짧게 끝났다.

"찾았다."

다시 일어난 언니의 손수건으로 싼 손에 작은 물건이 잡혀 있었다. 동전처럼 생긴 평편한 금속에 얽힌 전선과 작은 금속 부품. 언니는 물건을 찬찬히 살펴보다가 뒤집었다. 동전 같은 금속 뒤쪽에 검게 눌어붙은 자국이 있었다. 수화기와 같은 색깔의 플라스틱.

리튬전지로 만든 감전 장치라는 걸 한 박자 늦게 알아보았다.

4

언니가 하는 일은 의미 없는 짓이 아니었다. 감전 장치를 정말 발견함으로써 그런 실감이 나기 시작했다. 그리고 안도했다. 엊저녁에 느낀 희망이 윤곽의 분명함을 더해가고 있었다.

언니는 예전의 언니로 돌아왔다.

적어도 돌아오려 하고 있다.

저녁도 먹는 둥 마는 둥 한 내게 언니가 손수 챙겨다준 생리통약 한 알을 만지작거리며 나는 이불 속에서 생각에 잠졌다. 통증은 이미 거의 없었지만 나는 이 상표의 진통제를 먹으면 아픔도 가라앉는 데다 왠지 푹 잘 수 있어서 생리통 심한 날 밤의 필수품으로 삼고 있었다. 그런데 아까는 그렇게 잠이 간절했는데도 막상 눕자 호락호락 자고 싶지 않은 기분이 들었다.

싱숭생숭하다? 설렌다? 얼떨떨하다? 종잡을 수 없었다.

언니에 대한 질투심 같은 건 어릴 적부터 없었다. 어쩌면 자각하기도 전에 그런 건 포기해버렸는지도 모르고. 언니의 행동에 대해 냉소적이고 미적지근한 반응을 하는 건 최소한의 자기방어 같은 거다. 내게 있어 언니는, 말하자면… 그래.

챔피언 같은 거다.

'챔피언'은 누군가를 대신하여 싸우는 기사를 뜻한다고 한다. 그리고 이 말은 싸워 승리하는 영웅을 가리키기도 한다. 그게 내 챔피언 김소영이다.

거꾸로 말하면, 언니가 싸우고 승리하는 동안 나는 전혀 그럴 필요가 없다. 언니가 자연스럽게 쑥쑥 성장하고 성취하며 좀 더 넓은 세상으로 나아가는 동안 나는 그저… 처박혀 있었다. 가장 오래된 기억에서부터 이미 쇠락한 상태였던 이 동네에. 이 허실시에.

산도 있고 바다도 있다. 기차역 근처엔 꽤 커다란 빵집도 있고 대학교도 있다. 보습학원뿐 아니라 피아노 같은 과외 활동을 가르치는 학원도 갖춰졌다. 선거철마다 날아오는 홍보물 같은 걸 보면 나름대로 역사도 있는 것 같다. 주민 교류 페이스북 같은 것도 있어서 거기서 회자되는 사건 사고도 꽤 된다. 그다지 부족한 건 없을지도 모른다. 다만 딱 하나.

미래가 없다.

그렇다면 아무것도 없는 셈이지, 라고 언젠가 언니가 말했었다. 큰길가 자판기에서 캔 커피를 뽑아 마셨을 때였다. 다른 동네 애들은 스타벅스에서 프라푸치노를 빠는데 우린 미지근한 설탕물이나 홀짝거리는 신세라고 내가 푸념했었다. 음료수 자판기 따위 서울에선 박물관에나 들어가 있을 텐데.

그때 우리는 고등학생이었고, 자판기 대신 스타벅스가 자리하는 미래는 아직도 허실시에 오지 않았다. 그렇다면 시간이란 게 대체 무슨 소용이 있을까. 그걸 진탕 낭비하며 지낸다는 건 오히려 이 동네에서 평생 살 주민으로서는 올바른 삶의 자세가 아닐까?

시간 낭비만 하며 사는 거 아니냐고 나무라던 어른들도 내가 대학을 졸업하고 1년이 넘은 지금은 포기했는지 간섭이 뜸해졌다. 남들이 취업에 골몰할 때 같이 이력서를 돌리면서도 안 될 거라고 생각했고 그대로 다 떨어졌다. 그래도 딱히 부족한 건 못 느꼈다. 엄마 돈으로 바리스타 교육을 받고 엄마 가게에서 일하며 가끔 웹툰 흉내를 내어 무료 연재 사이트에 올렸다. 댓글로 받는 약간의 관심으로도 충분히 보람이 있었다. 그것도 테크닉이 좀처럼 늘지 않으니 하기 싫어져서 관뒀지만.

언니는 달랐다. 언니는 허실시에서 태어났지만 마치 처음부터 서울 사람 같았다. 고등학교를 졸업하자마자 서울에서 자취하기 시작했고, 대학을 졸업하곤 곧바로 대기업 전자회사 본사에 취직했다. 그동안 몸은 떨어져 있었지만 내 마음만큼은 항상 언니와 이어져 있었다. 그렇게 생각했다.

언니는 당연하다는 듯이 잘 살아간다. 이제까지 그랬듯이 앞으로도 그럴 것이다. 그건 곧 내 너절한 인생에 대한 보상이고 대리 성취이기도 하다. 그러니까 언니가 잘되는 동안엔 나도 괜찮다.

그렇게 믿어 의심치 않았다.

언니가 이 동네로 돌아온 건 5달쯤 전이다.

—쥐구멍 같은 원룸 살다 와보니 고향집이 대궐이네.

캐리어를 끌고 대문 앞에 서서 마중 나온 엄마와 나에게 그렇게 인사한 언니는 마지막으로 봤을 때보다 훨씬 안색이 어둡고 팔다리가 꼬챙이처럼 말라 있었다.

대학 4년, 취업 후 1년. 5년 만의 귀환이었다.

우리 자매가 중학생일 때 아빠가 돌아가신 이래 여자 셋이 살기에도 큰 집이었다. 엄마는 아빠가 간밤 동안 당신 곁에서 차갑게 식어버린 이후 안방에선 도저히 못 자겠다며 거실 마루에 요를 깐 지 오래였다. 그렇게 엄마가 1층을, 내가 2층 한방에서 거의 지낼 뿐 언니도 없이 방들만 놀리는 우리 2층 독채는 유령의 집처럼 스산했다.

언니가 돌아왔으니 집안에도 조금은 활기가 돌기를 기대했는데.

언니는 처음 한 달 동안은 내 방 옆의 자기 방에 틀어박혀 나오지 않았다. 벽 한 겹 너머로 언니의 인기척조차 잘 들리지 않았다. 가끔 열린 창 앞에 서면 탄식 같은 한숨 소리를 들을 수 있었다. 창밖으로 보이는 감나무 가지를 발판 삼으면 언니 방으로 넘어갈 수 있을 텐데. 언니가 끼니조차 제대로 챙기지 않는 날엔 그런 생각이 들기도 했다. 생각만 했다.

서울에서 무슨 일이 있었는지 엄마와 나는 아직도 자세한 사항을 모른다. '세상엔 나보다 잘난 사람들이 많더라'라며 힘없이 웃던 언니. 그 잘난 사람들이 언니에게 못되기까지 했던 것 같다.

따돌림과 은근한 괴롭힘 같은 건 버틸만했지만 결정적으로 언니를 퇴사하게 만든 건 상사의 성희롱이었다고 했다. 회식 자리에서 심각한 수준의 성희롱을 당했고 그걸 인사과 윤리감찰팀에 전했더니 다음 날부터 자기 자리가 탕비실에 놓여 있더라, 라는 이야기는 내게만 했다.

싸우지 않는 건가? 극복할 생각은 안 한 건가? 그런 질문은 하지 못했다. 내 연전연승의 챔피언이 갑자기 참패했다는 건 내게도 충격이었다.

낙향한 언니가 서울에서 가져온 물건은 너무나도 조출했다. 옷 몇 벌과 작은 가전 몇 개. 그리고 너덜너덜해진 종이 상자가 유골함처럼 돌아왔다. 과학 학습 도구 세트가 들어 있던 그 상자는 초등학생 때부터 언니가 자기만의 보물을 차곡차곡 수납해온 보물상자였다. 곤충 표본, 동그랗게 말린 상장, 트로피에서 뗀 장식, 성적 증서와 합격증 따위 성취의 증거들이 담겨 있었다.

취업하고부터 상자 속 내용물은 전혀 갱신되지 않았다고 한다. 통째로 종량제 봉투에 처박혀 있는 걸 언니 방에 돌려놓은 건 나다. 어릴 적 언니가 그 보물상자를 넣어뒀던 침대 밑 공간에 다시 놔둔 이후 어떻게 됐는지는 확인하진 않았다.

회사에서 성희롱 사실을 호소하는 자신을 아무도 믿어주지 않더라고 했다. 회식 자리에 함께 있던 동료들도 그런 사실은 보지 못했다고 하더랜다.

아마도 그게 언니가 홍만석의 이야기를 들어준 이유다.

홍만석 역시 언니와 내게 틈만 나면 성희롱을 걸어오는

징그러운 늙은이다. 그래도 언니는 홍만석의 말을 사람들이 진지하게 취급하지 않는다는데 자극받은 것이다. 그 소외된 호소를 들어줌으로써, 사태를 자기 힘으로 조사함으로써 언니는 한번 깨져버린 자기 자신을 회복하려 하고 있다.

그리고 그 시도는 결과를 낼 것이다.

나는 그렇게 믿었다. 실제로 홍만석의 말을 뒷받침하는 감전 장치를 발견했다. 홍만석이 의심하는 두 사람 중 한 사람이 아닐 수도 있다. 파헤쳐 가다 보면 전혀 기대하지 않은 진실이 드러날지도 모른다. 어쨌든 쓸데없는 짓이 아니다. 반드시 결과로 이어진다.

반드시. 언니라면 꼭….

회복할 수 있다. 그런 바람을 자장가 삼아 나는 잠들었다.

5

새하얀 떼구름 사이로 푸른빛이 엿보였다. 장마철 징검다리 같은 마른 날에 기분 좋게 서늘한 공기가 뺨을 스치는 점심 지난 무렵, 언니와 나는 가장 유력한 용의자를 먼저 방문했다.

"이 근처는 요즘 거의 올 일이 없었는데, 그치? 나 내려오곤 처음 오는 거 같아. 변한 게 없네…."

언니는 눈에 띄게 들떠 있었다. 피크닉이라도 가는 듯

했다.

임철호의 폐기장 겸 철물점은 허실산 기슭에 있었다. 해발 845미터에 다른 유명한 산들과 맥이 이어진 제법 커다란 산으로, 들어가는 도로 초입의 너른 부지가 폐물 처리장으로 쓰였고 가게 2층이 그가 홀로 사는 집이었다.

나 역시 이 길로 와보는 것도, 임철호 아저씨와 만나는 것도 아주 오래간만의 일이었다. 어릴 적에는 언니도 나도 처리장의 고물 산에서 보물찾기를 하며 노는 게 일과였는데.

"허? 뭐 찾으세요."

우리가 폐기장 부지로 들어가자 마침 근처에서 엔진 같은 것을 손질하고 있던 아저씨가 의아하다는 듯이 인사했다. 기억 속의 얼굴에 비해 머리와 수염이 훨씬 희끗희끗했다. 찌뿌둥해 보이는 표정은 변함없다. 저래 봬도 아이들에게 아주 상냥한 어른이었다.

그런 아저씨에게 언니는 맑은 미소를 띤 채 "안녕하세요. 뭐 좀 여쭈려 하는데요." 하고 운을 떼더니 다짜고짜 본론을 꺼냈다. 입원한 홍만석의 부탁으로 공중전화에 '장난'을 한 사람을 찾고 있다고 말한 것이다. 이야기를 듣는 동안 아저씨는 전혀 영문을 모르겠다는 눈치였다.

"이런 걸 찾았는데, 짚이는 데가 없으신가요?"

언니가 투명한 포장지에 넣은 감전 장치를 보여줬을 때

아저씨의 눈썹이 움찔했다. 우연한 경련일 수도 있고, 어떤 동요를 뜻할 수도 있었다.

"글쎄, 모르겠는데."

그러고서는 등을 획 돌렸다. 아저씨가 향하는 곳은 한곳에 주차된 경트럭이었다. 문을 열고 들어가 대시보드 근처에서 잠깐 꾸물거리더니 다시 나온 아저씨 손엔 노트북까지 들려 있었다.

"그러니까 둘이 경찰 흉내 내고 있는 거지? 여사님은 따님들이 뭐 하고 다니는지 아시고?"

통명스럽게 비꼬는 말투에 얼굴이 붉어졌다. 우리가 누군지 기억하는 모양이었다.

아저씨는 이번엔 커다란 파라솔이 달린 플라스틱 테이블과 의자 세트로 걸어갔다. 편의점 앞에서 흔히 보이는 테이블 세트였다. 우리가 따라가자 거기에 노트북을 펴고 메모리카드처럼 보이는 것을 삽입했다.

"내가 소싯적에 그런 책을 좀 읽어서 아는데. 영감님은 나한테 소위 동기란 게 있다며 의심하는 거잖아."

아저씨는 상당한 금액의 빚을 진 상태고 그 때문에 몇 번 다툰 것도 사실이라며 인정했다.

"근데 동기만 갖고 사람이 해쳐지나? 알리바이를 봐야지, 알리바이를."

그제야 아저씨가 주차된 차의 전방 블랙박스 영상을 보여주려 한다는 걸 이해했다. 열린 메모리카드 폴더 속엔 다시 날짜와 시각별로 폴더가 늘어서 있었다. 대충 사흘 치 기록이었다.

"이거 혹시 상시로 계속 녹화하세요? 타임랩스나 모션 감지는 안 하시고?"

폴더를 살펴본 언니가 눈을 동그랗게 뜨고 묻자 어이없게도 "타임랩스? 모션 감지? 그게 뭐야."라는 반응이 돌아왔다. 설마 했지만 정말 전혀 모르겠다는 눈치였다. 철물점 주인이면서 블랙박스 기능에 대해선 모른다. 시대에 뒤쳐진 이 동네 주민답다고 하면 납득이 되는 것 같기도 하지만.

"이거 배터리 엄청 잡아먹는데. 설치할 때 설명 못 들으셨어요?"

"아니 뭐, 장사꾼이 혓바닥만 길어지길래 잔말 말고 녹화만 잘 되게 하라고 했지. 고스란히."

'고스란히' 부분이 문제지 않았을까. 좀더 효율적인 기능에 관해 언니가 간단히 설명해줬지만 아저씨는 듣는 둥 마는 둥하고 이야기를 진행했다.

"영감님이 매일 같은 시간에 공중전화 쓰는 거야 뭐 유명하잖아. 그러니까 병원에 실려간 어제 이전에도 썼을 텐데 그땐 멀쩡했단 거지? 그럼 그저께부터 어젯밤 일이 일어나기 전까지의 알리바이를 확인하면 되겠네."

아저씨의 경트럭은 아저씨의 집과 연결된 가게 건물과 도로에 면한 대문을 한꺼번에 촬영할 수 있는 각도로 세워져 있었다. 어제는 하루 종일 온 폭우 때문에 차를 움직이지 않았으니, 블랙박스 영상을 확인하면 해당 시간대에 아저씨의 출입을 확인할 수 있을 거라는 얘기였다.

"그럼 실례할게요."

언니는 선뜻 플라스틱 의자에 앉아 영상을 확인하기 시작했다. 나도 의자를 붙여 곁에 앉았다.

고속 재생을 해봤지만 그래도 약간 넉넉하게 하루치 넘는 분량을 다 확인하는 데는 꽤 시간이 걸렸다. 그제 해가 저물기 전에 마당을 가로질러 가게 문으로 들어간 아저씨는 이후 가끔 마당에서 물건 정리를 하는 모습을 비췄고, 다시 들어간 후 어제 아침 분량부터는 한 번도 모습을 드러내지 않았다.

카메라에 비치지 않게 밖으로 나갈 수 있을지 주변을 둘러보며 생각해봤지만 아무래도 무리일 것 같았다. 아저씨의 자택인 2층은 성인 남자가 빠져나오기엔 창문이 너무 작고, 튼튼해 보이는 도난 방지 창살도 박혀 있었다. 1층 가게를 통해 나오려면 반드시 블랙박스 카메라 앞을 지나야만 했다.

"다 확인했나?"

무의식중에 어깨를 주무르며 자리에서 일어나자 폐자재를 분류하던 아저씨도 땀을 닦고 다가왔다. 해가 훌쩍 기울어 폐기물 산의 테두리가 살짝 금빛을 띠었다.

"네. 기분 나쁘실 수도 있는데 선뜻 블랙박스까지 보여주셔서… 꺅!"

공손하게 인사치레를 하며 한발 내디디던 언니의 발치에서 따닥하고 큰 소리가 튀었다. 나도 덩달아 왝 소리를 뿜었다. 아저씨가 우리 발치를 내려다봤다.

"아, 그 개구쟁이들." 그러더니 커다란 싸리비를 갖고 우리 주변을 쓸었다. "애들이 놀다가 주변에 콩알탄을 뿌렸어. 다른 덴 비에 푹 젖어서 불발됐는데 여긴 파라솔 때문에 땅이 말라 있어서 화약이 살았나 보네."

손수 앞길에서 콩알탄을 치워주는 아저씨는 어릴 적 기억과 똑같이 친절한 어른의 모습이었다.

"경찰 놀이도 적당히 해."

아저씨는 의심당한 데 대한 불만을 표하는 일 없이 그렇게만 툭 내뱉고 등을 돌렸다. 우리는 그 등에 대고 인사하고 임철호의 철물점 부지를 나섰다.

"결국 그저께 밤부터 어젯밤까지 철물점 아저씨가 공중전화에 감전 장치를 설치하는 건 불가능하다고 봐야 하나."

언니가 턱에 손가락을 대고 중얼거렸다.

"블랙박스 영상을 미리 조작해놓지 않았다면."

나는 떠오르는 대로 말했다. 하지만 그렇진 않았을 거라 생각했다.

최근 며칠 동안의 비 오는 패턴을 기억하고 있었기 때문이었다. 드문드문 가랑비가 내리다가 오후 9시 반쯤부터 퍼부은 게 어제. 그제는 아침에 폭우가 왔다가 점심쯤부터 오후 4시까지는 오다 말다 했고, 그다음부터는 내가 잠든 자정쯤까진 다시 폭우가 이어졌다. 블랙박스 화면에 찍힌 영상 속 비 오는 풍경은 내가 기억하는 그날의 패턴과 같았다. 애초에 미리 영상을 편집했다는 발상부터 무리가 있었다. 누가 보여달라 할 줄 알고서? 만에 하나 경찰에게 제출했다간 조작 정돈 금방 들통날 텐데.

"가능성이 벌써 하나 지워졌다는 것만으로도 잘되고 있는 거야. 다음으로 가자!"

언니가 경쾌하게 나섰다. 생각보다 시간이 소요됐지만, 두 번째 용의자를 방문하기엔 늦지 않았다.

6

"무슨 소릴 하는 거야, 지금? 내가 뭘 했다고? 기가 막혀서!"

신선희 사장님의 야채 가게는 시장 초입에 위치해 있었다. 우리 집과 마찬가지로 오래전에 부군을 여의고 여성 혼자 가게를 경영하며 외아들을 기르고 있다. 억척스럽다기보다는 호쾌하고 강단 있는 분이라는 인상이었는데, 우리가 꺼낸 이야기엔 대놓고 난색을 표했다.

"소영 씨 똑 부러지는 아가씨인 줄 알았는데 애먼 사람한테 별 해괴한 소릴 다 하네!"

근처를 오가는 사람이 많았지만 야채가게 손님은 우리뿐이었다. 가게 안쪽 평상에 앉아 빨간 대야 가득 담긴 푸성귀를 손질하던 사장님은 노래진 잎사귀를 거칠게 떼어 옆의 비닐 자루 안으로 던졌다.

철물점 아저씨네처럼 순순히 진행되지는 않을 모양이었다. 생각해보면 이편이 당연하다. 동네 사람 해치려고 일부러 장치를 설치해놓지 않았느냐는 질문을 하면 누구라도 황당해할 것이다.

"물론 저도 믿지는 않는데요."

언니는 곤란하다는 듯이 웃으면서도 가게 앞에서 물러나지 않았다.

"홍만석 어르신이 너무 강경하셔서. 사장님이 빌려가신 돈 이자 상환도 몇 달 밀리고 계시다면서요? 그런데도 돈을 더 빌리시려다가 싸움이 났다고 들었어요. 어르신 말로는 자기가 변을 당했을 때 동네에서 제일 득을 보는 게 사장님이라고 하세요. 가장 많은 빚이 쌓여 있다고. 잘은 모르겠지만 어르신이 추심 대행업체도 알아보고 있던 거 아닐지…."

"추심이라니! 어쩜 뒤숭숭한 소릴."

사장님은 화들짝 어깨를 들썩이고 언니를 쏘아보았다. 하지만 독한 표정은 순식간에 허물어졌다.

"정말 그렇게 말했어? 추심한다고?"

"언질을 하신 건 아니지만요."

언니는 애매하게 흐렸다. 완전한 허풍이었다. 같은 자리에 있던 나는 전혀 그런 뉘앙스를 느끼지 못했다.

"그럴 리가 없어. 우리 집이 망하면 영규는 어쩌라고."

"영규요?"

사장님이 혼잣말처럼 중얼거린 이름을 내가 되물었다. 송영규는 신선희 사장님의 외아들이다. 거의 매일 우리 카페에 공부를 빙자해 놀러 오는 초등학생 무리 중 한 명이기도 했다.

사장님은 고무장갑을 벗어두고 자리에서 일어났다. 우리에게 다가오는 표정은 훨씬 은근해져 있었다.

"내가 그 괴팍한 노인네랑 좀 마찰이 있었던 건 사실이야. 확실히 빌린 것도 많지. 근데 그렇다고 그치가, 우리 집도 그렇고 다른 빚진 집들도 꼬투리 잡아서 아예 폭삭 주저앉히려 들거라 생각하진 않아."

"왜요?" 언니가 물었다.

"왜긴, 애들 때문이지. 그 노인네 어린애들한테는 나름대로 잘해주는 거 모르니? 아, 영규야. 마침 잘됐네. 이리 좀 와."

책가방을 멘 비쩍 마른 소년이 막 다가오는 참이었다. 어딘가 들렀다가 집으로 돌아가는 길에 엄마의 가게로 들른 모양이었다. 영규는 우리에게 꾸벅 인사하더니 언니의 얼굴에 한번 시선을 둔 채 떼어낼 줄을 몰랐다. 카페에서 그러는 것과 다르지 않았다.

"애, 네가 말 좀 해봐라. 홍만석 할아버지가 너희한테 잘해주시지?"

너희라는 건 영규를 비롯한 또래 동네 아이들을 말하는 것 같았다. 영규는 "할아버지가 왜?"라며 의아해하다가 고개를 끄덕였다.

"잘해준다고 해야 하나, 그냥… 지나가다가 인사하면 가끔 용돈 주시는데요."

그건 몰랐다. 얼마나?

"음, 5천 원도 받고 많으면 만 원도."

"너희 네 명이서 같이 다니지 않아? 걔들한테 다 주시니?"

언니가 자세를 낮춰 물었다. 시선을 마주치는 영규의 볼이 점점 붉게 물들었다.

"영감이 망나니 같아 보여도 애들은 귀여워한다니까. 애들을 봐서 좀 늦춰달라고 사정하면 통하는 사람이라고."

사장님은 어딘가 의기양양하게 말하다가 퍼뜩 정신을 차린 듯 표정을 굳혔다.

"여하튼 간에 그래. 내가 빚진 건 사실인데 그렇다고 영감님을 급히 해칠 이유가 뭐가 있겠니? 그런 끔찍한 생각해본 적도 없다. 흰소리에 휘둘려 애먼 사람한테 들러붙지 말아라."

손사래를 치며 돌아서려 했다. 이래선 알리바이 얘기 따윈 꺼내지도 못하겠구나 싶었는데 언니가 주머니를 바스락거리며 비닐 포장에 든 감전 장치를 꺼내 보이며 불렀다.

"마지막으로 하나만요. 혹시 이런 거 보신 적 없으세요?"

"어떻게 아니, 그런 잡동사니… 어머?"

심드렁하던 어조가 변했다. 언니의 눈빛도 날카로워졌다.

"아세요?"

"그 비슷한 걸 어디서 보긴 본 거 같은데."

사장님은 미간에 주름을 세우고 기억을 더듬다가 십수 초후 "아." 소리를 냈다.

"정류장이네. 아니, 영감님이 쓰러졌다는 폐정류장이 아니라 시외버스 다니는, 요 앞 큰길 건너편에 있잖아. 엊그제

벤치 앞 바닥에 떨어져 있는 걸 본 거 같아. 5백 원 동전인 줄 알고 주우려다 말았는데… 그런데 그게 뭐니?"

"영규 너는 본 적 있어?"

언니는 사장님의 질문에 대답하지 않고 영규 쪽을 돌아봤다. 나도 덩달아 시선을 옮겼지만 그곳엔 아무도 없었다.

"애가 말도 없이 갔나?"

사장님까지 셋이서 가게 앞을 둘러봤지만 언제 자리를 뜬 건지 멀리에도 보이지 않았다.

"알려주셔서 감사합니다. 큰 도움이 됐어요."

언니는 그렇게 인사하고 돌아섰다. 결국 알리바이에 관해서는 한마디도 묻지 않았다. 다음에 다시 올 생각일까?

"이제 집에 가?" 해도 거의 저물었고 배가 고팠다. 희망을 담아 물어봤지만 언니는 "아니."라며 기지개를 켰다.

"오늘은 마침 비도 안 오니까, 좀 더 돌아다녀보자. 예보대로면 내일은 또 하루 종일 큰 비일 거 같고."

"어딜 가게? 다시 철물점 아저씨네?"

"아니. 추가로 확인할 게 생겼어. 그러니까…."

나를 향해 씨익 웃는 언니의 얼굴은 마치 말괄량이 시절로 돌아간 듯했다.

"모험을 계속해볼까?"

7

—내가 길을 잃어버렸을 리가 없잖아. 소민이는 언니 못 믿겠어?

모험을 계속해보자는 말. 그건 지난밤에도 들었다.

아니, 정확히는 10년도 더 전 일이다. 허실산을 헤매고 다닐 때 언니가 한 말이었다. 당시 그 산은 지금처럼 산행길이 정비되어 있지 않았다. 교실에선 가끔 누가 낙하나 낙석 사고를 당했다는 소식과 함께 깊이 들어가지 말라는 주의를 들었고 그럼에도 길 밖으로 벗어나는 아이들은 매년 나왔다.

그해엔 언니와 나였다. 무슨 이유로 안전한 길을 벗어났는지는 기억나지 않지만 분명 언니의 변덕 때문이었을 것이다. 모험을 해보고 싶어서.

새파랗게 밝을 때 출발했지만 울창한 숲속은 어둠이 일찍 들었다. 조명이 될 만한 물건은 수중에 없었다. 울퉁불퉁한 돌부리에 발이 걸리길 거듭하다 나는 울음을 터트려버렸다. 그때 언니가 웃으며 말했던 것이다. 내가 길을 잃어버렸을 리가 없잖아. 소민이는 언니 못 믿겠어?

왜 갑자기 그때 꿈을 꾼 거지?

언니와 함께 길거리를 걸어가며 나는 그런 생각을 했다. 내 탓만은 아니었다. 언니는 다짜고짜 나를 끌고다닐 뿐, 어디로 뭘 하러 가는지 전혀 얘기하지 않았다. 정류장과 자판기가 보일 때마다 다가가서 뭔가를 찾는 시늉을 하고 있긴 한데….

오늘 아침 나는 결국 어두운 숲속을 벗어나지 못한 채 꿈에서 깼다.

물론 실제로는 도중에 길을 아는 어른을 만나서 무사히 산에서 내려올 수 있었다. 어쩐지 학식과 교양이 있어 보이는, 선생님 같은 느낌이 드는 신사였다. 이야기를 나누는 동안 그 어른이 진짜로 '선생님'이라는 걸 알게 됐다. 지역의 역사를 연구하는 학자라고.

우리가 헤매던 바로 옆이 그 선생님이 저녁을 먹고 산책하는 길목이었다. 숲을 벗어나자 새까만 한밤이라고만 느껴지던 하늘도 아직 푸르스름해서 허탈하고 어이없던 기분이던 걸 기억한다.

우리를 바래다주는 동안 선생님은 어쩌다 산을 헤매게 됐는지 물었다. 홀쩍이는 내 옆에서 언니는 명랑하게 대꾸했다.

—헤맨 적 없어요. 그냥 돌아다닌 것뿐이에요.

—내려오는 길을 몰라서 한참 고생했잖니? 봐, 네 동생은 아직 울고 있고.

—모르는 길로 가보는 것도 모험의 일부죠.

—위험한 얘길 하는구나. 너희가 다닌 근처엔 낙엽이 많이 쌓여서 미끄러운 급경사 길도 있었어. 자칫 추락했으면 어쩌려고?

　—물론 소민이가 혼자였다면 위험했을 수도 있어요. 하지만 제가 함께 있었는걸요? 전 한 번도 잘못된 적 없어요. 다 잘됐는걸.

　어린 언니는 반드시 잘됐던 순간들을 자랑스럽게 늘어놓기 시작했다. 아무 노력 없이 경쟁에서 이긴 이야기. 망칠 줄 알았다가 사소한 계기로 전화위복이 된 이야기. 자신이 원하기만 하면 신기하리만치 수월하게 손에 들어온 이야기. 어른이 되면 당연히 서울로 나가서 대학을 졸업하고 서울의 대기업에 다니며 성공할 거라는 미래 전망에 이르기까지.

　선생님은 언니가 재잘대는 소리를 잠자코 듣고 있었다. 우리를 익숙한 큰길가로 데려다주고 인사를 나눈 게 마지막….

　아니다. 인사하기 전에 그는 언니를 찬찬히 바라봤다. 그러더니 악수를 청했다. 어린 마음에도 그렇게 어엿한 어른이 어린아이에게 악수하자고 하는 게 너무 이상해 보였다. 내 마음을 눈치챘는지 어쨌는지, 그는 언니의 작은 손을 맞잡아 악수하곤 말했다. 너는 재밌는 사람이다. 향토사는 어느 개인에 대한 연구가 아니지만, 하다 보면 어느 개인의 선택이 공동체를 뒤바꿔놓는 순간이 눈에 딱 들어올 때도 있지. 네 개성은 이 땅의 기질과는 맞지 않는다고 할 수 있고 그래서 오히려 여기 주민답다고 할 수 있어. 왜냐면 이 땅에선 이상한 일들이 제법 벌어지거든. 그런 이상한 일들을 일으키는 건 결국 재밌는 사람으로 밝혀지는 사람들이고. 예를 들어 너, 이름이 소영이라고? 너는 정말 재밌게도, 그래. 오만한 아이로구나.

—오만해도 된다.

무슨 소리냐는 언니의 질문에 그렇게 동문서답을 했다.

—오만해도 되는 동안엔 오만해도 된다. 그동안엔 세상 누구든 내려다볼 특권이 있어. 더 이상 오만할 수 없다는 걸 깨닫는 순간부터가 시작인 거야.

—뭐가 시작인가요?

그렇게 물은 건 언니가 아니었다. 언니 손을 잡은 나였다. 선생님의 시선이 천천히 내게 이동했다.

—추락이지. 까마득한 바닥으로.

"찾았다!"

높은 탄성에 정신이 현실로 돌아왔다. 음료수 자판기 배출구를 살피던 언니가 굽혔던 몸을 일으켰다.

"몇 개 더 발견하면 좋았겠지만 일단은 이걸로 됐어."

언뜻 5백 원 동전처럼도 보이는 물건. 리튬전지였다. 피복이 벗겨져 구리선이 노출된 전선이 달린. 폐정류장의 공중전화에서 발견한 장치와 아주 유사했다.

"아직 검증 단계가 남아 있지만 이걸로 알겠어."

"뭐를?"

"범인."

"정말?" 나는 걸음을 멈췄다. "진짜로?"

"진짜지 그럼. 내일 당장 검증할 수 있어. 후후, 알고 보면 간단한 얘기야. 사실은….."

"잠깐. 잠깐만. 말하지 마."

나는 심장이 슬며시 뛰는 속도를 올리는 걸 느꼈다. 언니의 말을 일단 막고서 나는 재빨리 머리를 굴렸다.

"나도. 나도 생각해볼래."

"네가?"

진심으로 의외인 듯 언니의 눈이 휘둥그레졌다. 나는 끄덕였다.

"언니가 알았다는 건, 언니랑 같이 다닌 내게도 충분히 힌트가 주어졌다는 뜻이잖아. 그럼 나도 알 수 있는 거고."

"그렇긴 한데, 생각이 있어?"

"아니, 지금 당장은. 그래도 내일까지는 찬찬히 생각해볼게. 음, 내일 점심때까지. 어때?"

"좋아."

언니는 키득키득 웃었다.

"그래, 우리 둘이서 추리 대결을 하듯이 해보자. 뭐가 맞는지는 그다음에 검증하면 되니까. 그런데 소민이가 웬일이래? 이런 일에 의욕을 다 내고."

"나도 가끔은 분발해."

옆에서 언니가 계속 말을 이었지만 나는 벌써 건성이었다. 돌아가는 내내 나는 머리를 굴렸다. 녹슨 의지력을 구동하고 부옇게 안개가 낀 뇌리를 어떻게든 맑게 닦아내려 애썼다.

대문을 넘어 마당을 지나 현관에 선 언니가 키패드 잠금을 풀어 커다란 알림음이 울리는 순간이었다. 내 머릿속에서도 금속음이 달리며 무언가가 맞아떨어지는 감각이 들었다.

8

다시 폭우. 날씨는 우직하리만치 예보를 지켰다. 아침부터 길이 무너질 기세로 쏟아지는 강우량에 카페엔 손님이 거의 들지 않았다.

점심시간, 아무도 없는 가게 안에서 우리는 각자 만든 샌드위치와 베이글, 커피를 테이블에 놓고 마주 앉았다. 언니 앞에는 비닐 포장에 든 감전 장치 두 개도 놓여 있었다. 나란히 보니 만듦새가 거의 비슷했다.

"그제 밤 9시 반에서 40분 사이에 홍만석 어르신이 폐 공중전화 부스에 쓰러졌어. 병원에선 저체온 발작이라는 진단이 나왔지만 어르신은 '공중전화 수화기를 잡는 순간 찌릿한 충격과 함께 정신을 잃었다'고 주장했고."

그렇게 언니는 정리부터 했다. 나는 커피가 든 머그잔 테두리를 만지작거리며 잠자코 있었다.

"공중전화 조사 결과 수화기 안쪽에 눌어붙은 자국이 있었고, 부스 바닥에선 이 리튬전지를 이용한 장치가 발견됐어. 그렇다면 어르신의 기절이 이 장치의 전기 쇼크로 인한 결과일지도 모른다는 가능성이 생기지. 어르신은 동기를 가진 누군가가 의도적으로 자신을 해치려 했다고 생각했고, 거기서 일단 두 명의 용의자가 나왔어."

철물점 임철호 사장님과 야채 가게 신선희 사장님이다. 하지만 이들은 홍만석이 주관으로 심증이 간다고 주장하는 이들이고, 정말로 의도를 가진 누군가가 사건을 기획했다면 꼭 그 두 사람의 짓이라고 국한할 수는 없다. 공범 관계나 청부 역을 맡은 제삼자가 있을 수도 있다.

"하지만 철물점 아저씨한테는 알리바이가 있어서 장치를 설치하는 건 불가능했지. 한편 야채 가게 사장님의 알리바이는 분명치 않지만 자신에게 굳이 사람을 해칠 동기가 없다고 주장했어."

"그래. 하지만 철물점 아저씨가 누군가를 시켰을 가능성도 있고, 야채 가게 사장님에게 동기가 없다는 건 본인의 주장일 뿐이야. 엄밀하게 하자면 검증할 여지는 아직 산더미처럼 남아 있어. 그런데도 범인이 누군지 알 수 있었다면…."

"있었다면?"

내가 끼어들어 잇다가 말을 흐리자 언니가 재촉했다. 나는 머뭇거리다 다시 입을 열었다.

"그 두 사람이 아닌 다른 사람 짓임을 알았으니까."

"맞아."

언니는 빙긋 웃고 자기 잔의 커피 잔을 들어 올렸다.

"소민이도 거기까지 생각했나 보구나? 네가 누구를 범인으로 짚을지 궁금한데?"

"그전에 언니 생각을 들어야 하잖아."

언니가 '진범'을 밝혀낸다면 내가 굳이 말을 얻을 필요도 없을 것이다.

"범인은…" 언니는 잔에 입을 대고 한 모금 마신 후였다. "송영규…거나 그 또래의 애들 중 하나."

나도 커피잔을 들어 벌컥 마셨다. "꽤나 두리뭉실한 범인이네." 뜨겁고 써서 눈살을 힘껏 찌푸릴 수 있었다.

"그래. 하지만 거기까지 알았으면 특정하는 건 간단하고,

어르신한테 정확하게 알려줄 필요도 없어."

"어째서?"

"우선 아이들 짓이라고 결론 내리게 된 이유부터. 우선 이 장치는 아주 간단한 구조라 누구나 만들 수 있어. 가능한 시간대에 공중전화에 이 장치를 설치할 수 있는 사람은 한정되겠지만 우리가 근처 CCTV를 다 뒤질 것도 아니고, 조사하기엔 한계가 있지. 살의라는 동기 면에서 후보가 주어졌지만 그마저 불확실한 조건이야. 하지만 나는 그때 그 자리에서 이 감전 장치를 분명히 발견했고, 우리 눈앞에 놓인 이 물건이야말로 물증이야. 그래서 누가 이 장치를 만들었는지를 생각해야 한다고 봤어."

"방금 누구나 만들 수 있다고 했잖아."

"그랬지. 하지만 내 앞에 일단 제시된 가능성은 두 갈래였잖아?"

임철호와 신선희.

"나중에 다른 데로 빠지게 되더라도 일단 가진 단서를 출발점으로 삼는 건 효율적인 방식이야. 그렇게 철물점 아저씨부터 찾았고, 거기서 좋은 힌트를 얻었어."

"알리바이를 확인한 거?"

"아니. 철물점 아저씨네 부지에 아직도 동네 아이들이 놀러 온다는 거."

언니는 손을 꼽으며 차분하게 정리했다. 우리가 어렸을 때 임철호 아저씨네 폐기장은 아이들 놀이터 중 하나였고 아저씨도 애들에게 무척 관대했다. 언니 발치에서 터진 콩알탄을 계기로 아직도 동네 아이들이 그곳에서 논다는 사실을 알게 됐다.

"그리고 콩알탄을 주로 갖고 노는 애들은 신선희 사장님네 영길이 친구들이랑 같은 학년 남자애들이야." 이 사실은 언니가 카페에 공부하러 오는 영길이와 그 친구 아이들을 돌봐주며 대화하다 알았다고 한다. 나는 몰랐다.

"그리고 야채 가게에서도 중요한 정보를 얻었지. 바로 이 장치와 비슷한 것을 이미 다른 데서 목격했다는 사장님의 말씀."

홍만석이 쓰러진 폐정류장과 다른 시외버스 정류장 벤치 근처에서 발견했었다는 얘기. 그때 야채 가게를 나온 언니는 정류장과 자판기를 다니며 뭔가를 찾았고 그중 한 자판기 배출구 안에서 다른 감전 장치를 발견했다. 사장님이 장치를 발견했다는 시외버스 정류장에는 없었다.

"좀 더 찾아내면 좋았겠지만, 어쨌든 사장님의 증언까지 더하면 적어도 세 개의 감전 장치가 제각기 다른 장소에 있었단 얘기가 돼."

"어르신이 건드린 수화기 말고 다른 데에도 있었다?"

그게 의미하는 건….

"딱히 홍만석 어르신을 노리고서 한 일이 아니라는 것."

"불특정 다수를 노렸다고? 그래도… 나뭇잎을 숨기려면 숲속이라는 말이 있잖아. 수화기에 설치한 장치의 목적성을 얼버무리려고 다른 곳에도 뿌렸을 가능성은?"

"그건 무리. 왜냐면 첫째로. 이 리튬전지를 봐." 언니는 은색 표면에 음각된 글자를 가리켰다. "고작 3볼트야. 이 정도 전압에서 발생하는 전류로 사람을 해칠 수 있으리라는 보장은 없어. 어르신이 쓰러진 건 비를 맞아서 저항이 줄어들었다는 것, 그리고 마침 수술한 지 얼마 안 돼서 심장이 약해졌다는 게 작용했을 거야. 하지만 '범인'이 그런 조건을 계산에 넣고서 장치를 설치했다 하더라도, 그 결과를 예측하는 건 힘들어. 불발로 아무 일 없을 수도, 약간 찌릿하고 말 수도, 기절할 수도, 최악의 경우 심정지가 올 수도 있겠지만 그렇게 가능성의 폭이 넓어서야 아무것도 예측하지 못하는 거나 다름없지."

나는 아무 말 하지 않았다.

"어르신에게 분명한 해의를 가진 사람이 그런 불확실한 방법을 취할 거라 생각할 수 없어. 차라리 이렇게 생각하는 게 합리적이야. '범인'은 홍만석 어르신을 해치려던 게 아니라, 그저 광범위한 '장난'을 칠 생각이었다."

"장난이라고…."

"철물점 부지 안에 콩알탄 같은 걸 뿌려놓듯이 말이야."

언니는 말했다. 송영규 또래의 초등학생 남자애들이 위험성에 대해서는 별생각 없이 콩알탄보다 더 자극적인 장난을 친 게 아니겠냐고. 재료 같은 건 아이들에게 상냥한 철물점 아저씨네에서 구했을 수 있고, 어쩌면 전기 배선에 대해 밝은 아저씨가 아이들의 장난을 도왔을지도 모른다고. 감전 장치를 내민 순간 아저씨가 보인 묘한 눈치는 짚이는 데가 있다는 표시였을 수 있다고.

"야채 가게에서 영규가 갑자기 사라진 것도, 감전 장치를 꺼내는 걸 보고 찔려서 도망간 걸 수 있어."

"그래. 언니 말대로 그럴 수 있지. 하지만…."

나는 눈을 감았다. 쏴아아아 유리문 밖에서 쏟아지는 빗소리가 나뭇잎들의 부대낌으로 바뀌어 숲속의 어둠이 나를 둘러쌌다. 길을 잃어버린 나는 엉엉 울고 있었다.

"그건 그냥 가능성일 뿐이잖아. 가능성만 펼쳐져 있을 뿐이라면 길 잃고 헤매는 거나 마찬가지야…."

"그렇지 않아."

언니는 흐려지는 내 말을 딱 지르고 주머니에서 휴대전화를 꺼냈다. 화면을 몇 번 조작하곤 메신저 화면을 내게 보여줬다.

대화 상대는 송영규였다. 아이들에게 인기가 많은 언니가 평소에도 영규나 다른 애들과 채팅하는 걸 본 적 있었다. 표시된 시각은 오늘 아침. 언니가 감전 장치 사진을 보내며 나에게 말한 것과 비슷한 가설을 이야기하고 있었다. 화면을 아래로 스크롤하자 영규의 사과가 보였다.

— 죄송해요. 저희 친구들이 만들어서 사람들이 만질 만한 데다 뿌린 게 맞아요….

— 공중전화는 저는 안 했는데… 다른 애들이 했을지도 몰라요. 죄송해요.

"이렇게 된 거야."

언니는 내게 휴대전화를 돌려받으며 결론을 내렸다.

"딱히 누구를 노린 게 아닌 애들 장난. 어르신이 쓰러진 건 운이 나빠서. 굳이 '범인'을 더 밝혀낼 것도 없어. 야채 가게 사장님 말대로면 어르신은 의외로 아이들을 좋아하신다고 하니까, 이 정도로만 보고드려도 관대하게 넘어가주실 거야."

그러고는 활짝 웃으며 손뼉을 짝 치고 이렇게 말했다.

"이걸로 끝! 봐, 언니가 틀린 적 있었어?"

— 내가 길을 잃어버렸을 리가 없잖아. 소민이는 언니 못 믿겠어?

그때 나는 길을 잃어버리고 엉엉 울고 있었다….

언니의 손을 붙잡고서 헤매고 있었다. 언니는 자신이 길을 잃어버리지 않았다고 했다. 자신은 한 번도 잘못된 적이 없다고 했다. 하지만 언니.

그럴 리가 없잖아.

"응."

내 짧은 대답에 기분 좋게 샌드위치를 한입 베어 물려던 언니가 멈칫했다. 의아하다는 듯이 이쪽을 보는 약간 웃음기 머금은 눈빛을 똑바로 향하며 나는 한 마디씩 천천히 밀어냈다.

"응. 틀린 적 있어. 아니, 틀렸어."

"어? 왜 그래?"

"어르신이 쓰러진 공중전화 부스 안을 어제 다시 찾아갔을 때." 나는 주머니에서 작은 스케치북과 연필을 꺼냈다. "그때 난 뭔가 위화감을 느꼈어. 부스 상태는 그 전날 밤과 거의 비슷했지. 수화기마저 그대로 공중에 매달려 있는 채였으니까. 그런데 뭔가가 달랐어. 뭔가 중요한 것이 달라져 있었어. 그땐 그게 뭔지 알아챌 수 없었어."

말하면서 스케치북에 그림을 그렸다. 내 유일한 장점을 살려서.

그건 그림 실력은 아니었다. 차라리 눈썰미였다.

홍만석이 쓰러진 당일 눈에 새겼던 공중전화 부스 안의

모습을 재빨리 그려냈다. 세부적인 건 정확하지 못했다. 널려 있는 잡동사니와 덕지덕지 붙은 스티커의 개수와 모양 같은 것들. 하지만 그런 건 중요하지 않았다. 중요한 건….

"수화기와 본체를 연결한 은색 선, 이건 샤워 호스처럼 스프링 형태로 꼬여 있었어. 꼬인 선 안쪽은 당연히 호스 안쪽처럼 비어 있고."

나는 탄탄한 스프링 코드처럼 생긴 수화기 선을 그려 보였다.

"그리고 나는 어르신이 쓰러진 현장에서, 이 코드의 안쪽에서 뭔가 다른 가느다란 선이 삐져나와서 전화기 본체 밑선반 안쪽으로 연결된 걸 봤어."

옛날엔 전화번호부를 비치했을 선반. 그곳에도 잡동사니가 가득 들어 있었고, 수화기 선의 꼬임 안쪽에서 삐져나온 다른 선이 그늘 져서 형태가 분명치 않은 그 잡동사니 중 하나로 이어져 있었다.

나는 그 장면을 봤다. 본 당시에는 무슨 의미인지 몰랐다. 무슨 노끈인지 전선인지 날아온 덩굴인지… 지금 생각하면 답은 이미 이 중에 있었다. 다음 날 같은 장소에 가서야 비로소 위화감을 자각했다.

"그래? 그거 이상하네. 다음 날에 같이 갔을 때 삐져 나온 선이나 거기서 이어진 물건 같은 건 없었잖아?"

언니가 담담히 이의를 표했다. 나도 차분하게 설명했다.

"그래. 없었기에 위화감을 느낀 거기도 해. 물론 '범인' 입장에선 그걸 그대로 놔둘 수도 없었겠지. 그건 리튬전지 장치 따위보다 훨씬 명백한 해의를 입증하는 거였으니까. 그래서 어르신이 병원에 실려 가자마자 물건을 치운 거고." 그러다가 고개를 저었다. '실려 가자마자'라고 하는 건 어폐가 있다.

"정확히는 어둠이 깊은 새벽, 목격될 가능성이 가장 낮은 시간대, 그것도 폭우까지 내리고 있으니 더욱 안전하다고 느껴졌겠지. 그때 나가서 장치를 처리했어. 정확히는… 새벽 3시 15분쯤."

나는 그 시각을 기억했다. 오랜만에 펜을 잡았지만 그림이 그려지지 않아 고생하다가 비몽사몽간에 창밖을 스치는 '환각'을 보고 깜짝 놀라곤 시계를 확인했으니까.

환각이라고 생각했다.

옆방의 언니가 창문 앞 감나무를 발판 삼아 마당으로 내려오는 모습이 비바람 결에 아른거린 거라고는 전혀 생각도 못했다.

"우리 엄마, 아빠 돌아가신 후론 계속 1층 거실에 자리 깔고 주무시니까. 그냥 지나치고 나가려 해도 거실이랑 바로 연결된 현관문 키패드가 문제지. 잠금 해제될 때 큰 소리가 나는데, 자칫하면 엄마가 깰 수도 있어."

그 시간에 내가 깨어 있었다는 건 완전히 상정 외였겠지. 생리통에 시달리는 나는 생리 첫날이면 언제나 약을 먹고 잠들었다. 진통제지만 어쩐지 잠이 잘 오는 그 약을 여느 때와 다름없이 먹었을 거라고 생각했을 것이다.

내가 갑자기 괜한 의욕을 내지 않았더라면 그랬으리라.

오랜만에 생기를 되찾은 듯한 언니를 보고 나도 의욕이 생기지 않았더라면….

"나를 데리고 다니면서 조사하며 안 정보들은 거의 미리 알고 있었던 거야. 특히 애들의 장난에 대해서. 언니는 여기서 애들 공부 돌봐주는 역할을 하고 있고 애들도 언니를 아주 좋아해. 감전 장치에 대해서도 대충이나마 짐작했던 거 아냐? 그리고 이용할 수 있다고 생각했고… 때를 기다렸어."

적당한 순간을.

이어지는 장마와 예고된 폭우. 가장 인적이 없고 목격 가능성이 적은 환경이 갖춰지기를.

내 바지 엉덩이에 홍만석이 돈을 꽂은 건 우연이었다. 하지만 그날 언니는 어떤 핑계를 대서 자신과 나 둘이 공중전화로 간 홍만석을 뒤쫓도록 만들었을지도 모른다. 장치가제 역할을 했는지 확인하기 위해서라도.

나는 눈을 한번 질끈 감았다가 떴다. 커피 쓴맛이 아직도 입안을 적셨다.

동네 사람 누구도 홍만석의 말을 진지하게 들어주지 않았다. 언니도 회사에서 같은 취급을 당했다. 그래서 언니만은 홍만석의 이야기를 받아들인 거라고 생각했다.

홍만석은 나와 언니에게 시도 때도 없이 성희롱을 거는 징그러운 노인네다. 언니는 상사의 성희롱이 계기가 되어 회사를 그만뒀다. 누구도 언니의 말을 들어주지 않았다. 언니는 아무것도 하지 못하고 초라한 패배자가 되어 고향으로 돌아왔다.

나는 잘못 생각하고 있었다.

언니는 소외당하는 노인에게 호의를 베풀려던 게 아니다. 그런 식으로 자신을 회복하려는 게 전혀, 전혀 아니었다.

"완전한 승리를 하려고 한 거지."

한번 철저히 짓밟힌 자기 자신을 회복하기 위해서. 그때와 비슷한 굴욕을 강요하는 상대를 자기 세계에서 배제함으로써 이 세상의 챔피언답게 개선하려고 했다…. 그게 '범행'의 동기다. 하지만 노인은 목숨을 건졌다. 어쩌면 홍만석이 무사할 경우도 애초부터 고려한 거 아닐까. 그리고 무사함을 확인한 후 다음 시나리오로 넘어갔다.

어릴 적부터 자기 곁에서 관객이 되어준 나를 끌어들이면서.

"그러니까 장치, '흉기'는 3볼트짜리 리튬전지 따위가 아니야. 더 확실하게, 비에 흠뻑 젖고 심장 약한 노인을 해칠 만한 물건이지. 핸드폰 배터리 같은 걸까? 아니면 어릴 적에 언니랑 내가 감전될 뻔했던 전자 기계 부품일 수도 있어. 체감한 적 있으니 어느 정도면 사람을 해칠 만한지도 알겠지? 어쨌든 3볼트로는 어림없어. 그보다 강한, 100볼트 이상의 배터리를 직접 분리수거장을 같은 데를 돌아다니며 찾았거나 철물점에서 노는 애들한테 부탁해서 적당한 걸 몰래 가져오게 했을 수도 있어. 어쨌든 언니한텐 아주 호의적이니까."

"너야말로 가능성뿐이잖아."

언니의 목소리는 이제 맑지도 차분하지도 않았다. 낮게 깔린 볼멘소리였다. 기분을 해친 어린아이처럼.

"다 네 말뿐이지, 증거는 하나도 없잖아. 떼쓰지 마."

"증거는 언니가 남겼어."

나는 다시 주머니 속에 손을 집어넣었다. 조리개식 천 파우치에 든 딱딱하고 각진 물건을 테이블 위에 놓았다. 내 주먹만 한 크기로 솟아오른 그 물건을 언니는 무표정하게 내려다보았다.

"불어난 개울에라도 던져서 처분할 수 있었을 거야. 하지만 굳이 남겨놨어. 언니는 어릴 적부터 보물 상자에 성취의 증거들을 보관해왔지. 이것도 한 증거가 될 예정이었어. 언니는 그렇게 믿었겠지. 자기가 틀릴 리가 없다고….”

종이 상자는 언니 방 침대 밑에 그대로 있었다. 저녁에 언니가 씻으러 간 동안 몰래 들어가 열어봤다. 찾는 게 없기를 바라면서.

언니는 파우치의 조리개를 열어 내용물을 꺼냈다. 거무튀튀한 몸체에 달린 끝의 피복이 벗겨진 긴 전선.

“아.”

언니는 짧게 내뱉고 배터리 장치를 테이블에 아무렇게나 던졌다. 머그컵에 한 번 부딪친 장치가 기세를 못 이기고 테이블을 미끄러져 바닥으로 떨어졌다.

“추락이네.”

— 추락이지. 세상 누구보다 밑으로 끝없이.

더 이상 오만할 수 없게 되면 어떻게 되냐는 내 질문에 어릴 적 산에서 만난 ‘선생님’은 그렇게 말했다.

눈앞이 흐려졌다. 뜨거운 물기가 맺히는 감촉이 느껴졌다.

속아줄 수도 있었잖아.

그냥 넘어가 줄 수도 있었어.

언제부터 눈치챘지? 돌이켜봐도 어쩐지 분명치 않았다. 현관 키패드의 소음이 울렸을 때? 언니가 범인을 알겠다고 했을 때? 야채 가게 사장님? 철물점 아저씨? 새벽녘 창문에 어른거린 그림자? 산을 헤매던 날의 꿈?

산을 헤매던 날. 친절한 선생님을 만났던 날.

혹은 그보다 더, 더 전부터.

언니가 그런 사람이라는 건 알고 있었다. 알고서 방치했다. 조장했다. 그렇게 해왔고, 내 곁에서 떠나 진짜 현실을 마주한 언니는 망가졌다. 알고 있다. 그래도 놔두면, 눈감아주면 언니는 여전히 언니로 지낼 수 있을지도 모른다. 그런 생각이 아예 없는 것도 아니다.

내가 지금, 이 순간, 언니가 계속 오만하도록 놔둘 수 없는 건 그때 우리를 구조해준 선생님이 남긴 말 때문이다.

선생님이 남긴 그다음 말이 겨우 기억에서 되살아나고 있었다. 그렇다. 그건 구조자의 말이었다. 정말로 돌이킬 수 없는 잘못으로부터 우리를 건져줄 말.

"언니. 그래도 걱정할 거 없어. 밑바닥까지 추락하더라도."

— 그래도 너무 걱정 말아라. 추락해도 괜찮다.

"이미 밑바닥에 있는 사람이 받아주면 되니까."

나는 추락한 챔피언에게 두 손을 내밀었다.

작당모의 카페 사진 동아리의 육교 미스터리
|
김영민

1인실 문을 노크하니 들어오라는 목소리가 안에서 들렸다.

　문을 열자 쾌적한 공기가 얼굴로 훅 불어왔다. 보통 병원 내부의 공기의 질은 나쁘다고 하면 섭섭할 정도로 좋지만, 1인실 내부는 알프스 공기를 압축해 여기다 풀어놓은 것처럼 정말 신선하게 느껴졌다. 알프스는 가본 적 없어 정확히 모르지만.

　병원 침대에는 사진 동아리 '난사'의 부장 조은서가 누워 있다. 처량하고 딱한 꼴이라 마음이 아프다. 팔에도 깁스, 다리에도 깁스, 머리는 며칠 못 감은 듯 부스스 했지만 제법 어울렸다. 계단을 몇 단만 더 굴렀다간 온몸에 붕대를 감을 신세가 되지 않았을까.

　"야, 괜찮냐."

나는 과일바구니를 입원실 구석에 있는 테이블 위에 올려놓았다.

"이거 보여?"

은서는 고개는 고정한 채로 눈동자를 밑으로 한껏 내렸다. 흰자가 가득 드러나, 순간 섬뜩했다.

"안 보여."

"아쉽게 됐네. 비싼 거야."

"내 눈앞에서 들어줘."

과일바구니의 바닥 부분을 들어 은서의 가슴 위에서 과일이 담긴 면을 얼굴 쪽으로 약간 기울였다. 과일이 쏟아지지 않게 조심해야 한다. 그랬다간 귀여운 얼굴에도 깁스를 하게 된다.

"비싼 거 맞네. 고마워."

"얼마나 입원해야 돼?"

"최소 두 달."

"부장이 부재라서 어떡하냐."

"정아 언니가 있잖아."

"나도 있어."

"크하하."

"호탕하게 웃는 걸 보니 그리 심각하진 않나 보네."

"뭐 그렇지. 수술은 잘 됐고. 심심한 거만 빼면. 너 좀 자주 오면 안 돼?"

나도 그러고 싶지만 병원에서 코로나 때문에 병문안을 엄격히 제한하니 그럴 수가 없다.

"나 바쁜데."

"뭐 때문에."

"그야 당연히 네가 빠진 자리 메꾸느라지. 사진전 준비도 해야 되고 중간고사 공부도 해야 하고."

"중간고사 공부하지마."

사실 지금까지는 네가 걱정돼서 공부가 손에 잘 안 잡혔다.

"신입은 어때? 이름이 박지유인가?"

"아직 나는 한 번도 안 봤어. 심리학과 1학년인데 시끄럽고 말이 많은 데다가 길대. 정아 누나 지금 굉장히 괴로워하는 중이야."

"어떡해. 언니랑 완전 상극이네. 그래도 다른 과 출신이 들어와 잘 됐어. 너랑 나, 정아 언니 전부 생명과학과니까 소모임 같이 보일까 걱정됐거든. 사진에 대한 열정은 있고?"

"공부를 나름 해왔대. 묻지도 않았는데 ISO가 뭔지 주절거리던데."

"크하하. 걔 사진 보니까 얼굴 귀엽던데."

"그런가."

"아닌 척하면서 수작 부리려는 거지."

"바쁘니까 용건을 빨리 말해."

"동갑내기 동기가 이렇게 다쳤는데 바빠도 좀 있어 줘라."

당연히 정말 바빠도 그럴 예정이다.

"어쩌다 다쳤어?"

"계단에서 굴렀어. 계단 중간이 부서져 있었는데 그걸 못 봤어."

"도대체 얼마나 구른 거야."

"육교 계단 맨 위에서 맨 밑까지."

우와.

"그건 일부러 하려 해도 안 될 거 같은데."

"내가 다 나으면 널 꼭 한 대 때릴 거야."

"카메라는 멀쩡하고?"

"카메라 걱정해줘서 정말 고맙다. 근데 정신을 못 차린 상태에서 입원하고 수술하느라 제대로 확인을 못 했어. 가방 안에 들어있을 텐데 꺼내서 확인 좀 해줘. 노트북도 좀 꺼내주고."

침대 머리맡에 놓인 백팩에서 카메라와 분홍색 노트북을 꺼냈다. 카메라의 바디와 렌즈 경통에 고양이가 작정하고 긁은 듯 스크래치가 아주 많이 나 있다.

"너 돈 많이 깨지겠다."

"이 꼴 나서 벌써 많이 깨졌는데 어떡하지. 돈 좀 빌려주라."

"어? SD카드가 없는데? 커버가 박살 났네. 충격에 튀어나왔나 봐. 운도 안 좋다."

"아, 어떡해. 그거 도운이 오빠가 줬던 건데. 엄청 아끼는 건데."

은서가 다친 것보다 더 슬픈 소식을 듣게 됐다. 지금까지 그것도 몰랐다니.

"그래도 사진 찍자마자 클라우드로 다 전송해서 괜찮을 거야. 노트북 열어서 확인 좀 해줘."

"비밀번호가 걸려 있는데."

"아 맞다."

"불러봐."

"안 돼. 내가 칠 거야. 노트북 좀 들어줘. 자판 내 쪽으로 기울여서."

어떤 걸 비밀번호로 하는지 궁금하긴 해서 아쉽다. 첫사랑인가. 혹시 도운이 형과 관련된 무언가는 아니겠지. 노트북을 기울이니 은서가 멀쩡한 팔 한 짝으로 비밀번호를 입력했다.

"우선 '사진전'이란 이름의 폴더에 들어가줘."

"들어갔어."

"개구리가 점프해서 벌레 잡아먹으려고 혀 내미는 사진 찾아줘."

"찾았어."

"그걸로 해줘."

"음? 정한 거야? 사진전에 뭐 낼지?"

"어. 잘 찍었지? 개구리 포즈 봐. 혀가 마치 리듬 체조하는 거 같아. 개구리가 좀 말랐지? 밥을 먹은 지 오래됐을 거야. 개구리의 자세와 벌레의 상대적인 위치를 봤을 때 개구리는 점프 후 최고 지점에서 떨어지는 중임을 알 수 있고 실제로도 그랬어. 즉 사냥 실패. 얼마 안 남은 힘을 짜내서 시도한 사냥인데 또 다시 무위로 돌아가고 말지. 정말 처량하지. 사진에는 스토리가 있어야 해. 구도나 기술적인 측면만을 다루면 잘 찍은 사진은 나오지만 훌륭한 사진은 되기 힘들어."

마음이 조금 아팠다. 저 말은 은서 이전에 난사의 부장을 맡았고 지금은 하늘나라에 있는 정도운이라는 사람이 늘 강조하던 말이다.

"도운이 형이 한 말이구나."

"오빠는 잘 지내겠지?"

"나는 왜 부른 거야."

"응?"

"사진전에 낼 거 못 정하겠어서 같이 좀 골라달라 했잖아.”

“사실 이미 정했어. 그냥 심심하니까.”

실은 아무래도 상관없다.

“너 그럼 설마 친구가 입원했는데 한 번도 병문안 안 오려고 했어?”

“그건 아니고. 우리가 걱정을 얼마나 많이 했는데. 사고 소식 듣자마자 다들 병원 앞에 모였어.”

“혹시 사장님도 오셨어?”

“사장님…은 그때 일 때문에 멀리 계시느라 못 오셨어.”

“그렇구나.”

“왠지 풀이 죽은 거 같다.”

“이게 사진 찍다가 다친 건데 사장님한테 출사 나간다고 말했더니 위험하다고 말리더라고. 위험한 짓은 할 생각이 없었는데 그것 땜에 좀 다퉜어. 아마 그때 다른 사람이 있었다면 내 편을 들어줬을 텐데. 역시 신경 쓰여서 안 오신 건가.”

“그건 아닌 거 같아. 그냥 바쁜 일이 있다고 하셨어.”

“그럴까. 아, 맞아. 널 부른 이유는 따로 있어.”

“뭔데.”

“조사를 좀 해줘.”

“조사?”

"바탕화면에 보면 '뭐야'라는 제목의 사진이 있거든. 열어 봐."

사진에는 기찻길 선로가 왼쪽 아래에서 오른쪽 위로 완만한 곡선을 그리며 이어져 있다. 선로 위를 지나는 철도 육교가 보인다. 나머지는 산등성이며 아주 멀리 드문드문 건물이 있다. 사진에는 전체적으로 좌우 방향의 흔들림이 있다. 하늘에는 석양이 지고 있다.

"허실역 철도 육교를 찍은 거네. 사진이 왜 이렇게 흔들렸어?"

"삼각대가 고장이 났더라고. 중요한 건 그게 아냐. 육교 부분을 잘 봐."

음. 자세히 보니 검은 얼룩 같은 게 있다. 아니, 피사체인가.

"이 검은색의 무언가는 사진에 찍힌 건가?"

"아마 그럴 거야."

"새야?"

"새는 아니야. 무엇보다도 자세히 봐봐. 그것도 흔들렸지?"

"응. 그런데?"

"잘 봐. 사진은 전체적으로 좌우로 흔들렸어. 그런데 그 검은 자국은 어떻게 흔들렸지?"

"음. 카메라가 좌우로 흔들렸으니 이 또한 좌우로 흔들렸겠는데 자세히 보니."

"위아래로도 흔들렸지?"

"그러게. 이상한데. 전부 좌우로 흔들리는 와중에 위아래로 흔들리다니. 노이즈 아닌가?"

"노이즈 아니야."

"그럼 뭐지?"

"내 생각에 그건 사람이야."

"사람?"

"그래. 사람. 그것도 건물에서 떨어지는 사람."

"어떻게 그렇게 확신할 수 있어?"

"육교 난간을 자세히 봐봐."

"음."

자세히 보니 난간에 검은 무언가가 묻어 있다. 위아래로 흔들리는 것과 비슷하다. 그렇다면.

"이것도 사람?"

"맞아."

"그래서?"

"답답하네. 그래서라니. 한 사람은 떨어지고 있어. 그리고 한 사람은 난간에 서 있어. 이게 뭘 의미하겠어?"

"설마. 누군가가 사람을 밀어트렸다는 거야?"

"그래. 살인이야. 나는 살인사건을 찍은 거야."

순간 모골이 송연했다. 나도 모르게 찍은 살인사건 현장이라.

"아니, 그럼 너는 이걸 찍으면서도 몰랐던 거야?"

"철도가 구도에 어떻게 들어올지만 신경 쓰고 있었거든."

"그래서 경찰에는 신고했고?"

"아니."

"왜?"

"왜냐면 이건 2년 전 사진이거든. 크하하."

잠시 머리를 한 대 얻어맞은 듯 정신이 멍해졌다.

"2년 전 사진 이야기를 왜 지금 하는 거야."

"이제 봤으니까."

"왜 이제 본 거야."

"사진을 찍은 직후에는 제대로 살피지 않았으니까. 실패작이었기 때문이지."

"그럼 2년 전 사진을 왜 이제 볼 생각을 한 거야."

"그야 2년 만에 열리는 사진전이니까. 지금까지 찍은 사진을 전부 봤어. 천 장 넘게 살피느라 힘들었어."

"하여튼 웃기네. 그래서 어떻게 할 거야?"

"네가 조사 좀 해줘."

"뭐를?"

"현장에 가서 조사를 좀 해줘."

"내가 경찰이야?"

"경찰이 돼줘."

네가 부탁한다면 할 수 없지.

"내가 범인을 잡았으면 좋겠어?"

"응."

"물론 내가 불의를 보면 못 참는 성격이긴 하지만."

"크하하."

"왜 웃는 거야. 그리고 너 좀 여자답게 웃어봐."

내 말에 은서의 얼굴이 갑자기 굳어 뒷걸음질을 칠뻔했다.

"여자답게 웃는 건 뭔데? 손으로 입을 가리면서?"

"아, 그건. 미안해."

"농담이야, 농담. 크하하. 미안해하지 않아도 돼."

한 방 먹었다. 기분은 나쁘지 않지만.

"내가 나선다고 어떻게 범인을 잡겠어."

"잡을 수 있어. 너는 그만한 능력이 되니까."

갑자기 전단지에 1순위로 적힌 살인 혐의 지명수배자도 잡을 용기가 솟구친다.

"그런데 단서가 너무 적어. 목격자를 찾아야 하나. 아니, 2년 전 일이잖아. CCTV라도 뒤져야 되나."

"저기 CCTV 없어."

"네가 그걸 어떻게 알아?"

"가봤거든."

"언제?"

"일주일 전에."

"너 거기 갔다가 다친 거야?"

"조사에 너무 열중하느라 계단을 못 봤어."

"CCTV도 없다면 이건 경찰도 못 잡아."

"아니, 너라면 가능해."

혹시 은서도 나를.

"이유가 뭔데."

"현장에 증거가 떨어져 있었거든."

역시 아니었다.

"증거?"

"키링이야. 철길에 보면 선로 옆에 돌멩이랑 풀떼기 자란 곳 있잖아. 거기에 떨어져 있었어."

"어떤 모양이었는데?"

"아보카도 모양 캐릭터였어."

"아보카도라."

"아보카도를 찾아."

"그런데 그게 왜 증거가 되는 거야?"

"범인이 떨어트린 걸 거니까."

"하지만 2년이 지났는걸. 그 사이에 누가 떨어트렸다고 보는 게 현실적이지 않을까."

"바탕화면에 '증거'라는 사진을 찾아봐."

어디 보자. 사진은 철길을 내려다보는 구도였다. 기차의 바퀴가 지나가는 선로 옆에 자갈과 풀이 나 있는데 거기에 과연 아보카도 키링이 보였다. 펜스는 빽빽하게 교차한 쇠창살 형태로 만들어졌다. 키링이 떨어진 위치는 육교에서 그리 멀진 않지만 그래도 꽤나 떨어진 곳이다.

"육교 위 그러니까 펜스 안쪽에서 저곳으로 키링을 떨어트리는 건 현실적이지 않지."

"던졌다면?"

"저 조그만 창살 틈으로 던졌단 말이야?"

확실히 그냥 쑤셔 넣기에도 틈이 좁다. 육교 위는 천장이 덮혀 있어 위로도 던지지 못한다.

"방음벽 너머로 누군가 힘껏 던진 건 아닐까. 어찌 됐든 2년이 지났어. 저 키링이 용의자와 연결될 수 있는 가능성이 그리 많진 않을 거 같은데."

"이 근처는 안 그래도 사람이 안 사는 곳이고 그나마 멀리 떨어진 곳에 거주하는 사람은 모두 어르신들이야. 젊은 사람들은 지나갈 이유가 없어. 만에 하나 어르신들이 키링을 가지고 있다고 해도 그분들은 더더욱 던질 이유가 없어. 부탁이야. 우선 현장에 가서 키링을 회수해와."

"선로 안으로 들어가야 하잖아."

"방음벽을 잘 보면 틈이 있을지도 몰라. 거기 낡았잖아. 아니면 벽을 넘어도 되고."

"말이 쉽지."

"너라면 할 수 있어."

"그런데 어떤 사람을 대상으로 찾는 거야? 허실시 거주자 전체? 20만 명은 될 텐데."

"도운이 오빠 주변 인물을 찾아."

갑자기 그 형 이야기는 왜 나오는 거야.

"갑자기 그 형 이야기는 왜 나오는 거야."

"그야."

은서가 갑자기 비장한 표정을 지었다.

"2년 전 도운이 오빠가 떨어졌다던 육교가 그곳이거든."

아보카도를 찾아.

그 말을 뇌리에 박은 채 나는 일인실을 빠져나왔다. 복도를 걸으려는데 일인실 문 바로 옆에 서 있던 어떤 할아버지를 보고 깜짝 놀랐다. 문 바로 밖에 사람이 있을 거라곤 생각 못 했다. 은서 면회로 온 건 아니다. 면회는 한 명만 가능하고 그 한 명이 나니까. 할아버지는 제법 옷차림이 근사했는데 나비넥타이에 멜빵을 차고 있고 오른쪽 소매는 말아 접어 올렸으며 갈색 신사 모자를 쓰고 있었다. 면회자가 목걸이 형태로 목에 거는 명찰은 없다.

"할아버지는 누구세요?"

"그게, 층을 착각해서 말이야. 헤매고 있었단다."

"면회증이 없으신데요."

"그게, 나이가 먹으니 건망증이 심해져서 그만 잃어버렸어. 간호사에게 말하려던 참이었지."

"은서를 아세요?"

"은서? 글쎄다. 처음 듣는 이름인데. 네 여자친구니?"

옷차림도 그렇고 뭔가 평범해보이진 않은 할아버지지만 그냥 길을 잃으신 것 같다. 설마 문밖에서 은서와 내가 나눈 대화를 엿듣진 않았겠지.

"아니에요. 같이 엘리베이터 타고 내려가요."

병원 로비에 도착해 몇 걸음 걷다 문득 옆을 보니 할아버지는 온데간데 사라지고 보이지 않았다. 또 다른 층에 가는 건 아닐까 생각이 들었는데 정신은 멀쩡한 걸로 보이니 뭔 일은 일어나지 않을 테다. 지금은 은서의 의뢰가 급하다.

병원 밖으로 나오니 하늘에 구름이 많이 끼어 있다. 발걸음을 빨리했다.

은서는 최근 도운이 형을 생각했음에 틀림없다. 일주일 뒤 열리는 사진전과 도운이 형의 기일이 겹치니 자연스러운 일이다. 하지만 왠지 그 전부터, 한참 전부터 도운이 형을 생각해왔을 것만 같았다. 예전 사진을 뒤져보다 도운이 형이 떨어진 장소를 떠올린 게 아니라, 도운이 형을 떠올리고 그 장소가 적힌 예전 사진을 몇 천 장 뒤로 넘기면서 찾았을지도 모른다. 뭐, 객관적으로 나오는 하등 상관없는 일이다.

휴대폰으로 도운이 형의 사고를 다룬 기사를 검색했다. 기사에 의하면 열차를 저속으로 몰던 기관사가 선로 옆 작은 풀 무더기 위에 쓰러진 도운이 형을 발견해 신고했다고 한다. 최초 신고였다. 즉 은서의 사진에 우연히 찍혔던 또 한 명의 사람은 신고하지 않고 그 자리를 떠났다는 뜻이다. 비록 내가 생명과학과 건물에서 도운이 형과 마주칠 때마다 은서가 좋아하는 사람이란 생각에 인사를 안 하긴 했지만 그를 죽인 범인일지도 모르는 사람을 찾으려는 의지를 한 톨도 보이지 않을 만큼의 악의는 없다.

다행인 점은 아보카도는 적당히 취향을 탄다는 사실이다. 만약 민트초코딸기 같이 극히 일부만 좋아하는 것이었다면 애초에 용의자를 찾기조차 쉽지 않고, 너무 흔하면 그것대로 문제니까.

조사를 해볼 계획을 궁리 하는데 문제가 있다. 나는 도운이 형과 친하지 않았다. 그의 주변 사람들도 잘 모른다. 도운이 형의 기일이 코앞인데 그때 상황을 캐묻다간 이상한 놈으로 몰릴지 모른다. 그렇다고 사정을 오픈했다간 그의 주변에 있을 살인자가 그 말을 듣고 정체를 꼼꼼 감출지도 모른다. 어찌됐든 누군가의 도움을 받을 수밖에 없다. 나와 친하고 도운이 형과도 친했으며 용의선상에서 제외할 수 있는 사람.

은서에게 메시지가 왔다. 그녀만 알림음이 달라 곧바로 알 수 있다. 응원의 말일까.

—다음에 올 때 허실당에서 초콜릿 케이크 좀 사줘.

뭐, 로또 당첨을 확인할 때는 늘 1등이 되지 않을까 하는 상상을 하는 법이다.

버스를 타고 학교에 도착했다. 학교 주변은 재개발 관찰 프로그램 혹은 재개발 오디션이라도 찍는 듯 재개발이 한창이다. 건물이 전염병 옮듯 쓰러져간다. 굴착기가 도로를 부수는 소리가 캠퍼스를 온통 메웠다. 최첨단 기술인 노이즈 캔슬링도 통하지 않는다. 이 정도 소음이면 누가 비명을 질러도 아무도 못 듣겠다.

언덕을 올라 카페 작당모의에 도착했다. 이곳은 언제든지 재개발 타겟으로 선택받아도 이상하지 않을 만큼 낡았다. 최근 반일 감정이 커지며 일본 교토에서 볼 법한 2층짜리 전

통가옥 또한 따가운 눈총을 받는 듯한 기분이 든다. 외관이나 내부나 전부 낡았지만 그래도 고풍스러움을 고고하게 내뿜고 있었는데 바로 옆이 신나게 공사 중이라 영 불안하다. 최근엔 수업 후 카페로 갈 때마다 임종이 가까운 지인의 병문안을 가는 기분이다. 늘 마음의 준비를 한다. 오늘도 살았구나.

카페 안으로 들어갔다. 카운터에는 사장님 대신 고양이 한 마리가 있다. 나와 눈을 마주치더니 입을 쩍 벌리며 하품을 했다. 이름은 허실이라 지었는데 카페의 마스코트인 척하는 길고양이다. 하루 종일 카페에 있으니 길고양이라 하긴 좀 그런가. 밥도 주고 병원도 데려가는 덕에 건강엔 별 이상이 없다. 지금까지는 말이다. 고양이를 담당하던 사람이 입원을 했으니 이 고양이도 앞날을 알 수가 없다. 허실이가 펄쩍 뛰어내려 카페 일 층 안으로 사라졌다. 뛰어내린 곳에 액자 모양의 넓적한 종이상자가 벽에 기대어 놓여 있다. '노연이 귀하. 허실시 사진 공모전 우수작. 〈허실시의 태양과 기차〉'라고 적혀 있다. 보낸이는 허실시. 얼마 전에 사장님이 출품한 사진이 허실시 사진 공모전에서 우수상을 받은 경사가 일어났다. 사진 동아리 본거지의 대장으로서 떳떳할 수 있게 됐다. 출품한 사진이 무엇인지는 사장님이 숨긴 탓에 몰랐지만 곧 카페 벽면에 액자가 걸리면 알 수 있겠지.

사람 한 명만 지나갈 수 있는 너비의 가파른 나무 계단을 올랐다. 계단의 삐걱거림이 날이 갈수록 심해진다. 손님은 아무도 없다. 카페 내부에서 가장 깊숙한 곳인 다다미가 깔린 방으로 들어가 미닫이문을 닫고 성인 키보다 높은 나무 책장 앞에 섰다. 두 손으로 책장을 붙잡고 왼쪽으로 밀자 책장이 스르르 움직이며 숨겨진 방이 나타났다. 카페의 이름 작당모의에 어울리는 장치다. 지금은 사진동아리 '난사'의 동아리방으로 활용되고 있다. 일본식 가옥 분위기에서 갑자기 현대적인 공간으로 바뀌었다. 현대적이라 해봤자 일본 가옥보다 그렇다는 뜻이고 그냥 흰색 벽지에 에어컨과 소파, 테이블과 책상에 노트북과 냉장고가 있을 뿐인 허한 공간이다.

소파에는 부원 중 한 명인 위정아가 회색 추리닝 차림으로 누운 채 휴대폰을 만지작거리고 있다. 22살. 나보다 한 살 많고 2학년까지 다닌 뒤 현재는 휴학 중. 도운이 형과 동갑이라 나름 친했고, 용의자는 아니다. 유력한 조력자 후보다. 나와 별로 친하지 않다는 문제가 있지만 다른 선택지가 없다.

"카운터에 아무도 없던데."

말을 건네며 책상 앞에 앉아 노트북을 켰다.

"응 그러게."

잠금화면을 풀기 위해 로그인을 하려는데 비밀번호가 틀렸다는 메시지가 떴다.

"어, 뭐야. 비밀번호가 틀렸다는데."

"잘못 쳤겠지."

정아가 갑자기 벌떡 일어났다.

"아, 비밀번호 바꿨어. '민트초코딸기'라고 치면 돼."

"뭐라고!"

"아이씨, 왜 소리를 질러?"

민트초코딸기가 여기서 등장할 줄이야.

"미안. 비밀번호는 왜 바꿨어?"

"누가 비밀번호 세 번 틀려서 로그인이 안 됐거든. 겨우 비밀번호 재설정 화면으로 들어갔는데 신입이 자기 멋대로 비밀번호를 '민트초코딸기'라고 적어버렸어."

"신입이면 지유?"

"그 시끄러운 애."

"걔가 지유야."

"조용히 좀 하라고 해."

'사진'이라는 이름의 폴더를 열었다. 출사 때 찍은 사진이나 사진전에 출품할 작품 등 모두가 공유하는 사진을 보관하는 공용 폴더가 있고 '조은서' '위정아' '주해빈' 등 부원들의 이름이 붙은…. 내 이름의 폴더 옆에 '박지유'라는 이름의 폴더도 있다. 그새 폴더를 만들다니 행동력이 빠른데. 다른 사람의 폴더를 들어가면 안 된다는 법은 없지만 암묵적으로 건들지 않는다. 그래도 법은 아니니까 '박지유' 폴더로 들어갔다. 사진이 한 장 있다. 정아는 여전히 카메라에 몰두 중이다. 눈치를 살피며 열어보았다. 강아지를 찍은 사진이다. 집에서 키우는 강아지인 듯하다. 강아지 사진을 놔둔 저의가 궁금해진다.

"사장님은?"

"배달 가셨어."

"누나, 도운이 형이랑 친했지?"

정아가 갑자기 입을 꾹 다물더니 미간을 찡그리며 나를 노려봤다.

"왜 묻는 거야."

"아니, 그냥. 곧 도운이 형 기일이기도 하고. 그냥 생각이 나서."

"너 개랑 별로 안 친했잖아. 장례식장도 안 갔으면서. 그건 너무했다."

"그때 가족이랑 제주도에 있었는데 어떻게 가?"

"아, 그랬나. 근데 왜 묻는 거야?"

잠시 고민을 한 결과 정아에게는 사실을 말해도 지장이 없겠다는 결론을 도출했다. 그리 친한 사이는 아니라 이 누나에 대해 잘 모르지만 한 가지는 안다. 입이 매우 무겁다는 것.

그때 아래층에서 희미한 차임벨 소리와 함께 인기척이 들렸다.

"사장님 오셨네. 내려가서 주문 좀 해줘. 아, 신입 것도. 지금 거의 다 왔다네. 나는 라테로 하고 신입은 아무거나."

"지유 오면 지유한테는 신입 말고 이름으로 말해줘. 거의 2년 만에 들어온 신입이잖아."

이틀 전에 난사 동아리에 신입 회원이 들어오는 엄청난 사건이 벌어졌다. 난사는 도운이 형이 사고를 당한 2년 전부터 꾸준히 내리막길을 걸어 동아리 존폐를 논해야 할 정도로 위기에 몰린 적이 있었으며 총학생회의 제재 때문에 동아리실은 폐쇄. 지금이라고 별다를 거 없이 수많은 유령회원으로 간신히 버티고 있는 상황이다. 그래서 우리는 절대 몸에 부적을 지니지 않는다. 그런데 신입이라니. 홍보도 한 적 없는데. 대뜸 은서에게 메일로 가입 신청을 했다고 한다. 신규 부원의 이름은 박지유. 스무 살 새내기 여학생이다. 카메라에 대해선 문외한이라 한다. 사실 어떤 친구인지 잘 모른다. 원래는 면접을 봐야 하는데 최근 여러 일 때문에 정신이 없기도 했고 동아리 상황이 찬밥 더운밥 가릴 처지가 아니었기에 면접은 프리패스. 곧 처음으로 얼굴을 보게 된다.

일 층으로 내려가니 카운터에서 커피 머신을 만지고 있는 사장님이 보였다. 40대 초반이고 미혼. 난사가 작당모의에 터를 잡기 전부터 이곳 작당모의를 운영해왔다. 출사를 나가는 날엔 늘 이곳에서 먼저 모였고 출사가 끝나도 이곳에서 찍은 사진을 일차로 확인하고 편집했다. 동아리방 못지않게 자주 활용했다. 사장님도 사진을 찍는 게 취미기에 난사 부원과 사장님은 친하게 지냈다. 그러다 2년 전 동아리실이 폐쇄된 뒤 본격적으로 작당모의를 본거지로 삼게 되었다. 참고로 지금 난사가 동아리실로 쓰고 있는 숨겨진 공간은 원래 창고로 쓰고 있었다. 감사하게도 난사에게 양보를 해주신 것이다. 청소와 도배를 해주시고 소파까지 놔주셨다. 난사의 명예 부원으로 가입을 권유했지만 사진 초보라 하시며 아쉽게도 고사하셨다. 그러나 이제 수상을 하셨으니 사장님도 도망칠 수 없으리라. 허실이는 카운터 근처 벽에 놓여 있던 종이 상자와 함께 사라졌다. 사장님과 친한 사이가 아닌 걸로 보인다. 사장님은 아닌데 허실이가 사장님을 멀리한다. 이유가 뭘까.

"안녕하세요, 사장님."

"해빈아 안녕. 은서는 좀 어때?"

"붕대를 좀 많이 감긴 했지만 시간만 지나면 회복될 거라고 하네요."

"다행이구나. 라테 세 잔 갖다주면 되니?"

"네. 아, 잠시만요."

음, 혹시 모르니까. 그럴 확률이 있을 거 같기도 하고.

"하나는 민트초코라테로 주세요."

"신입 거니?"

"아마 그럴 거 같네요."

"세심하기도 하지. 알겠어. 기다리고 있으면 가져다줄게."

동아리실에 돌아가니 정아가 집요한 말투로 따졌다.

"왜 물어보냐고."

은서에게 들은 얘기를 그대로 전해주었다. 물론 내가 병원을 빠져나오면서 떠올린 망상은 뺐다.

"음…."

정아가 소파 등받이에 몸을 깊게 파묻었다.

"나는 반대야."

"갑자기 반대라니?"

"네가 조사하는 걸 반대한다고."

'나는 도운이랑 별로 안 친해'라는 대답 정도로만 걱정했던 나는 잠시 머리가 멍해졌다.

"아니, 왜?"

"그건 할 짓이 못 돼."

"왜?"

"너는 2년 전 장례식에 참석을 하지 않아서 모르겠지."

"그러니까 가려 해도 갈 수 없었다고."

"그 얘길 하는 게 아니야. 그때 도운이의 부모님이 얼마나 슬퍼했는지 보지 못했다는 말이야. 2년이 지났어. 부모님은 도운이를 이제 가슴속에 묻어두고 자신의 삶을 살아간다고. 그런데 그 이야기를 다시 꺼내겠다니. 게다가 살인이라는 사실을 알려주면 부모님이 어떻게 반응할까? 다시 그때 그 슬펐던 때로 돌아가겠지? 거기다 범인도 반드시 잡으려 할 테고. 그런데 얘기를 들어보니 현실적으로 범인을 잡긴 힘들어. 아보카도 키링? 그게 어쨌다는 거야. 그 아보카도 키링이 범인 거야?"

맞는 말이다. 아보카도 키링과 사건의 연관성은 불투명하다. 하지만.

"그래도 철로에 뜬금없이 아보카도 키링이 떨어져 있는 건 이상하잖아. 달리던 열차에서 승객이 떨어트린 것도 아닐 테고. 잠시만. 그럼 아보카도 키링이 도운이 형 거였나?"

"걔 그런 거 다는 취향 아니야."

"그럼 범인 꺼 아니야? 도운이 형을 밀어트린 범인."

"그럼 그 범인의 키링이 왜 거기 있던 건데. 범인도 떨어져 죽었었나?"

"그건…."

"중요한 건 처음에 말했던 도의적 문제야. 도운이 형의 부모님이 느낄 정신적 고통을 생각해봐. 게다가 조사 도중에 누군가 우리가 알아내려는 것을 눈치채고 허실시 페이스북 페이지에 글을 올리기라도 하면 골치 아파져. 안 그래도, 전에, 뭐더라, 체크무늬 남자인지 정체불명 남자 사건으로 떠들썩했잖아. 그때도 아무것도 아니었는데 난리 났던 거 보면, 사진이 유출됐을 때 어떻게 될…."

"에이, 그렇게 할 짓 없는 인간이 있겠어. 그리고 이건 은서의 부탁인데."

"물론 네가 은서를 좋아한다는 건 알지만 걔 부탁이라고 모두 들어줄 순 없어."

"무슨 소리야. 안 좋아해."

그때 누군가 올라오는 소리가 들리더니 책장이 열렸다. 돌아보니 잔 세 개가 놓인 갈색 트레이를 손에 들고 있는 사장님과 청바지와 흰색 셔츠 차림에 백팩을 매고 키가 작은 단발머리의 여성이 보였다.

"안녕하세요! 신입 부원 박지유입니다. 잘 부탁해요."

목소리가 우렁차고 말투에 자신감이 넘친다. 처음 보는 사람에게도 거리낌이 없다. 순간 정아가 얼마나 당황했을까 하는 생각과 함께 웃음이 나와 입술을 깨물었다. 첫 인상은 합격…이라 생각했는데 우리가 뭐 영업부도 아니고. 게다가 이미 본인은 난사의 일원이라 한 치의 의심도 하지 않고 있을 것이다. 폴더까지 만들었으니.

사장님이 트레이를 건네고 바로 책장 쪽으로 가길래 붙잡았다.

"사장님, 잠시 시간 되시면 저 좀 도와주세요."

"응? 어떤 거?"

"제가 뭘 조사해야 해서요. 일단 자리에 앉으세요. 지금은 손님도 없잖아요. 그리고 사장님을 난사 명예 회원으로 임명하는 안건도 얘기해봐요."

사장님이 웃으며 손을 휘저었다.

"그건 괜찮대도."

"어때요, 언니."

정아는 사장님을 언니라고 부른다. 둘은 나이 차가 제법 나는 데도 친구처럼 잘 지내고 있다.

"언니의 서포트가 아니었다면 난사는 2년 전 도운이가 사고를 당했을 때 진작 해체됐을 거예요. 사진전을 2년 만에 열 수 있는 것도 연이 언니 덕인데요. 일단 앉아보세요. 해빈이 아마 언니한테 도운이에 대해 물을 걸요."

"그럼 손님 올 때까지 잠시만 있을게."

손님은 안 올 테니 오래 있겠구나.

나는 공용노트북이 있는 책상 앞 의자에, 정아는 소파에 앉았다. 사장님은 테이블을 사이에 두고 소파 맞은편에 있는 의자에 착석. 지유는 당돌하게 정아 바로 옆에 앉았다.

"저기, 한 칸만 떨어져서 앉아보지 그래."

딱히 냉담하진 않으나 자칫 기분 나쁠 만한 말투임에도 지유는 내색하나 하지 않고 한 칸 옆으로 움직였다. 그리고 백팩을 열어 이것저것 꺼내기 시작했다. 과자였다. 마술처럼 과자 봉지가 끝도 없이 나왔다. 마지막으로 나오는 갈색 액체가 가득 찬 크리스탈 위스키병을 보고 혼절할 뻔했다.

"보리차예요. 정말이에요."

지유가 뚜껑을 열고 병을 나에게 들이밀었다. 냄새를 맡아보니 술은 아니었다. 한 모금 마셔보니 정말 보리차였다.

정아가 손가락으로 병을 가리켰다.

"너 이틀 전에는 이런 거 안 가지고 왔잖아."

"그때는 병을 소독하느라 못 가져왔어요."

"정말 너 같은 애 처음 본다. 그리고."

이번엔 나를 가리켰다.

"너는 또 그걸 왜 마시는 거야. 술일 줄 알았어?"

"무슨 소리야. 술이 아니라고 하니까 마셔본 거지."

"신입아. 여기는 카페고 카페는 외부음식 반입 금지야."

"아."

정아의 말에 지유가 고분고분하게 과자를 다시 도로 집어

넣다 멈칫했다.

"보리차는 꺼내놓아도 될까요."

정아가 잠시 머뭇거리다 말했다.

"그건 맘대로 하고… 과자 하나만 꺼내봐."

사장님이 정아와 지유의 대화를 보고 귀엽다는 듯 미소를 지었다.

"괜찮아. 너희들은 외부 음식 가지고 와도 돼."

"누나, 아무래도 나는 조사를 해야겠어. 이대로라면 도운이 형의…."

말을 하려다 멈칫했다. 옆자리에 지유가 있다는 사실을 뒤늦게 깨달았다. 지유는 외부인이다. 아, 이젠 외부인이 아니지만. 물론 용의자도 아니고 도운이 형을 알 리도 없기에 사건에 대해 알려줘도 소문이 퍼질 거 같진 않다. 하지만 왠지 알려줬다간 굉장히 피곤해질 불길한 예감이 든다.

"도운이의 원한을 풀 수 없다는 거야?"

"원한? 원한이요? 무슨 일인가요?"

지유가 말똥말똥한 눈으로 물었다.

"아니, 별일 아니야. 너는 몰라도 되는 일이야."

"'도운이 형'이라면 이전 난사 동아리 부장님 말하는 거 아닌가요?"

"뭐야? 네가 그걸 어떻게 알아?"

"내가 말했어."

정아가 별일 아니라는 듯 말했다.

"누나답지 않네."

"그거야 쟤가 노트북에서 '정도운'이란 이름의 폴더를 발견한 데다 난사 블로그에 올라온 글을 블로그가 만들어졌을 때 올라온 게시물부터 지금까지 몇백 개 되는 걸 다 보고 나한테 자꾸 질문을 해대서 그렇지."

"저도 이제 난사의 일원인데 동아리의 역사는 알고 있어야죠. 여튼 도운이라는 분은 사고사를 당했다고 들었는데, 원혼이라 함은…. 설마 살인?"

서둘러 지유를 진정시켰다.

"'원혼'이란 말 한 적 없어. 너 이 이야기 누구에게도 하면 안 돼."

"역시 살인이 맞군요. 무서워라."

정아가 손가락을 튕겼다.

"연이 언니랑 신입한테 물어볼까? 조사를 하는 게 맞는지 아닌 게 맞는지."

"조사라면 도운이라는 분의 살인사건을 우리가 조사한다는 건가요? 수사인가요? 탐정?"

"지유야 잠깐만. 분명히 하자. '우리'가 아니라 나야. 그리고 아직 할지 안 할지도 결정 안했고, 살인사건 수사도 아니고 탐정도 아니야."

내 말은 씨알도 안 먹힌 듯하다.

"난사에서 일어난 일인데 우리가 해결해야죠. 해빈이 오빠가 셜록홈즈를 할 거면 제가 왓슨을 할게요."

"이건 장난이 아니야."

내가 말해놓고 나도 모르게 멈칫거렸다. 내가 너무 진지하게 말했나. 역시 지유는 풀이 죽은 표정을 지었다.

"죄송해요."

"아니, 뭐. 괜찮아. 내가 미안."

이 친구에게 사정을 말해야 할까. 제멋대로 생각하다 일을 부풀리면 그것대로 큰일이다.

"너 절대 외부에 발설하면 안 된다."

"약속할게요."

나는 은서와 나눈 대화 그리고 정아 언니와 나눈 대화를 지유와 사장님께 전했다. 지유는 잠시 입을 다물고 생각에 잠기는 듯했다.

"흠… 그렇군요. 사진을 볼 수 있나요?"

나는 은서 노트북에서 가져와 내 폰에 저장해놨던 그 사진을 공용노트북에다 옮겼다. 2년 전 은서가 찍었던 사진과 다치기 직전 아보카도 키링을 찍었던 사진 둘을 나란히 화면에 띄웠다.

"그런데 이거 사람 맞아요?"

"내 말이. 이게 도운이와 범인인지 어떻게 아느냐 말이야."

지유의 말에 정아가 격하게 맞장구쳤다. 나는 차근차근 설명했다.

"그럴 가능성도 있으니 우선은 조사해보자는 거지. 만약 도운이 형 주변에 2년 전에 아보카도 키링을 가지고 있던 사람을 찾으면."

"우와, 그럼 대박이겠는데요?"

정아가 코웃음쳤다.

"대박은 무슨. 아까 말했지만 이건 정의로운 일이 아니야. 도운이의 부모님을 생각해."

"그래도 저는 만약 도운이 오빠가 그런 일을 당한 거라면 마땅히 해볼만하며 의미가 있는 일이라 생각해요."

정아가 지유를 노려봤다. 심한 소리를 할까봐 가슴이 쫄렸으나 이내 표정을 풀고 항복하는 제스쳐를 취했다.

"너희들 마음대로 해. 나는 빠질 거야. 손도 안 댈 거야."

"대신 그럼 도운이 형과 친했던 사람이 누구누구 있는지 좀 알려줘. 그중에 아보카도 키링을 달 만한 사람이라던지. 나는 도운이 형과 안 친했으니까."

"아보카도 키링을 달 만한 사람은 도대체 어떤 사람이

야?"

"아보카도를 좋아하는 사람!"

정아의 말에 지유가 박수를 치며 외쳤다. 순수하기도 해라. 정아는 어처구니없다는 표정을 지었다.

"헛소리하네."

"누나, 마냥 헛소리같진 않아 보이는데. 아보카도 키링은 일반적이진 않잖아. 그래서 도운이 형과 친한 사람이 누가 있었어?"

"음. 아. 언니 도운이랑 친하지 않았나요?"

정아의 말에 사장님이 당황한 듯 말을 어버버거렸다.

"아, 사장님이 범인이라는 게 아니니 안심하세요."

"다행이네. 깜짝 놀랐어."

"어떻게 친하셨어요?"

지유의 물음에 사장님이 난처한 듯 앞치마를 매만졌다.

"신입아, 그렇게 취조하듯 말할 건 없잖아. 언니, 미안해요. 도운이랑 친하다고 하니 범인으로 생각하나봐요."

"어, 맞아요."

"맞긴 뭐가 맞아. 신입아, 사장님이 없었다면 난사는 진작에 망했어. 공로상을 수여해도 부족하다고."

"그래요?"

아닌 게 아니라 정아의 말이 딱 맞다. 2년 전 도운이 형이 사고를 당하기 전에도 난사는 고난의 길을 걸었다. 동아리실에 도둑이 들어 비싼 카메라가 도난당하고 어처구니없게도 학생회관 CCTV는 고장난 데다 총학생회의 대응도 미지근해서 범인을 못 찾았을 때 새로운 카메라 구입비용을 사장님이 일부 보태주셨다. 그뿐이랴. 부원들이 사정이 있어 도운이 형만 지방의 어느 자연 속에 위치한 출사 지역에 사전답사를 갔다가 폭설로 버스가 끊겼을 때 사장님이 직접 차를 몰고 가 도운이 형을 구해주기도 했다. 사진전 개최 장소 대관 문제로 도운이 형이 골머리를 앓을 때도 사장님이 힘을 써주셨다. 2년 전 도운이 형이 사고로 세상을 떠난 뒤로는 카페의 비밀 공간을 동아리실로 쓰게 해주신 데다 음료는 공짜로 무한 제공. 2년동안 사진전은 비록 열지 못했지만 투표를 통해 부장에 선정됐음에도 도운이 형이 죽어 정신이 반쯤 나갔던 은서를 대신해 사진전 개최도 알아봐주셨다. 생각해보니 이 정도면 이미 회원과 다름없는 셈이다. 이 모든 건 난사 부원이 그동안 카페의 매출을 대부분 책임져준 덕에 마음씨 좋고 사진 좋아하는 사장님이 베푼 은혜이다.

"오빠, 아니면 아보카도를 싫어하는 사람이나 별 관심 없는 사람을 먼저 걸러내는 건 어때요?"

오, 그거 좋은 생각이다. 정아의 얼굴은 여전히 뾰루퉁하지만.

"그래, 너희들 마음대로 해."

"도운이 형과 어울려 지냈던 사람은 누가 있나요? 인적 드문 낡은 육교에 갈 만한 사람이요."

"여자친구 아닐까요?"

지유가 확신에 찬 듯 말했지만 정아가 단칼에 잘랐다.

"그때 도운이 여자친구 없었을걸. 장례식장에 여자친구가 왔다는 얘기도 안 왔다는 얘기도 못 들었으니까."

"그럼 썸녀 아닐까요?"

"도운이 형한테 썸녀가 있었어요?"

"그걸 내가 어떻게 알아. 친했던 사람이야 난사 부원이겠지. 당시엔 실질적으로 활동하는 난사 부원이 그래도 6명은 됐으니까. 물론 나와 너, 은서 빼면 달랑 세 명이지만. 그 사건 직후 난사를 탈퇴했지 아마. 그런데 너도 알 텐데 왜 물어."

"난사 말고 다른 사람은요?"

"그것까지 내가 어떻게 알아. 도운이는 사교성이 좋으니까 친한 사람은 많았겠지. 너 혹시 난사 부원은 범인일 리가 없다고 생각하는 거야?"

"유쾌한 생각은 아니지만 가능성은 있겠어요. 그런데 도운이 오빠가 사교성이 좋다면 왜 그런 짓을 당한 걸까요?"

지유가 의문을 제기했다. 그럴듯한 질문인데 뭐라고 답해야 할까.

"사이가 안 좋은 사람이 있었나?"

"사이가 안 좋은 사람과 그런 한적한 육교에 가나요?"

"그렇다면 도운이 형은 사이가 좋다고 생각했지만 상대방은 정반대였다는 소리일까? 사장님은 어떻게 생각하세요? 여기에 부합하는 인물이 있을까요? 지금까지 난사 부원을 옆에서 지켜본 입장으로서요."

사장님이 생각에 잠긴 듯 허공을 바라봤다.

"음, 나는 잘⋯. 생각해보니 현규란 친구가 있었잖아. 그 친구가 주변에 아무도 없을 때 중얼거렸던 걸 들은 적이 있어. '자기만 잘났냐'고."

"최현규요?"

분명 현규라는 친구가 있긴 했다. 나와 동갑이었는데 나름 활동도 했고 사진에 어느 정도 관심이 있던 걸로 기억한다. 과는 달라서 자주 만나진 못했다.

"그건 도운이 형을 두고 하는 소리였나요? 언제쯤 그런 말을 했었죠?"

"도운이가 육교에서 떨어지기 직전이었던 거 같기도 해."

생각에 잠기던 정아가 입을 열었다.

"걔, 도운이를 질투했던 것 같아. 도운이가 워낙 사교성이 좋고 인기가 많잖아. 주변에 여자도 많았고. 물론 남자도 많았어. 하지만 걔의 눈엔 여자만 보였나봐. 개중에는 자기가 좋아하는 여자애도 있다고 했어. 이건 나만 아는 사실인데, 걔 그것 때문에 난사 탈퇴한 거야. 부장이란 사람이 여자애랑 시시덕거리기만 한다고."

엄청 크나큰 오해를 한 모양이다.

"최현규란 분은 아보카도를 좋아했어요?"

지유의 말에 잠시 기억을 더듬어봤다.

"과일은 그래도 좋아하는 편 같았는데 아보카도까지는 모르겠네. 대중적이진 않잖아. 언니 생각은 어때요?"

정아가 사장님에게 질문을 던졌다.

"아보카도는 나도 별로 안 좋아해."

"현규는 어땠어요?"

"아, 그건. 잘 모르겠어."

정아가 팔짱을 꼈다.

"나는 깔라만시를 좋아하지만 아무한테도 깔라만시를 좋아한다고 말하지 않아. 질문을 받은 적도 없고. 깔라만시는 좀 매니악하긴 하지만. 모를 만도 하지."

지유가 비명을 질렀다.

"언니, 깔라만시를 어떻게 먹어요?"

술병에 보리차를 담아 먹을 정도면 깔라만시도 먹을 거

같은데 의외다.

"너 같은 애는 모르겠지."

"생각해보니 현규 그애 아보카도를 좋아했던 것 같기도 해."

그랬었나.

"그랬나요?"

정아가 문자 사장님이 고개를 끄덕였다.

"아보카도가 들어간 음료도 파냐고 물었던 적이 있거든."

"일단 전화를 한번 해볼까."

연락처에서 '최현규'를 찾아 통화 버튼을 눌렀는데 이변이 발생했다.

"없는 번호라는데. 누나, 현규 번호 있어?"

"있기야 하겠지, 너처럼. 끝에 네 자리가 9281?"

글렀구만.

"내가 지금 나가야 하는데 누나, 혹시 현규 번호 좀 알아내 줄 수 있어?"

"내가 탐정이냐?"

"탐정은 보통 사람 번호 알아내는 것보다 더 대단한 일을 하지 않나요?"

지유의 꽤나 날카로운 지적에 웃음이 나올 뻔한 걸 간신히 참았다.

"신입아. 나 건들지 말아주라."

"그렇다고 번호를 알아내는 일을 안 하는 건 아니잖아. 그렇지?"

급히 정아를 달랬다. 정아는 기분이 안 좋을 땐 어떤 부탁도 들어주지 않는다.

"어떻게 알아내는데."

"건너건너 알아내면 되지 않을까."

"내가 해야되는 걸 왜 네가 말해. 그리고 만약에 현규 번호를 왜 묻냐고 물으면 뭐라고 답해야 돼? 지금 살인 혐의로 몰렸으니 조사를 해야겠다고 할 순 없잖아. 게다가 제 발로 난사를 나갔고 끝이 그렇게 좋지도 않았는데 번호를 물으면 수상하게 여길 거 같은데. 거기다 본인에게 사실대로 말을 하면 난사는 멀쩡한 사람 살인범으로 몰고 가는 동아리가 되지 않을까?"

"뭘 그렇게 무섭게 말해. 당연히 사실대로 말하면 안 되지. 난사가 오랜만에 사진전 여는 기념으로 그동안 활동했던 부원들 다 초대한다고 하면 되잖아. 도운이 형 건은 넌지시 떠보는 거지. 만약 무섭게도 현규가 정말 그랬다면 본인이 찔려서 반드시 어떤 반응을 보일 거야. 도운이 형 기일이기도 하니 의도를 쉽게 알아차릴 거야."

"그럼 네가 해. 나는 번호만 알려준다. 아무것도 안 할 거야."

가방을 메고 일어나려는데 지유가 따라 일어섰다.

"저도 같이 가요."

"네가 왜? 그것보다 내가 어디 가는 줄 알고."

"육교 가는 거잖아요. 아보카도 키링을 확인하려고요. 증거 수집이죠. 그걸 들이밀었을 때 당황하는 사람이 바로 범인. 저도 같이 가드릴게요. 제가 필요한 일이 있을 걸요."

"그거 좋네. 여기도 조용해져서 좋고."

정아가 과자를 집어먹기 시작했다.

"그럼 같까요? 그런데 어디에요?"

이거 웃어야 할지 슬퍼야 할지 모르겠다.

지유가 책장을 옆으로 밀다 비명을 질렀다. 책장 건너편에 초로의 신사가 서 있었다. 옷차림이 제법 근사하다. 나비넥타이에 멜빵을 차고 있었고, 오른쪽 소매는 말아 접어 올리고 있으며 갈색 신사 모자도 쓴 채였다. 그렇다. 아까 병원에서 본 할아버지다. 온몸에 살짝 한기가 돌았다. 이 할아버지 나를 쫓아왔나.

그때 사장님이 할아버지에게 인사를 건넸다.

"어머, 진설주 어르신. 언제 오셨어요?"

그러게 말이다. 일 층 카페 출입문이 열릴 때 울리는 초인종 소리는 분명 울리지 않았다. 직원용이자 난사 부원 전용

인 뒷문이 있긴 한데 으슥한 곳에 있어 사람들은 거의 쓰지 않는다.

"사장님, 아는 분이세요?"

할아버지는 웃는 얼굴로 동아리실을 둘러보다 나와 눈이 마주치자 잠시 웃음을 거두고는 곧바로 미소를 지었다.

"응. 진설주 할아버지라고 역사학자이신데 지역 향토사를 연구하셔."

나는 할아버지를 똑바로 쳐다보았다.

"할아버지. 아까 전에도 저희 만났었죠?"

"오, 너였구나. 이렇게 또 보니 반갑구나."

"책장 너머에 숨겨진 공간이 있다는 사실은 어떻게 아셨죠?"

"무슨 소리니? 나는 그냥 카페 안을 둘러보다 인상적인 다다미방을 발견해 들어와 책장에 꽂힌 책을 살피던 중이야."

사장님이 나와 할아버지 사이를 끼어드는 모양새로 섰다.

"이분은 종종 카페에 오셔. 이 공간은 모르셨을 거야. 그렇죠?"

"그럼."

"할아버지. 아까도 지금도 혹시 제 이야기를 엿들은 건 아니시겠죠?"

"상상력이 풍부한 친구구나. 그렇지 않아. 엿듣다니, 재밌는 이야기라도 했니?"

"어르신, 이만 내려가세요. 차 한 잔 대접해드릴게요."

사장님은 할아버지의 한쪽 팔을 붙잡고 서둘러 일 층으로 내려갔다. 지유가 안도의 한숨을 내쉬었다.

"깜짝 놀랐네. 오빠, 아는 사람이에요?"

"아니, 그게."

말을 이으려다 가까스로 멈추었다. 왠지 말을 했다간 성가신 일이 생길 거 같은 불길한 예감이 머릿속을 스쳤다. 방금 전에 정아 누나가 한 말. 누군가 우리가 조사하려는 것을 눈치챈다. 설마 저 할아버지가.

"아까 지나가던 길에 잠깐 본 게 다야."

"얘들아, 조사하러 빨리 나가줄 수 있겠니. 혼자만의 시간을 보내고 싶다."

정아가 소파에 누워 휴대폰을 만지작거리며 말했다.

"그래요, 오빠. 빨리 나가요."

뭐, 사장님과 아는 사이라니 이번에도 우연일 것이다. 신경 쓰지 말자.

"아보카도는 많이 먹으면 안 된대요."

지하철과 버스를 갈아타며 사십 분을 간 끝에 문제의 육교에 도착했다. 날씨는 먹구름이 낀 게 우중충하여 수상쩍은 행동을 하기에 알맞다. 인적은 드문 게 아니라 아예 없다. 이 주변은 사람이 살지도 않고 어딘가를 갈 때 유용한 지름길도 아니다. 오히려 오는 게 이상한 것이다.

"살이 찌나 보네."

"그것도 맞지만 조금 다른 측면에서 봐야 해요. 아보카도는 환경에 악영향을 주는데 물을 많이 잡아먹어 지역의 수자원에 스트레스를 주는 3대 작물 중 하나라네요. 그리고 아보카도를 사 먹으면 그 돈이 멕시코 마피아들에게 흘러간대요."

음. 말하려는 뜻은 알겠으나 냅다 결론만 말하니 극단적이다.

"방금 검색했어?"

"네."

"그래도 아보카도 키링은 괜찮지 않을까."

"그러겠네요. 그런데요. '난사'는 무슨 뜻이에요?"

"아, 그것도 몰랐어? 이름의 유래에는 두 가지 설이 있는데, 하나는 '난 사진 찍는다'의 준말이고 다른 하나는 카메라 셔터를 난사한다는 뜻 둘 중 하나야."

"흐음, 재밌는데요. 아, 그리고 아까 제가 카페 갔을 때 마신 민트초코라테 오빠가 시켰죠?"

"그래. 네가 노트북 비밀번호를 민트초코딸기로 바꾼 거

보고 혹시나 했어."

"그런데 저 민트초코 안 좋아하는데."

"뭐야. 근데 왜 먹었어?"

"그야 시켜주셨으니까 감사히 먹었죠."

"그럼 비밀번호는 왜 그렇게 바꾼 거야?"

"그냥 머릿속에서 떠오른 단어 썼어요."

"그것 참 특이하네."

"그래도 고마웠어요."

잠시 침묵이 흘렀다.

"어쩌면 아보카도 키링도 그럴 수 있겠죠. 그냥 고른 걸지도."

"아보카도 키링을 다는 사람은 아보카도를 좋아하는 사람이라고 아까 네가 말하지 않았던가."

"범인의 성별은 어떻게 될까요?"

못 들은 척하는 거냐.

"그건 프로파일러도 모를 거 같은데. 아, 맞다. 너 동아리실 노트북에 강아지 사진은 왜 넣었어?"

"제 폴더 안을 본 거예요? 다른 사람 폴더는 안 보는 게 암묵적인 룰이라던데요?"

"아, 신입 면접이라고 생각하면 돼. 너 면접 안 봤잖아."

"괜찮아요. 저도 오빠 폴더 봤거든요. 은서 누나 사진 있던

데요?"

"뭐라고?"

아니, 그 사진은 분명히.

"사진 파일을 숨김 설정 하셨더라고요. 하하."

이 애를 어쩐다. 이제 와서 내보낼 수는 없고, 내보낼 일도 아니지만 이러다간 은서의 귀에 이 사실이 들어가는 건 시간문제다.

"너 그거 말하면."

"말 안 할게요."

"그거 범죄야."

"범죄 아닌데요?"

그냥 포기하자.

그때 메시지가 왔다. 정아가 보낸 메시지였다. 메시지를 다 읽고 지유를 바라보자 지유의 눈이 동그래졌다.

"왜 그러세요?"

"너 도운이 형이랑 같은 고등학교 나왔어? 정아 누나가 그렇다던데. 도운이 형이랑 친한 사람을 조사하던 중 알게 됐다네."

"아, 그게. 맞아요."

"왜 말을 안 했어."

"그야… 안 물었으니까요."

"안 물었으면 말을 못할 이유라도 있어?"

지유가 안절부절못하듯 입술을 깨물고 옷을 매만졌다.

"실은 제가 고등학교 1학년 때 3학년이던 도운이 오빠한 테 고백했는데 차였어요."

푸훗.

"왜 웃어요!"

"아니, 미안해. 그런데 너 그렇다면."

"사고에 대해서는 최근에야 알았어요."

"너 그래서 난사에 들어온 거구나."

지유가 부끄러운 듯 말없이 고개를 끄덕였다.

"그럼 2년 전 그날, 너는 어디서 뭘 했어?"

갑자기 지유가 발걸음을 멈추더니 나를 노려봤다.

"지금 저를 범인으로 의심하는 거예요? 범인은 가까이에 있다, 뭐 그런 거예요? 그럼 제가 굳이 위험을 무릅쓰고 난 사에 들어오지 않았겠죠."

"농담이야. 미안해. 나도 그렇게 생각했어. 이제 생각해보 니 네가 조사를 자청한 건 단순한 호기심이 아닌 정말 도운 이 형을 위함이었구나."

"흥. 그런 거예요."

잠시 건들면 안 될 거 같아 말없이 길을 걸었다. 조금 뒤 육교에 다다랐다. 육교는 전체적으로 칙칙했고 낡았다. 흐린

하늘까지 더해져 느와르 영화 속 배경 같기도 하다. 난간에
는 군데군데 녹이 슬고 계단은 조금씩 깨져 있다.

"이 육교는 관리를 안 하는 걸까요?"

다행히 화가 풀린 듯하다.

"이 근처는 사람이 거의 지나가지 않아. 이 육교를 건너봤
자 딱히 편하게 갈 만한 목적지도 없어. 이 근처는 다 안 쓰
는 땅이라."

"하지만 저 아까 뒤에서 누군가가 걸어가던 소리를 들었
던 걸요."

"그래도 육교는 안 건널 걸. 아, 바닥 잘 봐. 여기서 은서가
굴러 넘어졌거든."

눈앞에 이빨이 빠진 듯 크게 깨진 계단이 보였다.

"여기인가요."

지유가 깨진 계단을 보더니 눈을 감으며 고개를 숙였다.
애 설마 명복 비는 건 아니겠지.

육교의 다리 부분을 걸으며 길게 이어진 철길을 눈으로
훑었다. 철도는 오른쪽으로 휘어지는 완만한 곡선을 그리며
앞으로 나아가다 산자락 속으로 숨어 들어간다. 풍경이 괜
찮지만 촘촘한 그물처럼 엮인 쇠창살 형태의 펜스가 시야를
가로막아 감옥에 갇힌 기분이다.

"어디선가 본 광경 같아요."

지유가 펜스 너머를 보며 말했다.

"여기 와 본 적 있어?"

"아뇨."

손가락을 튕겼다.

"아, 그런 거구나."

"왜 그러세요?"

"도운이 형은 여기서 석양을 찍으려했어. 산 사이에 태양이 걸리면 장관이겠는데. 사진으로 남기지 않고 못 배길 정도야."

"근데 눈앞에 떡하니 흉물스런 펜스가 있잖아요."

"그래서 도운이 형은 위험한 선택을 했어."

나는 계단이 끝나는 부분의 난간을 가리켰다.

"저 부분에서 난간을 살짝 넘으면 펜스 너머에 튀어나와 있는 턱으로 발을 옮길 수가 있어."

"그건 너무 위험하잖아요."

"그렇긴 한데 영화에서 고층 호텔방의 창문 밖으로 나와 외벽을 게걸음으로 걸어 적의 위협에서 탈출하는 정도로 턱의 너비가 좁진 않아. 갑자기 현기증만 일어나지 않는다면 한 사람 정도는 충분히 갈 수 있겠는데."

"미쳤군요."

"때때로 사진작가는 좋은 사진을 건지기 위해 위험을 감수해야 돼. 도운이 형은 비극으로 끝났지만."

"잠깐만요. 그럼 도운이 오빠는 실수로 떨어진 거예요?"

"그건 정확히 모르겠지만 악의는 있어."

나는 도운이 형을 최초로 발견한 사람이 당시 기차를 운행하던 기관사라는 사실을 전했다.

"무서워라."

휴대폰 사진첩에 들어가 은서의 노트북에서 가져온 사진을 띄웠다. 사진에 의하면 아보카도 키링이 떨어져 있던 곳은 육교를 사분의 삼 정도 건넌 지점 바로 아래인 듯 했다.

쇠창살에 얼굴을 가까이하고 아래를 내려다봤다.

"어?"

"왜요?"

"없어."

육교를 건너 반대편 계단으로 향했다. 계단에는 펜스가 없어 난간 너머로 몸을 조금 내밀면 아래를 볼 수 있다. 휴대폰을 떨어트리지 않게 손에 힘을 주며 사진 속 장소와 내가 보는 곳을 비교했다. 같다. 한 가지 다른 점이 있다면 내 눈앞에는 사진과 달리 아보카도 키링이 없다.

"키링이 없는데요?"

"야 조심해!"

나도 모르게 소리를 지르며 지유의 어깨 부분을 붙잡

왔다.

"몸을 적당히 내밀어야지 떨어지려면 어쩌려고 그래?"

"에이, 이 정도로 안 떨어져요."

지유가 나를 보더니 피식 웃었다.

"그래도 고마워요."

"키링이 없는데."

"그러네요. 은서 언니가 잘못 본 걸까요?"

"아니야. 걔가 찍은 사진을 나도 봤다고."

"한번 전화로 물어봐요."

"걔는 지금 자유의 몸이 아니야. 마음대로 전화 못 받아."

"안타깝네요."

선로와 외부를 구분 짓는 소음방지벽을 눈으로 죽 훑었다. 과연. 멀지 않은 곳의 벽에 문이 하나 나 있는데 살짝 열려 있다.

"내려가보자. 안 넘어지게 천천히 내려와."

육교를 내려가 벽을 두고 선로의 반대편, 사람이 지나갈 수 있는 곳으로 향했다. 벽에는 키가 작고 구 모양의 꽝꽝나무가 바짝 붙어 있다. 곳곳에 거미줄이 가득해 사람의 접근을 자연스레 막고 있다. 아까 눈여겨본 위치로 가니 살짝 열려 있는 출입문이 보였다. 자물쇠로 잠그는 문으로 보이는데 자물쇠는 없다.

"여기로 들어가서 아보카도 키링을 꺼내간 거 같죠?"

"그러게."

"역무원이 꺼내간 걸까요?"

"만약 그랬다면 왜 제대로 자물쇠를 잠그고 갔겠지."

"그러네요."

"자물쇠가 없는 건 그냥 관리부실이자 직무유기야. 지금은 바쁘니 나중에 경찰에 신고하자."

"누가 가져간 걸까요?"

그때 휴대폰이 울렸다. 또 정아 누나가 보낸 메시지인데 현규 번호가 적혀 있다. 사람들에게는 현규를 난사 사진전에 초대하려 번호를 물어봤으며 꽤나 고생했다는 말과 함께 자신은 이제 정말로 빠지겠다는 말 또한 덧붙였다.

"정아 언니는 뭔가 츤데레 같네요."

"아니야."

"하여튼 어서 전화를 해봐요."

"일단 카페로 돌아가자. 확인해봐야 할 게 있어. 전화는 그 다음에 해도 돼. 아, 너한테 임무를 주겠어."

"와! 왓슨으로서 맡는 첫 번째 임무네요. 무엇인가요?"

"아보카도 키링을 사와. 사진 속 키링이랑 똑같은 거."

"네? 똑같은 걸 어떻게 사요?"

"그럼 간단한 임무를 줄 거라 생각했어? 어떻게든 구해와.

번화가에 가면 키링은 차고 넘칠 거야. 반드시 갖고 와야돼.
너에게 사건 해결의 여부가 달렸어. 세 시간 줄게."

"아… 음…."

지유가 심각한 고뇌에 빠진 듯 제자리에서 발을 동동 굴
렀다.

"그게 가능할지…. 아니, 네. 반드시 구할게요. 그럼, 먼저
가보겠습니다."

지유가 흙먼지를 날리며 뛰어가는 뒷모습을 보며 속으로
사과의 말을 전했다. 키링은 필요 없다. 잠시 네가 없었으면
했다.

무언가 짐작이 간다.

카페에 도착했다. 사장님은 계시지 않았다. 곧바로 창고로
향했다. 허실시에서 보낸 액자로 추정되는 종이상자가 그곳
에 있었다. 허락 없이 상자를 개봉해 액자를 꺼내보았다. 역
시. 이 층으로 올라가니 동아리실에는 아무도 없다. 정아는
더 이상 엮이기 싫어 자리를 뜬 모양이다. 마침 잘 됐다.

곧바로 아래층에서 초인종이 울렸다. 일 층으로 내려가 사
장님께 다가갔다.

"라테 하나만 추가해주세요. 아, 맞다. 축하드려요. 아까
보니 우수상 받으신 사진 액자 택배로 온 거 같은데요. 어디

다 걸어놓을 거예요? 여기, 카운터 맞은편 벽이 좋겠네요. 입구에서도 가깝고. 어디 있어요? 도와드릴게요."

"아, 그거. 일단 지금은 말고, 나중에 생각해볼게. 좀 바빠서. 라테는 갖다줄 테니 기다리고 있어."

"네, 알겠어요."

동아리실로 돌아가 노트북을 열고 '정도운'이란 폴더에 들어갔다. 원래 남의 폴더에 들어가는 건 암묵적으로 금지지만 상황이 이러하니 도운이 형도 하늘에서 이해해주리라 믿는다. 사진 파일 정렬을 날짜순으로 설정한 뒤 2년 전 위주로 검색을 시작했다. 찾았다.

책장이 열리며 사장님이 들어왔다.

"바쁜 모양이네."

"직전까지 바빴어요. 그보다도 할 말이 있어요. 소파에 앉아보세요."

"뭐야?"

"2년 전 도운이 형이 떨어졌을 때 그곳에 같이 있던 또 한 명의 사람은 바로 사장님이죠?"

사장님이 깜짝 놀라며 트레이를 바닥에 떨어트렸다. 이런 장면은 드라마에서 어설픈 연기로나 봤는데 실제로 보긴 처음이다.

"무슨 소리를 하는 거니."

"오늘 오전 제가 은서 병실에 면회갔을 때 들었어요. 은서가 사장님과 다퉜다고."

"다투기보다는, 내가 말렸어."

"왜 말리셨죠?"

"그야 위험하니까. 펜스 외부 턱에 서서 사진을 찍겠다니."

"은서는 저에게 '그때 다른 사람이 있었다면 내 편을 들어 줬을 텐데'라고 했어요."

"그래?"

"그때 카페에는 은서와 사장님 둘밖에 없었다는 뜻이죠. 손님이 있다는 가능성은 일단 뺄게요. 손님이 사건과 연루될 일도 없고, 슬프지만 손님도 별로 없으니까요."

"그런 뜻이 되긴 하겠구나."

"은서가 사고를 당한 곳은 사람의 통행이 거의 없어요. 누군가가 은서를 발견하기란 쉽지 않았을 거예요. 과장하면 사고가 난 지 이틀이 지난 지금도 계단에 쓰러져 있을지도 몰라요. 그렇다면 누가 119에 신고를 한 걸까요."

"마침 누가 지나간 거 아닐까?"

"은서를 몰래 뒤따라간 사장님이에요. 방금 전에도 저와 지유를 뒤따라오셨죠? 누가 뒤에서 걷던 소리를 들었다고 지유가 그랬거든요. 제가 카페에 좀 빨리 도착했죠? 뒤따라오는 사장님을 속이면서 택시를 탔거든요."

사장님이 입술을 살짝 깨물었다.

"내가 왜 은서를 몰래 뒤따라가. 그리고 너희도."

"사장님은 그럼 어디 갔다 오셨던 거죠?"

"그야 배달 갔다 왔지."

"방금 전에 카페에 도착하자마자 커피 머신에 손을 갖다 댔는데 뜨겁지가 않았던 걸요."

"그건 메뉴가 아이스티랑 에이드였기 때문에."

"그럼 어디로 배달 갔는지 알려줄 수 있으신가요?"

사장님은 아무 말도 못 하고 우물쭈물하기만 했다.

"은서는 우연히 2년 전 자신이 찍은 사진에 도운이 형이 떨어지는 장면이 담긴 사실을 알았어요. 사장님이 연관 있다고는 생각도 못 했을 테니 사장님께 말했겠죠. 사장님은 걱정이 되기 시작했어요. 은서가 2년 전 그날 벌어진 일을 알아낼까봐요. 그날과 관련된 사진이 있을까 해서 동아리실에 있는 공용 노트북에 로그인을 하려했지만 실패하셨죠. 그 후 은서가 현장으로 나가자 사장님은 뒤를 밟았어요. 그때 카페에 있던 사람은 은서와 사장님 단 둘뿐이었으니 당연히 사장님이죠."

"그건…그냥 너의 생각이구나."

"은서의 카메라에서 SD카드를 빼가셨죠? SD카드 커버를 손으로 부수고요. 그리고 역무원이 직무유기를 한 덕에 열려 있는 출입문으로 선로 안에 들어가 아보카도 키링을 가져가셨어요. 정리해보면 119를 신고한 사람이 SD카드를 빼가고 키링까지 가져갔다는 건데, 좀 별나죠. 하지만 사장님이 생각 못 한 게 있어요. 은서의 카메라는 와이파이만 있으면 자동으로 사진을 클라우드에 업로드하거든요. 와이파이는 휴대폰 핫스팟을 켜면 되고요."

"별난 사람이네. 그런데 왜 그게 나라는 거니?"

"제가 지유와 함께 은서가 굴러떨어진 육교로 갔을 때 지유는 어디서 본 광경 같다고 말했어요. 하지만 그곳에 온 적은 없다고 했죠. 지유는 사진을 본 거예요. 그 친구는 남의 폴더는 가급적 훔쳐 보면 안 된다는 암묵적인 룰을 깨고 제 폴더 속 사진을 봤어. 숨김 설정한 사진까지요. 참 특이한 아이예요. 당연히 다른 사람 사진도 다 봤겠죠. 도운이 형 것도요. 사진이 엄청 많았던 데다 특별한 목적을 가지고 본 것도 아니었을 테니 휙휙 지나쳤을 거예요. 그때 봤던 겁니다. 그 육교의 펜스 바깥쪽 턱에서 산등성이 사이로 뻗은 기차 선로를 담은 사진을요. 방금전에 확인했는데 도운이 형 폴더에 그 사진이 있더군요."

"그런데 그거랑 2년 전에 도운이와 같이 있던 사람이 나라는 사실은 관련이 없는걸."

"은서 병문안을 다녀온 뒤 카페에 돌아왔을 때 처음엔 카운터 옆에 액자가 들어간 종이 상자가 있었는데 다시 보니까 없더군요. 사장님이 치우셨겠죠. 창고에 갔더니 있더라고요. 죄송해요. 제가 상자를 까봤어요. 액자 안에 들어있는 사진과 도운이 형 폴더에 들어 있던 사진이 똑같았어요. 펜스 외부 턱에 서서 선로와 산등성이 그리고 석양을 찍은 사진이요."

"너… 그건 범죄야. 남의 물건을."

"제가 한 게 범죄면 사장님이 한 행동도 범죄죠. 남의 사진을 도용하셨잖아요."

"뭐라고?"

"도운이 형의 폴더에 있던 그 사진은 난사 부원들이 형의 유품이 된 카메라 SD카드에 있던 사진을 통째로 옮긴 거예요. 그땐 경황이 없기도 했고 사진이 워낙 많다보니 지금까지도 하나하나 확인을 못했어요. 그 사진은 도운이 형이 찍었다는 거죠. 그리고 사장님은 그 사진을 허실시 사진 공모전에 내서 우수상을 탔어요. 미안하지 않으신가요?"

"아니야, 그건."

"2년 전 도운이 형을 최초로 발견한 사람은 기관사예요. 그때 왜 신고를 하지 않으셨던 거죠?"

"도용하지 않았어."

사장님이 마른세수를 하듯 얼굴을 쓸어내렸다.

"도운이는 나 대신 사진을 찍어준 거야. 나도 턱 위엔 올라갔지만 너무 무서워서 카메라에 집중할 정신이 없었거든. 그래서 도운이가 대신 찍어주기로 했어. 포인트를 찾은 건 나니까 이 사진은 내 거고 꼭 허실시 사진 공모전에 내라고. 그런데 내가 육교에서 빠져나오려다 그만 휘청거린 거야. 도운이는 나를 붙잡으려다 반동 때문에 떨어진 거였어. 나는 너무 당황했어. 하지만 그 와중에도 턱을 무사히 건너간 걸 보면 그렇게 당황하진 않았을지도 몰라. 변명인 걸 알아. 신고를 하려니 무섭더라고. 나 때문에 도운이가 저렇게 된 거니까. 하지만 역시 신고를 해야겠다고 마음먹을 때 기차가 접근하는 소리가 들렸어. 나도 모르게 숨었고 기차는 멈췄어. 순간 기차에 있는 사람 중 누군가가 신고를 하겠거니 하는 생각이 들더라고. 잠시 후 구급차가 오는 소리가 들렸어."

사장님은 어느새 울고 있었다.

"그 키링은 도운이가 나에게 준 거야. 잃어버렸다고만 생각했는데 은서가 찍은 사진을 보고 꼭 되찾아야겠다는 생각에."

"역시 둘은 어떤 관계가 있던 건가요."

"도운이가 사전답사를 갔다가 폭설로 버스가 끊겼을 때

내가 차를 몰고 갔었어. 그때부터. 우리는… 나이 차가 많이 났기에 떳떳하게 말할 수 없었어."

은서는 그 사실도 모르고 도운이 형을 좋아했던 거다.

"그럼 왜 이제야 공모전에 사진을 낸 거죠?"

"도운이에게 미안했으니까. 그런데 기일이 되고 도운이가 꼭 허실시 사진 공모전에 내라는 말이, 입상하면 꼭 보답하라는 말이 생각나서…. 보답을 해야겠다고 생각했어."

"하지만 액자를 걸 만큼 당당하진 못하셨군요."

나는 휴지 몇 장을 뽑아 사장님께 건넸다.

"아까 정아가 내가 도운이와 친하지 않았냐고 물었을 땐 깜짝 놀랐어."

"아까 동아리실에서 '아보카도는 나도 별로 안 좋아해'라고 말한 건 아보카도 키링을 의식해서겠죠."

"맞아."

"난사에게 그 비밀공간을 동아리실로 쓸 수 있도록 해주신 건 스스로 죄책감을 덜기 위함이었나요. 음료를 계속 무료로 제공해주신 것도요."

"나 때문에 너희 동아리실이 폐쇄된 거와 마찬가지니까."

사장님이 휴지로 눈가를 닦았다.

"그동안 사진 동아리 소속인 너희들을 보며 부럽기도 했고 많이 괴로웠어. 너희들 나이로 돌아가고 싶더라고. 솔직히 난사 명예 부원으로 가입 권유를 받았을 때 기뻤지만 그럴 수 없었어."

사장님이 앞치마에서 무언가를 꺼내 내게 건넸다. 카페 출입문 열쇠였다.

"나는 이제 못 오지만 이대로 문을 닫으면 너희들이 이곳을 못 쓰게 될 테니 네가 이걸 가지고 있어. 전기랑 커피는 마음대로 마셔도 돼. 월세는 알아서 할게. 커피 내릴 줄 알아?"

"어디 가시려고요?"

카페 사장님이 잠시 멍하니 나를 쳐다보았다.

"자수해야지."

"뭘 자수하시려고요?"

"내가 도운이를 죽게 만들었잖아."

"하지마세요, 자수."

"뭐?"

"이번 일은 그냥 우리 둘만의 비밀로 평생 담아두자고요. 사장님이 없으면 제가 열쇠를 가져봤자 이 공간은 망해요. 사장님이 없으면 재개발의 파도에 맞서지 못한다고요. 죄책감에 시달리셨잖아요. 그걸로 충분하다고 생각해요. 저도 이 기적이라고 볼 수 있지만, 난사를 지켜주세요. 그리고 이제 죄책감을 내려놓으세요. 우리 둘만의 비밀로."

잠깐. 둘만일까.

"사장님. 혹시 그 할아버지 있잖아요. 멜빵 차림에 갈색 모자 쓴 할아버지요. 그분은 이번 일 모르시죠?"

"…진설주 어르신? 그분은 왜?"

"신경 쓰여서요. 그분이 알면 경찰에 신고할 수도 있잖아요."

"아니야, 그분은 경찰에 신고 안 하실 거야."

"신고를 안 한다는 말을 하시는 거 보면 그 할아버지 이번 일을 알고 있군요. 사장님이 말했어요? 그 할아버지 정체가 뭐예요? 향토사를 연구한다면서요."

"그게…. 2년 전에 사건이 있고 난 직후 어르신이 자꾸 무슨 일 있냐고 물어서 그냥…. 아는 사람이 사고를 당했다고 했을 뿐이야."

그 할아버지, 심상치 않다. 어쩌면 공용 노트북에 로그인을 시도한 건 사장님뿐만이 아닐지도. 그 사람은 이번 일에 대해 어디까지 알고 있는 걸까. 분명 따로 조사를 진행했음이 틀림없다. 사진을 갖고 있는 건 아닐까. 당분간 허실시 페이스북을 지속적으로 확인해야겠다.

그때 아래층에서 굉장히 큰 고함 소리가 들렸다.

"오빠! 오빠!"

안 그래도 삐걱거리는 계단이 정말 부서질 것 같은 소리를 냈다.

"빨리 눈물 닦으세요."

끄응, 하는 소리와 함께 책장이 열렸다. 지유였다. 얼굴이
벌겋고 숨을 가쁘게 몰아쉬고 있었다.

"키링 구했어요! 헉헉. 아보카도 키링이요! 여기요! 헉헉."

지유는 당당하게 팔을 뻗어 나와 사장님에게 키링을 보여
주었다. 도운이 형이 사장님에게 준 것과 닮긴 했지만 좀 달
랐다.

"큰일날 뻔했어요. 헉헉. 마침 다른 손님이 이걸 사가려던
참에. 헉헉. 뺏었어요. 제값의 두 배를 주고요."

"그건 뺏은 게 아니라 산 거야. 고생했어. 키링 구해준 대
신 민트초코라테 사줄게."

"저 그거 별로 안 좋아한다고요."

"아, 그랬지. 그럼 다른 거."

"어차피 난사 부원은 커피를 공짜로 마실 수 있잖아요. 돈
으로 주…. 아니요!"

지유가 박수를 짝 쳤다. 불길하다.

"밥 사주세요! 맛있는 거 사주세요."

아래층에서 초인종이 울렸다.

"사장님, 손님 온 거 같은데요? 내려가보셔야죠."

"아, 응. 그래. 알겠어."

사장님은 눈물 자국을 손바닥으로 지우고 아래층으로 내려갔다.

"너 계단 올라올 때 좀 살살 올라와. 안 그래도 낡았는데 그렇게 크게 뛰다가 부서져. 그럼 크게 다친다고."

"제 걱정을 많이 해주시네요."

"걱정해야 할 일을 네가 계속하잖아."

"밥은 뭐 먹을까요?"

"일단 고생했으니 넌 여기서 좀 쉬어. 아직 사건은 해결 안 됐어. 다음 임무를 기다려. 이번 사건이 완전히 끝나면 밥을 생각해볼게. 우선은 대기해."

"이번에는 제가 필요 없나요?"

"응, 필요 없어."

"그럼 메뉴를 고민하며 기다리고 있을게요."

동아리실을 빠져나와 카운터로 가니 사장님이 손님을 응대 중이었다. 잠시 기다렸다가 사장님께 말했다.

"사장님, 나중에 액자 걸어드리는 거 도와드릴게요. 그리고 사장님을 명예 부원으로 선정하는 안건에 대해 다시 회의해볼게요."

카페 밖으로 나왔다. 비는 거의 멎었다. 먹구름 사이에 파란 하늘이 살짝 드러났다.

1인실 문을 노크하니 '들어와'라는 목소리가 문 안에서 들렸다.

문을 열자 쾌적한 공기가 얼굴로 훅 불어왔다. 어제 왔을 때와 변함없는 청정한 공기다. 은서는 변함없이 목과 팔, 다리에 붕대를 감고 있었다.

나는 누워 있는 은서가 볼 수 있도록 허실당 마크가 새겨진 종이봉투를 은서의 눈앞에 들어올렸다.

"우와! 초코케이크. 넌 역시 최고야."

"과일은 먹었어?"

"응. 맛있던데. 고마워. 상자 꺼내줘. 냄새부터 일단 맡아보자."

은서는 초코케이크가 담긴 상자에 코를 갖다 대고 킁킁댔다.

"음, 역시. 나를 챙기는 건 동기밖에 없어."

그 말이 진심이었으면 좋겠다.

"그래서, 사진은 조사해봤어?"

"그것 말인데, 아무래도 조사가 힘들겠어."

"왜?"

비밀을 영영 묻어두기로 한 건 나와 사장님만 아는 사실이다. 이건 은서에게도 말할 수 없다. 나는 우선 정아가 말한 '도운이 형의 부모님이 얼마나 슬퍼할까'를 중점적으로 설명했다.

"하긴, 그렇긴 해. 내가 생각이 짧았어. 역시 정아 언니."

"게다가 도운이 형 기일이 곧 다가오는데 그런 일을 캐묻고 다니다간 난사 이미지가 더 안좋아질 거 같기도 하고. 물론 조사도 해봤지만 잘 안됐어. 미안해."

"아니야. 내 부탁이 무리했어. 그리고."

은서가 잠시 호흡을 가다듬는 듯했다.

"나도 이제 도운이 오빠를 묻어둬야지."

복잡한 감정의 소용돌이 속 기쁨이 살짝 튀어나왔다 다시 빨려 들어갔다.

"아, 너 혹시 어떤 할아버지 아니? 멜빵 차림에 갈색 모자를 쓰는 사람인데."

"할아버지? 모르겠는데. 너희 할아버지야?"

모르는 것 같다. 괜히 더 얘기하지 말자.

"아무 것도 아니야."

"뭐야. 사진전은 준비 잘 되고 있어? 이번에도 사장님이 고생이 많으시네. 우리 난사가 사장님에게 진 빚만 해도 어마어마해. 언제 다 갚아야 할까."

그거라면 딱히 갚아야 할 이유는 없지만 역시나 설명할

수 없다.

적당히 사진전 얘기를 하다가 나왔다. 코로나 탓에 면회 시간이 짧아 아쉬울 뿐이다. 면회 인원이 1명으로 제한된 건 기쁘지만. 그때 휴대폰이 울렸다. 지유에게서 온 전화다.

"어, 지유야."

"저는 언제까지 대기해야 해요?"

"너 어제부터 지금까지 카페에서 안 나갔어? 동아리실에서 잤어?"

"어, 어떻게 알았어요?"

고개를 절레절레 흔들었다. 대단한 아이다.

"조사는 중단됐어. 의뢰인의 부탁이야. 우리 역할은 끝났어."

"그럴 수가. 하지만 그래도 저희는 수사를."

"네가 정말 탐정의 조수가 되고 싶다면 의뢰인의 의사를 전적으로 존중해야 돼."

"…하긴 그렇겠네요."

"이건 노파심에 말하는 건데. 네가 예전에 도운이 형을 좋아했다고 해서 너 혼자 조사를 하면…."

"아이, 걱정마세요. 탐정 조수의 개인적인 욕심으로 수사를 할 순 없죠. 그리고 저 그 오빠 그렇게 안 좋아했어요. 사고 소식을 듣기 전까지 까맣게 잊고 있었다니까요."

그렇다면 다행이지만. 이렇게 말해놓고 단독 수사를 감행하는 건지 모르겠다.

"아, 그런데요. 밥은 언제 사주실 거예요?"

"밥이라니?"

"이번 사건이 끝나면 밥을 생각해본다면서요."

"아아. 이번 사건은 애매하게 종결됐으니까. 너도 찜찜하잖아. 다른 사건을 완벽히 해결하고 나면 밥을 사줄게."

그럴 일은 없겠지만.

"사건과 관계없이 그냥 사주면 안 돼요?"

잠시 할 말이 생각나지 않아 가만히 있었다. 이 아이 혹시.

"게다가 저를 범인으로 의심했잖아요."

"그건 미안하다고 했잖아."

"흥, 알겠어요. 이따 동아리실에서 봐요."

통화가 끊기자 안도의 한숨이 나왔다. 이제 탐정 놀이는 별로 하고 싶지 않다. 그리고 이 아이. 설마 아니겠지.

날씨는 구름 한 점 없이 완벽히 맑다.

돌아다니는 남자

—

박하루

이 남자를 보셨나요?   이 남자를 보셨나요?

해가 질 무렵 로아를 찾으려면 옥상으로 올라가면 된다.

그곳은 우리의 비밀기지였다. 옥상이 늘 잠겨 있다는 것을 안 로아는 교묘한 수를 써 열쇠를 빼돌렸고 두 개를 복사해 나에게도 하나 주었다. 선생님들은 열쇠가 잠깐 사라진 줄도 모르는 모양이었다. 옥상은 학교에서 방치된 공간이었다. 학생들은 늘 잠겨 있는 줄 알았고 선생님들은 애들이 그렇게 아는 것을 알았다. 로아는 눈에 띄는 낮에는 옥상에 얼씬도 하지 않았다. 오로지 수업도 방과 후도 끝나고 선생님들도 거의 퇴근하고 해가 평야와 콘크리트 구역을 너머 바다로 빨려 들어갈 때에야 옥상 문을 열었다. 물론 옥상에서 딱히 하는 것은 없었다. 그저 양반다리로 앉아서 멍히 점점 멀어지는 주황색 햇빛을 바라보고만 있을 뿐이었다.

"도플러 효과라고 있대."

"응?"

인기척을 느꼈는지 로아는 나를 등진 채로 말한다.

"빛에도 속도가 있잖아. 그런데 멀어져가는 물체에서 빛을 쏘면 그 물체가 멀어져가는 만큼 속도가 감산될 거 아냐."

"으응. 그렇겠지."

나는 로아가 어릴 적부터 이것저것 잡지식을 줍고 다녔다는 사실을 떠올렸다. 교과서가 알려주지 않은 지식은 너무나 많았다.

"해가 진다는 건 해가 우리로부터 멀어진다는 말이잖아. 그렇다면 그때 보는 햇빛은 평소 보는 햇빛이랑 좀 다른 게 아닐까?"

"그, 그러려나? 그런데 해가 멀어지는 게 아니라 지구가 멀어지는 거잖아."

"관찰하는 입장에서는 그게 그거야."

"그거, 조금 위험한 말 아니야?"

그건 현대 과학의 상식을 뒤집다 못해 한 몇백 년은 뒤로 거슬러가는 말이 아닌가.

"달라."

"엉?"

"그런 뜻이 아니라."

"아니, 무슨 말이야?"

사실 이럴 때의 로아가 하는 말에 별다른 의도가 있는 것이 아니라는 점은 잘 알았다. 로아는 해가 완전히 질 때까지 그대로 앉아 있을 기세였다. 아마 대문이 닫혔을 테지만 우리 학교 담장은 낮다.

"난 말야. 정말 싫어. 이딴 동네."

로아는 말했다.

"또 무슨 일 있어?"

무슨 일이 있었다면 낮에 얘기하거나 뭔가 티를 냈을 거라 생각했지만 나는 물어보았다. 오늘 하루 동안 로아는 할 말이 있다거나 기분 나쁜 일이 있다거나 불만 있다거나 하는 표정은 아니었다. 다만 조금 힘이 없어 보였다.

"아무 일 없어."

로아는 조금 뜸을 들이다 말했다.

조금 뒤 다시 말했다.

"아무 일 없어서. 그게 싫어."

로아에게 아무 일이 없다는 말을 보통의 여중생 기준으로 생각하면 안 된다. 그 말은 오늘도 어제처럼, 어제도 그제처럼 불행하다는 뜻이니까. 아마도 집안 얘기일 것이다. 로아네 집은 평온한 날이 없었다. 로아는 담배 냄새와 술 냄새 때문에 집에 들어가고 싶지 않다고 했다. 그렇다고 밤에 잠만 자러 들어갈 수도 없다. 주점 나가는 어머니가 새벽에 들어

오기 때문이다.

여기에 대해 내가 참견하거나 위로할 말은 없다는 것을 나는 오래전에 알게 되었다.

도플러 효과.

그 얘기를 한 이유가 뭘까. 잘 이해되지는 않지만. 로아는 멀어져가는 해와 조금 느리게 도착하는 햇빛에서 무엇을 느낀 것일까.

"어?"

지금과는 조금 다른 투로, 로아는 말했다. 무언가를 발견한 눈치였다.

"저거 보여?"

로아는 벌떡 일어나 철조망으로 달려가 얼굴을 붙였다. 나도 그 뒤로 따라가 섰다.

"뭔데?"

"저기 키다리 풀밭 말이야."

키다리 풀밭은 갈대와 이름 모를 풀이 사람 키만큼 자라는 들판을 말한다. 학교는 이 도시가 한 눈에 내려다보이는 언덕에 있다. 서쪽으로는 우리가 사는 도시가 신기루처럼 한 눈에 들어오며 그 너머로 항구와 바다까지 볼 수 있다. 그리고 시선을 조금만 오른쪽으로 돌리면 들판과 강, 습지가 보인다. 로아가 본 것은 그쪽이었다.

"거기 뭐가 있어?"

"자세히 봐봐. 너 눈 별로 안 좋지? 잘 안 보일 테지만 집중해서 보면 보여. 풀밭 사이에 있는 까만 물체."

"까만? 뭔데 그래? 넌 보인다는 거야?"

"남자야."

"엉?"

"아까부터 계속 그 자리에 있어. 나무인가 했는데 자세히 보니까 사람이야."

"아까부터라면 얼마나?"

"내가 여기 왔을 때부터."

난 방과 후 활동을 끝내고 학교에 남은 애들이랑 뒷정리를 하고 30분 정도 만에 옥상에 올라왔다. 아마 로아는 방과후 끝나고 바로 올라왔을 것이다.

30분 동안 옥상에 앉아 있는 로아도 특이하지만 노을을 가득 머금은 벌판 한가운데에 우두커니 서 있는 사람만큼은 아니다.

대답할 리는 없었지만 나는 물을 수밖에 없었다.

"뭐야? 저 사람?"

그 남자를 다시 보게 된 곳은 다름 아닌 허실시의 교류 페이스북 페이지였다. 페이지 이름은 소박하게도 '허실시 정보교류 페이지'. 이용자가 많은 편인지는 모르겠는데 여기가 원체 작은 동네이다 보니 각종 사건이나 정보가 빠르게 공유되는 편이다. 일종의 뉴스레터 역할을 하고 있다는 생각을 하고 있었는데 아니나 다를까 이 페이지를 기반으로 하는 카톡 뉴스레터도 최근 생겨났다. 이름하여 '찾아가는 허실시 소식지!'

내 생각에 꽤 기발한 방법인 것 같다. 동네 소식지를 얼마나 봐줄까 하는 생각을 처음에 했었는데 "주택가에서 발견된 말벌집! 주민 대피 비상!"하는 문구가 적힌 썸네일과 함께 카톡이 날아오면 보지 않을 도리가 없었다. "올해 매화꽃이 피는 기간은?" "여유와 유유자적의 도시 허실시에서 발생한 교통체증 사건의 전말은?" 하는 제목들도. 처음에는 페이스북 페이지에 올라온 글들을 정리해 사진이나 영상과 보내주는 방식이었지만 점차 규모가 커져서 독자적인 취재팀과 영상 편집팀, 유튜브 채널이 생기고 시청이나 시의회와도 협력해 컨텐츠의 질은 날로 올라가는 것 같았다.

이야기가 조금 빗나가는 게 아닌지 모르겠다. 하지만 필요한 이야기였으니까. 남자에 대한 것이 올라온 곳은 페이스북 페이지였다. 작성자 이름은 허희수였다. 사진까지 곁들여져 있었는데 딱 우리가 봤던 그 장소 그 모습이었다. 폰카였지만 한 30미터쯤 떨어진 벌판에서 찍은 사진이라 내가 본 것보다는 더 정확히 그의 모습을 볼 수 있었다.

남자는 멍하니 하늘을 올려다보고 있었다. 사진은 흐릿했지만 우리가 본 것보다는 또렷했기에 인상착의도 대충 알아볼 수 있었다. 그는 흰색 티 위에 체크무늬 남방을 입고 있었고 머리에는 까만 비니를 쓰고 있었다. 설명에는 이렇게 적혀 있었다.

이 남자의 정체를 아시는 분 계실까요? 이건 어제 사진인데 지난번에도 여기 키다리 풀밭에 와서 저러고 서 있었거든요. 이번에도 저희가 30분 넘게 지켜봤는데 꼼짝도 하지 않더라고요. 뭔가 무서운 기분이 들어 말 걸어보지는 못했는데 왜 저러고 있는 걸까요?ㅜㅜ

"이거야, 이거!"
서로아는 신이 나서 얼굴을 들이대며 말했다.
"어제 우리가 본 남자!"
글이 올라온 시점은 약 5분 전. 다른 목격자가 또 있는 게 아니라면 이것이 세상에 알려진 가장 빠른 정보인 셈이다.

그리고 우리는 그를 목격한 최초 목격자 중 하나고.

로아의 생각도 비슷한 곳에 미친 듯했다.

"이건 다음 달 카톡 소식지에도 뜨겠지? 그런데 이거 알아? 거기서 정보 같은 거 제보하면 사례금을 준다? 조건이 있대. 남들은 쉽게 알기 어려워야 하고 허실시에 대한 것이어야 하고 또 사람들이 관심 가질 만한 거야 한대. 그러니까 이건 우리에게 찾아온 둘도 없는 기회라는 거야!"

로아의 눈빛은 어제와 다르게 빛나고 있었다.

"그런데 어떻게 찾게? 그 사람이 언제 또 나타날지 알고."

나는 조심스레 문제제기를 해보았다.

"그러니까 우리가 하자는 거야! 이건 우리밖에 할 수 없는 일이야. 보통은 키다리 풀밭에 잘 가려 하지 않잖아. 그런데 우린 학교에서라면 항상 그곳을 감시할 수 있잖아! 풀밭이 다 내다보이는 곳은 여기 구보중학교가 유일하니까!"

맞는 말이었다. 하지만,

"멍하니 있는 남자라니. 이게 관심 가질 만한 일이 될까? 그냥 사는 게 답답해서 나와서 한숨 쉬고 있는 것일 수도 있잖아."

"바보야. 누가 30분 동안 거기 나가 서 있어? 그리고 페북 글 봐봐. 우리가 본 게 처음이 아니라잖아. 전에도 같은 자리에 와서 그러고 있었다고 했잖아. 분명히 뭔가가 있어."

아무도 없는 벌판에 나와서 멍히 서 있는 게 흔한 일은 아닐 것이다. 그렇지만 나는 계속해서 반론 거리를 찾고 있었다.

"뭔가 사연이 있는 게 아닐까? 나름 일을 하고 있다거나. 구름이나 새나 뭐 그런 걸 관찰하던 것일 수도 있잖아."

"관찰을 아무 도구도 없이 우두커니 서서 한다고? 하다못해 카메라라도 들고 있어야지. 그건 바람직한 연구자의 태도가 아니야."

중학생이 바람직한 연구자의 태도 같은 것을 논해서 뭐 어쩌겠냐 싶지만.

로아는 야심 차게 말했다.

"그 사연까지도 우리가 알아내는 거야! 남자의 정체가 뭔지, 왜 거기 와서 그러고 있는 건지. 소식지는 한 달에 한 번 오니까 2주 정도 시간이 있을 거야. 꼼짝도 못할 증거를 잡아서! 우리가 취재한 사실을 사람들이 읽는다고 생각하니 짜릿하지 않아?"

"사례금도 받고 말이지?"

"그건 당연한 거고!"

시큰둥하게 말하긴 했지만 나도 흥미가 가지 않을 수 없었다. 아무도 없는 벌판에서 멍하니 하늘을 올려다보고 서 있는 남자라니. 난 쉽게 남들에게 말을 거는 성격이 아니지만 그 사람이 바로 옆에 있다면 아마 슬쩍 물어봤을 것이다. 여기서 뭐 하세요? 하고.

그런데 그보다 더 중요한 이유가 있었다. 아마 로아도 내 성향을 알고 나를 부추긴 거겠지. 이 동네의 일이라면 내가 나서지 않을 리 없다고 생각했을 것이다.

왜냐하면, 나는 구멍 뚫린 기구처럼 점점 쪼그라들 날만을 기다리고 있는 이 작은 마을을 정말로 좋아하니까.

그렇지만 우리가 무슨 재주로 정체불명의 남자를 조사한단 말인가. 그저 또 그가 나타날 때까지 들판을 감시하는 방법밖에 없지 않을까 하고 생각하는 차에, 폰을 들여다보던 로아가 말했다.

"또 나왔어!"

"뭐? 남자가?"

"아니, 아니! 댓글 말이야. 목격 정보야."

평소에는 아무도 없는 키다리 들판에서 하필 그 남자를 본 사람이 또 있단 말인가? 나는 의아해하며 폰을 받아들었다. 그 페이지 댓글에는 이렇게 적혀 있었다.

이진주: 그 사람 아닐까요? 토스타두에 요즘 자주 보인다던 사람 말예요.

토스타두는 시내 중심 로터리에 있는 작은 카페다. 들어가 본 적은 없는데 고등학생 언니들이 창가에 모여 있는 광경은 자주 봤다. 그렇게 붐비는 곳은 아닌 모양이다.

그런데 내가 보는 사이 댓글이 하나 더 달렸다.

Daniel Choi: 저도 그 사람 봤는데 생긴 게 달라요. 그 사람은 댄디하게 입은 할아버지잖아요.

댄디하게 입은 할아버지라니. 왠지 이 동네와 어울리지 않는 이미지다. 작은 도시라고는 하나 이곳 사람들이 서로를 다 안다고 할 수는 없다. 그런 사람이 없으리란 법도 없지만 이진주라는 사람은 왜 그를 주목한 것일까?

이진주 씨도 현재 페이스북에 들어와 있는 중인 것 같았다.

이진주: 아 그런가요? 생각해보니 그런 것 같네요. 그 사람 이 동네 사람 아니거든요. 어디서 듣자 하니 호텔에서 살다가 카페에서 하루 종일 있다가 갑자기 어디로 사라지곤 한대요.

내 생각에도 사진에 찍힌 남자가 '댄디한 할아버지' 같지는 않지만 조금 신경 쓰이긴 한다. 호텔에서 살며 카페에서 시간을 보내는 할아버지라니.

"흐음."

뒤로 다가와 귀 뒤에서 내 화면을 엿보던 로아는 목덜미에 콧김을 내뿜었다.

"정했어! 그 할아버지를 만나보자!"

"응? 갑자기 왜?"

"수상하잖아! 외부인이고. 어쩌면 둘이 아는 사이일지도 몰라."

"아니, 그렇게 쉽게 단서가 나올 리가…."

"결정했으면 바로 가자! 불현듯 사라진다고도 했으니 지금 가서 만날 수 있을지 없을지도 모르니까."

로아는 가방도 자기 자리에 내팽개치고 내 손을 잡아끌었다.

"아니, 들판 감시는 안 하고?"

로아는 목표가 생기면 물불을 가리지 않는 아이였다.

*🔍

카페 토스타두는 중앙 로타리 한쪽에 위치한 작은 가게다. 근처를 지나다 안에서 풍겨 나오는 향기로운 냄새 때문에 종종 멈춰서 쇼윈도 안을 들여다보곤 하던 곳이었다. 카페는 어른들이나 가는 곳이라는 인식이 있었다. 꼭 그런 것만은 아니라는 것은 알고 있다. 고등학생 언니들이나, 엄마 따라온 아이들이 그 안에서 떠들고 노는 것을 종종 목격했기 때문이다.

"흐음! 이 냄새. 커피의 진한 향기지."

오늘도 카페 토스타두에서는 향기로운 냄새가 거리까지 흘러나오고 있었다. 로아는 가슴 깊숙이 향기를 간직하려는 듯 코를 치켜올리고 숨을 들이켰다. 로아는 커피를 마셔본 적 있을까? 사실 나도 이 앞을 지나치면서 몇 번이나 유혹에 넘어갈 뻔했다. 이렇게 향기로운 음료는 무슨 맛일까? 캔커피 정도는 먹어본 적 있지만 이런 향은 아니었던 것 같은데.

"들어갈까?"

나는 말했다.

"들어가야지."

로아는 앞장섰다. 딸랑, 하고 문에 달린 종소리가 울렸다. 이 가게는 간판부터 나무로 돼 있었는데 실내 역시 온통 갈색투성이였다. 테이블은 물론 바닥과 벽면까지도. 뭔가 어려워 보이는 커피 기계가 카운터 바로 옆에 있었다. 기계의 스테인리스 표면에 비치는 빛깔까지도 갈색이었다.

그리고 커피 향기. 바깥으로 새어나오는 향은 그야말로 맛보기였다. 나는 머릿속을 가득 채우는 커피 향에 그만 아찔해져 정신을 놓을 뻔했다. 카페인이 어떻고 성장기가 어떻고 하는 말은 다 집어치우고 무조건 한잔 마시지 않고서 나가면 큰일 날 것만 같았다.

하지만 본래 목표를 잃어버리면 안 되지. 커피는 내 용돈을 생각하면 사치품에 해당한다. 슬쩍 가격표를 보니 시작하는 가격이 무려 4천 원! 나는 정신 차리고 해야 할 일을 생각해 보았다.

댄디한 할아버지.

그 말만으로 찾을 수 있을지 반신반의했지만, 그것만으로도 정보는 충분했다. 창가 구석 자리. 벽면과 만나는 한 구석에 정말로 근사한 할아버지가 앉아 있었다. 나비넥타이에 멜빵을 차고 있었고, 오른쪽 소매는 말아 접어 올리고 있었으며, 창가에는 갈색 신사 모자가 놓여 있었다. 책상에는 노트북이 있었고, 어려울 게 분명한 두꺼운 책과, 한쪽에 평소 차고 다니는 듯한 금속 시계, 지도와 사진이 널려 있었다.

로아와 나는 눈을 마주치고 고개를 끄덕였다.

로아가 앞장섰다.

"저기요."

저기요라니! 처음 보는 분한테 조금 무례하잖아!

할아버지는 이쪽으로 천천히 고개를 돌렸다. 로아는 성큼 성큼 다가갔다. 가게가 좁아서 몇 발짝 되지는 않았지만.

"안녕하세요! 어, 물어볼 게 있는데요."

할아버지는 왼손으로 빠르게 키보드를 건드렸다. 위치를 보니 분명히 저장 단축키일 것이다. 암암. 저장만큼 중요한 게 없지. 그리고 그는 우릴 향해 천천히 입꼬리를 올렸다.

"무슨 일이니?"

"음. 그게요."

막상 앞에 섰지만 할 말을 채 고르지 못한 모양이다. 조금 엉뚱한 질문이 나올 수밖에 없잖은가. 들판 얘기도 해야 하고 남자를 목격한 얘기도 해야 하고, 그 남자가 아니냐 하는 조금 무례한 질문도 해야 하고, 우리도 정리하지 못한 우리가 이러는 이유도 설명해야 하고.

"혹시, 들판의 남자에 대해 묻고 싶은 거니?"

말문이 막히고 말았다. 로아 얘기다. 당연히 로아도 역 질문을, 그것도 생각하던 것을 그대로 돌려받을 거라는 생각은 못했을 것이다. 로아는 나에게 도움을 청하듯 돌아보았다. 그렇지만 내가 이런 일에서 로아보다 나을 리가 없잖아.

할아버지는 허허, 하고 웃으며 말했다.

"이것저것 궁금한 게 있어서 온 거 아니니? 그러지 말고 잠깐 앉을래? 나도 개인적으로 알아볼 게 있어서 그러거든."

우리는 마주본 채로 고개를 끄덕였다. 어쩌면 일이 잘 풀리고 있는 건지도 모르겠다.

"학생들한테 커피를 권하기도 좀 그런데, 에이드나 허브티 같은 걸 먹어볼래? 커피 말고는 흔한 음료지만 말이야."

할아버지는 말했다.

"커피! 커피 먹을래요!"

로아는 강하게 주장했다. 사실 나도 카페 커피란 것을 먹어보고 싶었다. 이런 카페에서 직접 만든 커피 같은 건 분명히 캔커피와는 다르겠지 하는 생각이 들었다. 그리고 이 향기를 맡고 있으면 도저히 커피를 먹지 않을 도리가 없잖아.

"그래? 너도? 여기가 좀 진하긴 한데, 대신 오늘은 또 커피 마시면 안 된다. 한 잔만으로도 권장 카페인 양 초과거든."

역시 어른이라 그런 걸 챙겨주는구나. 하지만 우린 카페인을 거의 섭취하지 않는 편이니 괜찮을 것이다.

로아는 차가운 것, 나는 따뜻한 것. 그런데 막상 처음 맛본 어른의 커피는 뭔가 기대와는 달랐다. 로아는 조금 시무룩한 얼굴로 말했다.

"시럽… 있죠?"

여기 들어올 때 뭔가 커피에 대해 아는 것처럼 말하더니, 로아도 어른의 커피를 마시는 게 처음이었나? 혀에 닿는 커피의 맛은 코로 느끼는 것과 너무도 달랐다. 도저히 이 향기로 짐작이 되는 맛이 아니었다.

"역시 좀 쓰지? 시럽은 카운터에서 달라고 하렴."

로아는 쪼르륵 달려가서 시럽이 담긴 유리병을 가지고 왔다.

"내가 읽었던 소설에서는 탐정이 커피에 시럽을 잔뜩 타 먹더라고. 왜 그러는지 알 것 같아."

로아는 나에게도 권했지만 난 조금 참고 먹어보기로 했다. 그래도 이 쓴 걸 먹는 이유는 있을 것이리라 생각했기 때문이었다.

"커피는 감사한데요, 먼저 물을게요."

로아는 선공에 나서기로 한 모양이었다.

"아저씨는 누구예요? 왜 여기서 맨날 앉아 있는 거예요? 정말 호텔에서 사는 거예요? 호텔비 비싸지 않아요? 그런데 호텔 침대 완전 편하죠? 저 그런 데에서 자본 적 한 번도 없거든요."

점점 질문이 딴 데로 새는 로아였다.

"허허. 한 가지씩 얘기하자꾸나."

그는 말했다.

"내 이름은 진설주라고 한단다. 호텔에서 지내고 있지만 이 동네에 온 지는 꽤 됐어."

"정말요? 그럼 몇 달째 호텔에서 지내는 거예요?"

로아는 끼어들어 물었다.

"흠. 몇 달은 아니고. 말뜻이 잘못 전해졌구나. 호텔에 와서 묵은 지는 지금 한 달 정도 됐지. 집을 구하는 게 조금 늦어져서 말이야. 내가 이 동네에 왔다고 한 건 훨씬 이전, 그러니까 처음 여기를 찾았던 때를 말한단다. 그게 한 20여 년 전이지."

"20년! 그러면 할아버지는 여기서 살았던 거예요?"

"처음에는 대학에서 파견 연구로 여기에 왔었지. 그때 일 년 정도 있다가 대학으로 돌아갔고 학위를 마치고 돌아와 오 년 정도 살았어. 그리고 다시 다른 데에 있다가 이따금 이렇게 둘러보러 오는 거지."

나는 그가 대학이라는 키워드를 던졌다는 사실을 알았다. 말하자면 그는 무언가의 연구를 위해서 이 동네에 온 것이다. 그것도 장기간 머물면서.

로아도 그것을 눈치채고 물었다.

"그러면 할아버지는 여기서 무슨 연구를 하려는 거예요?"

교수? 아니다. 교수는 대학에서 연구와 강의를 한다. 이렇게 카페에 하루 종일 앉아서 시간을 보내는 사람이 교수라고 보기는 어렵다.

감이 잡히지 않았다. 나도 이것저것을 물어보고 싶었다. 그렇지만 목표를 잊어버려서는 안 된다. 우리의 목적은 이 할아버지가 아니라 들판에서 우두커니 서 있던 남자이지 않은가.

"나는 향토사가란다. 역사학자인데 지역 향토사를 연구하지."

할아버지는 말했다.

"그러면 이 허실시를 연구하는 거예요? 그런데 여기 뭐가 있다고요? 여기엔 아아무것도 없는데!"

로아는 말했다.

"너희한테는 그렇게 느껴질지도 모르겠구나. 이런 연구가 재미있을 리도 없고."

할아버지는 웃으며 말했다.

"그렇지만 여기선 종종 흥미로운 일이 일어난단다. 그 남자도 말이야. 너희도 관심이 생겨서 이렇게 나서는 거 아니니?"

나는 기회가 왔다는 것을 알아챘다.

"맞아, 우리가 할아버지 만나러 왔다는 거 어떻게 아셨어요?"

내가 끼어들자 로아는 조금 놀란 눈치였다. 하지만 이래서는 본론으로 들어갈 수 없다고.

"나도 페이스북을 봤거든. 내 얘기를 하더구나. 그리고 창밖에서 가게 안을 살펴보는 구보중학교 학생 둘을 봤지. 교복을 입고 있었고, 시간을 보니 게시물이 올라오고 바로 학교에서 여기로 왔다는 생각이 들었고. 이 문제에 중학생들이 관심 가질 이유가 있을까? 생각해보니 학교는 습지대를 내려다볼 수 있는 언덕 위에 있었지. 그래서 한번 떠본 거란다."

나는 멍하니 그 말을 듣고 있었다. 부드럽게 읊조리면서도 명료하고 단어 하나하나가 심장에 파고드는 것 같은 말이었다. 왜 그런 느낌이 들었는지는 나중에야 알 수 있었다.

로아도 잠시 멍해져 있었던 것 같다. 로아는 시럽 든 커피를 벌컥벌컥 마시더니 말했다.

"알아볼 게 있다고 했죠! 할아버지도 그 남자를 조사하는 건가요?"

"음, 흥미는 있지만 아쉽게도 그럴 여유는 없단다. 내 관심은 조금 다른 데에 있어."

"다른 데?"

나는 물었다. 하지만 그는 여기에 대해서는 답을 피했다.

"너희는 그 남자의 비밀을 풀고 싶은 거지? 그 사람은 누구인지, 왜 거기 나와 있던 건지."

"네!"

로아는 씩씩하게 답했다.

"난 이 로터리가 보이는 카페 창가에 앉아 있는 게 일이라서 말이야. 본의 아니게 이것저것을 주워듣게 됐어. 그런 건 인터넷에 잘 올라가지 않는 것들이지."

"설마! 그 남자에 대한?"

"그래. 그 남자에 대한 소문은 사실 며칠 전부터 돌고 있었어."

"정말요? 며칠 전부터 그 들판에 서 있었다고요?"

"그게 아니야."

"네?"

"남자의 목적은 들판이 아니었을 거야. 왜냐하면 그 사람은 여기저기서 발견됐거든. 누가 말을 걸어도 모를 정도로 멍하니 걷거나, 건물 옥상에 올라가서 서 있거나, 너희에게 목격됐던 들판에 있거나, 저 로터리 한가운데에서 서성이거나."

"그럼 그 사람은…."

나는 중얼거렸다. 우리는 지금까지 그 사람을 적당히 '서 있는 남자'라고 부르고 있었다. 하지만 그것은 그 남자의 편린에 불과했다. 그는 서 있는 것이 아니었다. 서서 하늘을 올려다보는 것은 단지 그가 보여주는 기행의 일부일 뿐이었다.

"돌아다니는 남자."

로아는 말했다.

"그렇게 불러요! 더 이상하잖아! 도대체 왜 돌아다니는 걸까요! 할아버지가 아는 걸 몽땅 알려주세요! 우리가 대신 그 남자의 정체를 파헤치고 올게요!"

로아의 눈은 최근 며칠 가운데 가장 빛나고 있었다.

*🔍

할아버지가 전해준 목격담은 모두 네 가지였다.

첫 번째 목격자는 시내에 사는 40대 여성. 이름은 간단히 곽 씨라고 하자. 그는 귀가하던 도중 뭔가 인기척을 느끼고 로터리 쪽을 돌아보았는데 거기에 그 남자가 있었다고 했다. 자신을 뻔히 바라보고 있었다고. 로터리 가운데는 사람이 있을 만한 곳이 아니다. 의미 불명의 석조물이 있고 서 있을 곳도 있지만 거기서 발을 조금만 내밀어도 지나가는 차에 발등을 밟힐 만큼 협소하다.

할아버지는 이렇게 말했다.

"보통은 로터리 쪽에는 시선을 두지 않지. 그래서 그 사람은 생각했다고 하네. 남자는 자신을 감시하기 위해 그곳에서 몸을 숨기고 있던 게 아닐까 하고 말이야. 그곳은 로터리잖니. 바깥쪽 인도를 걷는 사람이 어느 골목으로 들어갈지 알 수 없으니 도로 한가운데에서 지켜보고 있던 거지."

우리는 그 사람을 만나볼 수 있었다. 늘 창가에서 로터리 가운데를 지켜볼 수 있는 할아버지한테 연락처를 알려주고 그 남자가 또 나타나면 연락해달라는 부탁을 받았다고 했다. 그래서 할아버지를 통해 우리 의사를 전하고 직접 집으로 찾아가기로 했다. 여자의 집은 카페에서 5분도 걸리지 않는 거리에 있었다.

곽 씨는 현관문 앞까지 나와서 우리와 이야기했다. 그는 불안한 눈으로 연신 좌우를 두리번거리더니 우리를 번갈아 둘러보고는 말했다.

"그 남자를 봤다고 하더니 중학생이었어?"

통화하는 것을 듣기로는 할아버지는 우리를 그냥 학생이라고만 칭했던 것 같다.

"학교에서 들판이 보이거든요."

로아는 말했다.

"학교에서? 들판?"

설명이 더 필요할 듯했다. 내가 나서서 우리가 나서게 된 계기를 설명해 주었다. 거기에 남자의 차림새까지도. 여자는 고개를 끄덕였다.

"들판에 서 있었단 말이지. 그런데 그거 아마 전파가 잘 잡히는 위치 찾고 있던 거일 거야."

"전파?"

"응. 이 동네엔 통신 기지국이 별로 없잖아. 정말 불편하다니까. 때가 어느 때인데 말야. 통신 요금 똑같이 내는데도 통화가 잘 안될 때가 있잖아. 이 망할 동네. 아마 그 사람은 거기서 뭔가를 도청하고 있었을 거야."

"도청이요?"

우리는 동시에 말했다.

"응. 그 사람, 탐정이거든."

"타암정?"

또다시 제창.

"사실 말이야."

곽 씨는 다시 두리번거리더니 자세와 목소리를 낮췄다.

"그 사람 날 감시하고 있어. 지금 우리가 이러는 것도 감시당하고 있을지도 몰라. 실내에서는 위험해서 여기서 이야기하는 거야."

"탐정이 왜요?"

로아가 물었다.

"그럴 일이 있거든."

"그럴 일?"

"애들은 몰라도 되는 일이야."

"불륜 같은 건가요?"

로아가 말하자 여자는 움찔거리고 눈을 깜빡였다.

"그, 그런 거 아니야. 세상에 쓸데없는 말이 다 있다니까. 그건 그냥 비난하기 위해 만든 말이야. 사람을 속박하려는 족쇄란 말이야. 당연한 거 아니야? 사랑은 불타오르기도 하고 식기도 하는 거잖아. 이런 사적인 일에 탐정까지 고용하는 게 비정상이야."

아, 예. 대충 알 것 같다. 그러니까 이분은 '사적인 일'을 저지르셨고 그래서 남편이 탐정을 고용했다고 의심 중이라는 말이다.

"그런데 정말 그 사람이 탐정이라는 증거가 있나요? 또 탐정이 그렇게 쉽게 모습을 드러낼 리도⋯."

로아가 의문을 제기하자 여자는 마치 뱀이 생각나는 목소리와 눈초리로 말했다.

"그럼 그 사람이 왜 나타난다는 거야? 그것도 내가 있는 곳에만."

꼭 그렇다고 볼 수는 없었지만 나는 입을 다물고 있기로 했다.

"로터리에서 그 남자를 본 게 언제였죠?"

로아가 물었다.

"지난주 금요일. 아니, 날짜가 바뀌었으니 토요일일 거야."

"이 남자 맞는 거죠?"

로아는 페이스북에서 다운받은 사진을 보여주었다.

"오, 맞아! 딱 이렇게 생긴 사람이었어."

곽 씨는 계속 말했다.

"아무튼, 저 갈대 들판에서 봤다 이거지? 시간은? 언제 본 거야? 나도 가만히 있지는 않을 거야. 탐정 같은 거 불법 아냐? 그쪽에서 그렇게 나온다면 난 변호사를 고용할 거라고. 그래서 누가 이기나 한번 보자고. 이렇게 뒷조사하는 건 이혼 귀책사유가 되겠지? 그런 따분한 인간이랑 20년을 살았다니 나도 참 대단하다니까. 내 전화번호 알지? 혹시라도 새로운 정보 알게 되면 바로 알려줘야 한다?"

대화는 그것으로 끝이었다. 여자는 다시 주위를 경계하며 집안으로 들어가 버렸다. 우리로서는 별다른 수확이 없는 대화였다. 여자 쪽은 나름 만족한 것 같았지만.

그다음 목격자는 20대 남성. 통칭 최 씨. 시내에서 멀지 않은 곳에 있는 오래된 단독주택에서 살았다. 물론 부모와 함께였다. 목격담을 전해줄 사람은 그의 어머니였다. 토스타두에서 할아버지와 대화를 나누다가 아들이 하던 이상한 소리가 신경 쓰여서 말해줬다고.

"너희가 카페 할아버지가 말한 애들이구나. 들어와. 아들 녀석 설득하느라 힘들었다. 방 꼬라지가 말이 아닐 테지만 조금만 참아줘."

왜 중간에 어머니가 끼어 있었는지는 2층에 있는 주인공의 방문을 열자마자 알 수 있었다.

"냄새!"

로아는 코를 막고 눈을 찡그렸다. 난 그렇게까지 싫은 티는 내지 못했지만 방에 들어가고 싶은 마음은 싹 사라져 버렸다. 방 안에서 찌든 담배 냄새가 물씬 풍겨왔기 때문이었다.

"뭐? 냄새 안 나거든? 담배는 창문 열고 피운단 말이야."

머리가 덥수룩한 남자는 컴퓨터 앞에서 슬쩍 뒤를 돌아보며 말했다.

"창문 열어도 그때뿐이지 입에서 담배 연기 폴폴 나는 거 전부 방 안에 있다가 벽지에 스며든다고 말했지?"

어머님이 우리 뒤에서 모난 소리로 잔소리했다. 뭐, 알만하다.

"아이 씨, 그런 소리 하려고 애들 들여보냈어?"

"방에서 썩은 내 난다고 말했어, 안 했어? 손님 들어오자마자 바로 인상 찌푸려지는 거 못 봤어?"

"그럼 들여보내지 말든가!"

최 씨는 역시 신경질적인 목소리로 말했다. 이대로 두면 우리를 사이에 두고 모자 싸움이 시작될 것 같았다. 로아가 먼저 나서줬다.

"뭐 좀 물어보려고요. 이상한 남자를 봤다고 했죠?"

두 사람은 말을 멈출 수밖에 없었다. 남자는 삐그덕 소리를 내며 의자를 돌려 우리 쪽으로 몸을 향했다. 침대 하나, 책상 하나로 가득 찬 작은 방이었다. 문에서 책상까지의 거리도 멀지 않았다.

"그건 왜 궁금해하는 거야?"

"우리도 봤거든요. 저기 들판에서."

로아는 오른팔을 쭉 뻗으며 말했다. 아마 대충 가리킨 방향이겠지.

"비니 쓰고 체크무늬 남방 입고?"

최 씨는 물었다.

"네."

남자는 흐음, 하며 팔짱을 끼며 무언가 생각하는 시늉을 내더니 창문을 가리켰다.

"여기서 봤어. 담배 피우다가."

"듣자 하니 두 번이나 봤다면서요."

"창밖을 한번 볼래?"

우리는 창문 앞으로 다가갔다. 낡은 티가 많이 나는 창문이었다. 먼지도 잔뜩 쌓여 있었고 창틀에는 벌레 사체도 잔뜩 있었다. 이걸 열라고 하면 로아한테 맡길 거야.

이 집은 T자로 이어진 골목 가운데에 있었다. 그래서 이 이층 창에서 고개를 내밀면 세 방향 골목을 전부 지켜볼 수 있었다.

"지난주 일요일 저녁에 왼쪽 골목에서 걸어오는 걸 봤고 그저께 월요일, 그러니까 그다음날 오전 오른쪽 골목으로 걸어가는 걸 봤어. 똑같은 옷을 입어서 똑똑히 기억해. 요 앞을 지나는 데 하룻밤이 걸린 게 아닌가 생각했다니까."

"정말로 밤새 걸어간 건 아닐까요?"

로아가 말했다.

"그럴 리 있겠냐? 하지만 밤새 이 골목을 돌아다녔을 거라는 가정은 해볼 수 있겠지."

가정? 말이 조금 거창하다.

"그 남자는 정말로 밤새 걸었던 거야. 단지 우연히 내가 담배 피우려는 두 시각에 한 번은 왼쪽에서 한 번은 오른쪽에서 같은 방향으로 걷는 모습이 발견된 거지. 말하자면 시간 차를 이용한 트릭이야."

"그럴 수도 있겠네요."

"문제는 왜 그렇게 걷고 있었는가야."

"왜일까요?"

두 사람은 마치 대본 읽듯 문답을 주고받았다.

"답은 하나밖에 없잖아. 이 근방을 돌아다니고 있던 거야."

우리로서는 조금 김이 빠지는 결론이었다. 어차피 우리는 그 남자를 '돌아다니는 남자'라고 부르고 있었잖은가.

그런데 최 씨의 말은 끝나지 않았다.

"그런데 아무 이유 없이 골목길을 떠돌아다닐 리는 없겠지. 더 중요한 건 그 사람의 목적이지."

"목적이요?"

"목적."

최 씨는 턱을 당기고 가느다란 눈을 안경 위로 치켜뜬다. 노려보려는 의도 같았지만 그리 무게감이 있어 보이지는 않았다.

"너희도 들어봤을지도? 이 마을에는 오래전부터 떠도는 소문이 있었어. 여기가 일제강점기 시절 물자를 수출하는 항구 역할을 했다는 건 알지? 그때는 여기 허실도 꽤 번성했다고 하고 일본의 거부들도 드나들곤 했다고 하지.

그런데 한국 내의 일본인에게 해방은 너무 갑작스러운 일이었어. 바로 어제만 하더라도 똑같은 식민지배가 이어질 것 같다가 어느 날 갑자기 라디오 방송으로 텐노가 항복 선언을 했거든. 일본인들은 깜짝 놀라서 꽁지 빠지게 한국을 떠났지.

그러다 보니 그들이 갖고 있던 재산은 고스란히 두고 갈 수밖에 없었어. 너흰 잘 모르겠지만 재산에는 부동산이나 생산시설, 농지 같은 것도 포함한다고. 그런데 그것만 있는 게 아니야. 돈만 하더라도 쌓아두면 부피가 꽤 되잖아. 몇 톤이나 된다면 다 가져갈 수 없겠지. 특히나 재산을 금으로 바꿔놓은 경우엔 말이야."

"설마….'"

이야기에 빠진 로아는 중얼거렸다.

"맞아. 그 설마야. 야마구치라는 상인이 있었어. 식민지 조선의 이런저런 이권에 관여하며 돈을 벌었던 아주 약은 인간이었지. 그자는 자기가 번 돈을 전부 금괴로 바꿔서 허실항 어딘가에 숨겨놓았어. 그리고 해방이 되자 부리나케 일본으로 도망갔지. 숨겨놓은 위치는 자신만이 알고 있었으니까. 언젠가 정세가 안정되면 은근슬쩍 들어와 되찾아갈 생각이었겠지.

그런데 야마구치는 다시는 한국 땅을 밟지 못했어. 너무 신중하게 기다리다가 그만 6.25가 터졌고 기다림이 연장된 와중 그만 식중독으로 급사하고 말았지."

"그럼 금괴는!"

최 씨는 씩 웃으며 말했다.

"아직 이 땅 어딘가에 있다는 거야. 지금까지 아무도 찾았다는 사람이 없으니.'"

또다시 이야기가 샐 것 같다는 직감이 들었다.

"로아야. 우리 목적을 잊으면 안 돼."

"난 처음 들어! 일본인이 남기고 간 금괴라니! 그런 엄청난 얘기가 이 동네에 있었다고는 꿈에도 생각도 못했어!"

로아는 흥분해 내 손을 붙잡고 말했다. 그래. 수십 년간 아무도 모르게 묻혀 있는 금괴 같은 이야기. 흥미롭다고. 가슴 설레잖아. 하지만 가만히 생각해 보면 그리 큰 의미는 없는 이야기다.

"생각해봐. 정말 그런 게 있다고 해도 우리가 어떻게 할 수 있는 건 아니잖아."

로아는 바람 빠지는 소리를 냈다.

"그동안 아무도 못 찾았으면 우리가 찾을 수 있지 않을까!"

"무슨 수로 찾는다고 그래. 우린 그런 게 있다는 말도 방금 들었잖아. 찾을 수 있었다면 어른들이 이미 찾아내지 않았을까?"

로아는 잠시 나를 원망하듯 쳐다봤다.

최 씨가 말을 이었다.

"맞는 말이야. 나도 그 얘기 들은 지 십 년은 됐는데 아직도 아무 단서를 접하지 못했어."

로아는 금세 풀이 죽고 말았다.

"그런데 말이야."

안경 쓴 남자는 말했다. 마치 욕망을 부추기듯이. 나직하게.

"계속 이 마을에서 살아온 우리이기에 알 수 없는 것인지도 몰라."

"무슨 말이에요?"

로아는 물었다.

"오히려 여기이기에 단서가 지금까지 발견되지 않은 것일 수도 있다는 거야. 일본으로 돌아간 거부가 비밀을 안고서 죽었다면 그 비밀의 단서는 어디에 있겠어? 그 사람과 아주 가까운 사람이 알 가능성이 그나마 있지 않을까?"

그것도 맞는 말이다.

"이 소문은 외부에도 거의 알려지지 않고 이 마을에서만 조금씩 전해오던 거야. 위키를 찾아봐도 이런 얘기를 볼 수 없을 거야. 그래서 지금까지 한 번도 대대적인 탐사나 수색이 이뤄지지 않았던 거지.

그런데 갑자기 나타난 외부인이 혼자서 마을 여기저기를 들쑤시고 다닌다? 의미심장하지 않아?"

갑자기 원래의 주제로 돌아오게 된 것 같다. 그는 이제 우리가 원래 찾던 대상, 돌아다니는 남자 이야기를 하고 있었다.

"비밀스레 활동하는 커뮤니티가 있거든. 거기 몇 가지 정보가 들어왔어. 외부인이 이 마을에 흘러들었다는 거야. 어디에도 알려지지 않은 단서를 가지고. 이건 극소수밖에 모르는 정보야. 너흰 그걸 아는 일원이고.

그 남자는 밤새도록 골목을 돌아다녔어. 그건 내가 전날 밤과 아침에 목격한 것으로 증명됐지. 그 남자의 정체를 묻고 싶은 거지? 답은 하나야. 트레저 헌터. 그 남자는 어딘가에서 단서를 찾아낸 거야. 지도를 손에 넣었다거나, 아니면 야마구치의 후손에게 얘기를 들은 거지. 아마 여기저기서 목격되는 이유는 이 마을을 실측하고 금괴가 묻힌 장소를 비정하기 위해서겠지."

여기서 나는 더 얘기를 들을 필요 없다고 느꼈지만 두 사람의 대화는 한참 더 이어졌다.

"맨날 저런 소리만 한다니까. 아직도 정신 못 차리고."

현관문까지 배웅해주면서 최 씨의 어머니는 말했다.

"저런 소리라뇨?"

로아는 물었다.

"군대 가서 받은 돈이랑 그동안 알바해서 번 돈이랑 등록금 몰래 환불받은 돈이랑 해서 무슨 코인? 거기에 다 쏟아넣더니만 하루아침에 다 잃어버렸단 거 아니니. 집밖으로는 한 발짝도 안 나가고 컴퓨터만 하면서 무슨 두고 보라느니 나중에 후회하지 말라느니 같은 소리만 하고."

어쩐지 범상치 않은 인물인 것 같다 생각했다.

"그래서 이제 정신 차리고 정직하게 일하는가 했더니 이젠 일본이 두고 간 황금을 찾는다나. 속 터져서 정말. 그거 꼬맹이들 때나 믿는 소문이거든. 그걸 다 커서 저러고 있으니…."

그가 마지막에 우리에게 한 말은 동맹 제안이었다. 서로 정보를 공유해서 함께 돌아다니는 남자와 금괴를 찾자고. 조건은 누구에게도 금괴 이야기는 하지 말 것. 뭔가를 알게 되면 바로 연락할 것. 우리가 다시 그에게 연락할 일은 없을 것 같았지만.

"흐음."

다시 카페로 돌아가며 로아는 생각에 잠겼다.

"정말 있을까? 금괴."

로아는 뒤로 흘러가는 보도블록에 시선을 고정한 채로 말했다.

"있을 수도… 있지만 그 남자가 정말 트레저 헌터라기엔 근거가 부족하잖아."

어쩐지 내 말도 조금 거창해지는 것 같다.

"그런가? 그러려나? 그렇겠지?"

로아의 목소리는 차례대로 피아노 건반을 타고 올라가듯 높아졌다.

"으응?"

"역시! 그렇게 일확천금이 쉽게 굴러 들어올 리는 없잖아. 역시 그냥 밤새 돌아다녔다는 거로 그렇게 단정하는 건 이상해."

그렇게 말하며 로아는 앞장서 뛰어가기 시작했다.

나는 로아가 왜 갑자기 밝아졌는지 알지 못했다.

세 번째로 만난 사람은 40대 남성이었다. 약속 장소는 다름 아닌 카페 토스타두. 사실 할아버지가 두 번째로 연락한 사람인데 한 시간쯤 뒤에 카페로 오겠다고 해서 그다음 사람을 먼저 만나고 오기로 했던 것이었다.

우리가 오기 전에 이미 카페에 도착해 있었지만 우리는 그를 보지 못했다. 구석 자리에 앉아 있다가 우리가 자리에 앉자 슬그머니 접근해왔기 때문이었다.

그는 모자를 깊게 눌러 쓰고 입은 황사 마스크로 가리고 있었다. 할아버지가 그를 모를 리는 없었으니, 이 행동은 우리에게 먼저 발견되지 않으려는 의도라고 봐야 한다.

이 사람이 왜 이렇게 우리를 경계하는지는 곧바로 알 수 있었다.

"결국, 오고 말았어."

그는 얼굴의 대부분을 가리고 있었지만 몹시 동요하고 있음은 분명해 보였다.

"누가 왔다는 거예요?"

로아는 물었다.

"마침내, 그들이 날 찾아낸 거야."

"아, 내가 설명해줄게."

할아버지는 노트북을 덮으며 말했다.

"여기, 김 씨라고 불러 달라고 하니 그렇게 부르자꾸나. 사정이 있는데 말하기 조심스럽지만 허락을 받았으니 얘기하자면,"

"엄마를, 혼자 둘 수 없었어…. 난 도망친 게 아니었다고! 엄마만 보고, 엄마를 안심시키고 다시 돌아가려 했어. 영창에 가더라도, 난 그래야만 했어."

잠깐, 영창? 그게 악기사를 말하는 것이 아니라면 가리키는 것은 하나밖에 없지 않나?

"엄마한테는 당뇨가 있어서 항상 주사를 맞아야 했어. 그런데 내가 없으면 아무도 신경을 안 써주니까! 그런데, 그런데…."

김 씨 아저씨는 그렇게 말하며 머리를 감쌌다.

"집에 돌아와 보니 추격병이 와 있었다는구나. 어머님에게는 지적 장애가 있어서 혼자 관리를 못하는 상황이었는데 이웃사람에게 부탁해 놨지만 이웃이 그렇게 신경써주지는 못했다고 하네."

"그럼 어머니는…."

"조금 위험한 상황이었던 모양이야. 군인들이 병원에 입원시켜 놓았는데 김 씨는 그것을 알지 못했어."

"그래서 난, 그래서 난…."

그는 어머니 없는 집에서 잠복 중이던 추격병이 어머니를 인질로 잡아 숨겨놨다고 짐작하고는 다짜고짜 달려들었다고 한다. 체포조는 두 명이었지만 눈이 벌개져 악다귀를 쓰는 김 씨를 당해낼 수 없었다. 거친 몸싸움 끝에 추격병 한 명이 아파트 계단에서 굴러떨어졌고 머리를 부딪힌 그는 그만 그 자리에서 사망하고 만다.

김 씨는 공황상태에 빠져 무턱대고 도망갔다. 탈영에 이어 살인이라는 죄까지 지어버린 그는 더욱더 숨어들 수밖에 없었다. 당시로서는 정황을 알 수 없었기 때문에 어머니도 찾지 못했다. 그는 두 번 다시 어머니를 만나지 못했다. 그날의 자세한 정황은 훗날 그를 도와주던 친구가 알아봐 주었다. 하지만 때는 이미 늦은 뒤였다.

김 씨는 전국을 떠돌다가 마침내 아무런 연고도 없는 이 허실시에 정착했다. 탈영병 신분 그대로.

"잠깐, 그래서 아저씨는 그 남자가 DP? 그거라 생각하는 거예요?"

로아가 모처럼 이야기의 본론을 짚어주었다.

"그 자식들은 평생 날 따라다녔어. 내가 어디에 숨어 있든, 밤이든 낮이든 나타났어. 하지만 난 잡히지 않을 거야. 조금 있으면 시효가 만료되거든. 이 지긋지긋한 싸움도 이제 곧 끝이야. 그때까지 버텨야 돼."

"아니, 그 남자가 아저씨를 잡으러 온 사람이라는 증거가 없잖아요."

"있어. 건물 옥상에 서 있었거든."

"네?"

그렇게 주어가 다 빠진 말은 누구도 이해하지 못할 것이다.

"난 느낄 수 있어. 그놈들의 그림자를. 그놈들이 내 머리 위에 있는 걸…."

"김 씨의 집은 밝힐 수는 없지만 시내 바깥의 빌라라고 해. 그 집 옥상에 남자가 있었다는 거야. 그게 언제였냐 하면, 그제에서 어제로 넘어가는 새벽이었지."

할아버지가 보충해 주었다.

"아니, 말이 안 되잖아요! 옥상에 있는 건 어떻게 알았대요? 그리고 디피는 혼자 다니지 않잖아요!"

로아는 아무래도 조금 주워들은 것이 있는 것 같았다. 아니, 드라마에서 본 건가?

"아냐. 난 알아. 분명히 그놈들이야. 분명히 날 잡으러 온 거야. 마침내 나를!"

남자의 눈은 심하게 떨리고 있었다. 나는 얼른 이 남자를 안락하고 안전한 집에 보내주고 싶었다.

"저기요…. 그러면 그 추격자의 얼굴을 본 건가요? 어떤 차림새였나요? 비니를 쓰고 있다든지…."

이 사람이 두려워하는 대상이 추적자든 뭐든 상관없는 일이었다. 중요한 것은 그가 본 사람이 우리가 찾는 사람이 맞는지였다.

"맞아. 모자, 까만 모자를 쓰고 있었어. 그 창백한 눈은 나를 노려보고 있었어."

"야구모자 같은 게 아니고 죽죽 늘어나고 머리에 달라붙는 모자 말하는 거 맞죠?"

"그래. 그거였어. 까만 모자…."

도대체 어떻게 옥상에 있던 남자를 볼 수 있었던 건지는 듣지 못했다. 나는 김 씨가 집 근처에서 그 남자와 마주치기는 했지만 공포감에 약간의 착오를 일으킨 게 아닐까 생각했다.

"그런데 저 사람은 왜 우릴 만난 거지?"

남자가 두리번거리며 카페에서 빠져나가고 로아가 말했다. 나도 그것이 의문이었다. 앞의 두 사람은 우리에게서 정보를 얻으려 했고 거기서 이해관계가 맞아 떨어졌지만 김씨 아저씨는 자기 할말만 하고 도망치듯 떠나버렸다.

"본심이야 알 길 없지만,"

할아버지가 대답했다.

"불안한 마음을 누구에게라도 말하고 싶었던 것이 아닐까? 무려 20여 년을 숨어 살았잖니. 거기에 어머니의 최후도 지키지 못했고 잘못도 저질렀고."

"그런데 시효 만료? 그거 되면 안 잡히는 건가요?"

나는 물었다.

"공소 시효! 그것도 모르냐?"

로아가 말했다.

"범죄자가 수년 동안 잡히지 않으면 감옥에 안 보내는 거야. 탈영은 그런데 매해 군인 대빵이 복귀 명령을 내리니까 이게 끝나지 않아. 그러다가 40살이 넘으면 그냥 병역의무가 만료돼서 자유를 얻는 거야."

음. 이해했다. 설명에선 빠졌지만 40살 이후 마지막으로 공소 시효 기간을 보내야 하는 거고 저 사람은 지금 그 기간이라는 거구나.

"그런데 저분 병원이라도 가봐야 하는 거 아닌가요?"

나는 말했다. 김 씨의 상태는 겉으로 보기에도 많이 심각해 보였다. 병역에 대한 것은 잘 모르고 그가 어떤 심경인지도 쉽게 짐작하기 어렵지만, 적어도 치료와 상담이 필요한 상태라는 것은 분명해 보였다.

"그래서 만날 때마다 설득하고 있단다. 의료보험을 적용하지 않으면 가명으로 진료가 가능할 텐데 절대 안 가겠다고 고집이구나."

설령 잡힌다고 하더라도 그동안 버틴 게 용하다고 적당히 봐주지 않을까 하고 생각하는데 로아가 마지막 목격자를 알려달라고 성화를 부렸다. 이제 8시가 다 돼가고 있었다. 슬슬 집에 돌아가 봐야 할 텐데.

할아버지는 조금 난처한 듯 말했다.

"그런데 마지막 사람은 소개해줘도 될지 조금 고민이구나."

"왜요? 왜요? 위험한 사람이에요?"

"위험하다…고 할 수는 없지만, 음, 만나도 되는 사람일지 확신이 없거든."

우리에게 만나지 못하게 하려는 사람이라 하면 사실 쉽게 짐작된다. 아마 이 도시에는 흔한 축인 '별로 건전하지 못한 어른'을 말하는 것일 것이다. 조금 전 만나고 온 안경 남자도 그런 편이지만 여기엔 상상을 초월하는 어른이 많다.

하지만 그것이 괜한 걱정이라는 것을 나는 장담할 수 있다. 왜냐하면 로아의 부모님이 바로 그 '건전하지 못한 어른'이기 때문이다.

잠시 고민하던 할아버지는 말했다.

"그럼 내일 마저 이야기하자꾸나. 이제 집에 들어가야 하지 않겠니. 그 사람한테도 늦게는 실례이고 말이야."

그 말에는 로아도 순순히 따랐다. 하지만 할아버지가 소개해주기 꺼려 하는 그 인물이 어떤 사람일지 나는 무척이나 궁금해졌다.

*🔍

다음 날은 토요일이었다. 우리는 각자의 집에서 조금 늑장 부리다가 12시쯤 카페에서 다시 모였다.

할아버지는 여전히 그 자리에 있었다.

"우리 왔어요!"

로아가 인사를 대신해 말했다.

"잘 잤니?"

할아버지는 부드럽게 웃으며 말했다.

"저 오늘은 밀크티 먹어봐도 돼요? 커피보다는 아무래도 그게 낫겠어요."

로아는 마주보는 의자에 털썩 주저앉으며 말했다. 나는 조금 무안해졌다. 사주시겠다는 말도 아직 안했는데.

"그러렴. 해준이는?"

"저, 저는 아메리카노요."

커피는 썼지만 계속 먹어보다 보면 왜 먹는지 알게 될지도 모르겠다고 생각했다. 어차피 자주 먹을 것도 아니니까.

우리의 음료수가 테이블에 놓이자 할아버지는 노트북을 닫으며 이야기를 시작했다.

"계속 생각해 봤는데, 역시 기회를 주는 게 맞는 일인 것 같구나. 너희도 스스로 판단할 줄 아니까."

"그럼요, 그럼요."

로아는 밀크티가 꽤 마음에 들었는지 동그래진 눈으로 쪽쪽 빨아먹으며 말했다.

"그 사람은 이 지역의 토착 종교 신도야."

"토착 종교?"

나는 소리 내고 말았다. 내가 생각하던 '건전하지 못한 어른'과는 조금 이미지가 달랐으니.

"이런 말이 적절할지는 모르겠지만, 보통 사이비로 일컬어지는 종류지. 토착 종교라고는 하나 만들어진 지 30년이 안 되는 신흥 종교야. 교주 개인에 대한 신앙과 교리에 대한 신앙이 혼재돼 있어서 구조적으로 신도를 착복하는 좀 질 나쁜 곳이야."

"그런 게 있다는 얘긴 못 들어봤어요. 그런데 요즘 세상에 그런 걸 믿는 사람이 아직도 있다는 거예요?"

로아가 말했다.

"이상하게 느껴질지 몰라도 세상엔 정말 다양한 부류의 사람이 있단다. 종교도 마찬가지지. 이 종교는 밀교, 그러니까 비밀스러운 종파의 형태를 띠고 이 허실시에 자리 잡고 있었어. 실제론 현대에 와 만들어졌지만 신도들에게는 수백 년은 된 것처럼 가르치고 있지."

"그래서 고민했던 건가요? 우리한테 소개해주는걸요."

나는 말했다.

"그래. 혹시라도 그분이 너희를 자기 일에 끌어들이려 할까봐. 그 집단이 밖으로 드러나서는 안 되는 일도 꾸미고 있다는 말도 있거든,"

"에이, 우릴 뭘로 보고! 그런 건 하나도 믿지 않으니 걱정 말라고요."

로아는 자신만만히 말했다. 하지만 나는 할아버지의 염려를 이해할 수 있었다. 사람은 약하다. 이것은 비단 우리가 중학생이라서 하는 말이 아니다. 어른이 돼도 부모가 돼도 선생님이 되더라도 누구나 마찬가지일 것이다. 사람은 누구나 어딘가 약한 부분을 가지고 있다. 사이비 종교가 노리는 곳은 그 부분일 것이다.

"그래. 너흴 믿어 줘야지. 그런데 이번에는 직접 만나는 게 아니야. 그쪽에서 화상 통화로 만나고 싶다고 전해 왔거든."

"화상 통화라면, 페이스톡 같은 거요?"

"그래. 내 전화로 얘기하면 되니 여기서 볼 수 있어."

뭐, 빨빨거리며 돌아다니는 것보다야 그게 더 낫다.

이렇게 사전 조율이 끝났고 네 번째 목격자와의 화상 통화 시각은 한 시로 정해졌다.

자, 한 시. 할아버지의 스마트폰이 경쾌한 멜로디를 연주했고 우리는 연결되었다.

상대는 50대 정도로 보이는 여성이었다. 이름은 이 씨. 부풀어 오를 정도로 볶은 머리, 흡사 변장이라도 한 것 같은 진한 화장, 조금 촌스러워 보이는 블라우스의 조합이 인상적이었다.

"험. 너희들이니? 이상한 남자를 쫓는다는."

로아는 그렇게 만나는 게 어색한지 작게 네, 하고 대답했다.

"그래, 언제 어디에 있었다고?"

그렇게 다짜고짜 우리에게 정보를 캐내려 하는 사람도 처음이었다. 로아가 조금 벙쪄 있으니 내가 대신 대답했다.

"그저게 해질 때쯤이에요. 억새 있는 들판 아시죠?"

"알지. 거기서 뭐 하고 있었는데?"

"그냥 하늘 보며 서 있었어요. 학교에서 본 거라 잘 안 보였거든요. 서서 뭘 하고 있는지는…"

"알았다. 그거 말고는 또 없는 거지?"

앞서 세 사람에게 또 목격 정보를 들은 게 있었지만 그 얘기는 하지 않기로 했다. 나는 대신 물었다.

"그런데요, 그 사람이 누구인지, 아시나요?"

그렇게 말한 이유는 지금까지 만난 사람들에게서 공통점을 보았기 때문이었다. 그들은 하나같이 그 남자가 자신과 관계 있는 누군가라고 생각하고 있었다. 사실 그런 사람들일 수밖에 없었다. 그냥 어떤 사람을 본 일일 뿐이다. 그리고 특이한 사람은 살면서 무수히 많이 보게 된다. 그런데 딱 한 번 본 사람의 일로 이렇게 중학생과 인터뷰를 할 만한 사람이라면 그 남자에게 무언가 의미를 부여하고 있다고 밖에 말할 수 없었다.

당연히 이 아줌마도 무언가를 찾고 있다고 생각할 수 있었다.

그는 잠시 입을 꾹 다물고 있다가 말했다.

"그분이 틀림없어."

"그분?"

로아가 반응했다.

"억새밭은 우리 성도들에게 중요한 장소거든."

"성도?"

"얘기 들은 거 아니야?"

"아, 그 사이…아악!"

나의 놀라운 반사신경에 경의를! 나는 말실수 하려던 로아의 발등을 밟았다.

"무슨 교회… 관계자시라고요."

나는 머릿속의 정보를 총동원해서 말했다. 어느 정도는 도박이었다. 이런저런 유명한 사이비 종교가 대개 기독교계라는 것을 알고 있었다. 다른 계통에 어떤 게 있는지는 몰랐고 상대가 어떤 종파에서 비롯됐는지도 듣지 못했지만 지금은 어떻게든 수습할 수밖에 없었다.

도박은 적중했다.

"응. 우린 하나님 섬기는 사람인데, 성목님이 어느 날 사라지셨거든."

"성목님?"

"너희, 혹시 교회 다니니?"

"아, 아뇨."

즉각적인 반응은 로아가 도맡아서 해줘서 그렇게 편할 수가 없다.

"일반 교회의 목사님 같은 건데 우린 성목님이라 불러. 사라진 지 한 달이 됐는데 그러실 분이 아니거든. 그런데 지난주 금요일 우리 교회에 잠깐 다녀가신 거야."

"잠깐, 확실히 그 성목님이 다녀가신 거 맞아요? 얼굴도 보고 얘기도 나누고?"

나는 말했다.

"직접 만난 건 아닌데, 성목님이 틀림없었어. 해질 무렵 본당의 커다란 스테인드글라스 빛을 받으며 서서 기도하는 분은 성목님 밖에 없거든. 교회에서 놀고 있던 애기들이 보고 장로들한테 말했는데 우리가 갔을 때는 사라지고 없었어."

"그리고 그 들판, 그런데 왜 거기가 중요한 장소예요?"

"예언에 따르면 선지자는 늘 광야를 통해 돌아온다 했거든."

예언이라고 하니 본격적인 사이비 냄새가 난다.

"성목님은 부처님, 공자님, 예수님, 마호메트님에 이은 다섯 번째 선지자야. 예언에 따르면 선지자는 인간 생애를 반복하면서 그때그때에 따른 중요한 가르침을 내려 주시거든. 그래서…."

여기서 그들의 교리는 그리 중요한 것 같지는 않으니 한 귀로 듣고 흘려보내도록 하자.

이번에는 남자의 인상착의는 전달받지 못했다. 이 씨가 직접 목격한 것이 아니었기 때문이다. 그래도 비니 모자를 썼는지 정도는 듣지 않았을까 싶어 물어보았고, 천만다행으로 우리는 그 정보를 전달받을 수 있었다.

돌아다니는 남자다. 모자만으로 판단한 것은 아니다. 불현듯 나타났다가 연기처럼 사라지는 사람이 비니를 쓰고 있었다면 그 남자라고 생각하는 게 그리 큰 비약은 아닐 것이다.

그렇게 목격자 네 명의 인터뷰가 끝났다.

우리는 시간 순서대로 목격 정보를 정리했다.

지난주 금 저녁. 장소는 교회 본당. 목격자는 애기들.

지난주 토 새벽. 장소는 로터리 가운데. 목격자는 곽 씨.

이번 주 월 오전. 장소는 최 씨네 집 앞 골목. 목격자 최 씨.

이번 주 수 새벽. 김 씨네 집 옥상. 목격자 김 씨.

이번 주 목 해 질 녘. 키다리 벌판. 목격자 로아와 해준, 그리고 페이스북의 허희수.

"으음."

"훔."

"음."

우리 세 사람은 큼지막한 넘기며 노트 위로 머리를 맞댔다.

"이거로 뭐가 나올 수 있을까?"

내가 말했다.

"일단 여기 목격된 남자가 다 같은 사람이란 건. 확실하겠지?"

로아가 말했다.

"복장이 같고, 뭔가 기묘하게 목격되고… 그런 사람이 또 있으면 그게 더 이상한 일 같아."

할아버지는 아무 첨언 없이 우리 대화를 듣고만 있었다.

"확실히 이상해. 곽 씨 아줌마한테 사진을 보여줬잖아. 그런데 딱 그 사람이라고 했지?"

로아가 말했다.

"응."

"그런데 그 사진에선 얼굴이 흐릿하게 나와서 누군지 구분할 수 없었잖아. 그 말은 그냥 복장만으로 그렇게 생각했다는 뜻일 거야. 저 비니, 체크남방, 흰색 티."

"그러고 보니."

"교회에서 목격된 건 정확한 차림새는 모르지만 적어도 비니를 쓰고 있었다는 건 확실하잖아. 게다가 그건 로타리에서 목격되기 불과 몇 시간 전이니 역시 같은 차림이라고 봐야겠지? 그 말은 이 사람은 일주일 동안 계속 똑같은 옷을 입고 있었다는 뜻이야."

"옷을 안 갈아입고 돌아다닌다…."

나는 중얼거리듯 말했다.

"이 사실로부터 유추할 수 있는 것은 일단, 이 사람은 외부 인이라는 거야."

그렇겠지. 여기 사는 사람이라면 옷은 갈아입고 다닐 테니까. 하지만 여기 사는 사람이 특별한 이유가 있어서 똑같은 옷을 계속 갈아입고 돌아다니는 것일 수도 있지 않을까?

"그건 아닐 거야."

로아는 내 의문에 답했다.

"어떤 목적이 있어서. 그렇다면 그 목적을 한번 생각해보면 되겠지? 뭐가 있을까? 특정한 사람에게 계속 목격되려고? 이를테면 스토킹 같은 거!"

소름. 매일매일 똑같은 모습으로 나타나는 스토커라니! 하지만 그 가설은 올라오기도 전에 피식 바람이 빠지고 만다. 바로 우리가 본 모습은 도저히 스토커라고 볼 수 없었기 때문이다.

"맞아. 스토커가 그런 아무도 없는 들판에 서 있을 이유는 없겠지. 또 하나. 매우 특이한 취향을 가진 사람이라서 옷장에 똑같은 옷만 잔뜩 있는 사람이라면?"

그 가설도 쉽게 부정될 수 있다. 그런 사람이라면 아마 진작 여러 사람 눈에 띄었을 것이다. 기억하시길. 이곳은 인구 20만 정도의 작은 도시다. 번화가도 한 곳으로 집중되었고 기차역도 하나, 버스 터미널도 하나라서 그렇게 특이한 사람이 돌아다니면 금방 눈에 띈다.

이 남자가 그런 경우고 이제 막 활동을 시작한 것이 아닌가 하는 의문이 들지도 모르겠다. 하지만 이 허실시에 사는 사람이라면 그럴 수 없다는 것을 잘 알 것이다. 이 사람은 특이한 행동에 비해 너무나 목격된 것이 적다. 페이스북도 항상 확인 중인데 어제 그 글 외에 별다른 정보가 올라오지 않았다. 무려 일주일간 같은 옷을 입고 돌아다닌 사람이다. 만일 일상적으로 그렇게 다니는 사람이었다면 훨씬 많이 눈에 띄었을 것이다. 하지만 그는 인적 드문 시각과 장소에서만 간헐적으로 목격되었다. 매일 매일 똑같은 옷을 입고 평범하게 살아가는 사람은 절대 아니라는 뜻이다.

"그 점에서 목격자들의 주장은 잘못됐어."

로아는 말했다.

"이 남자는 한 가지 옷만 입고 최소 일주일을 지내고 있어. 그런데 어떤 목적이 있어서 이 도시를 찾으면서 옷을 한 벌도 안 갖고 온다는 게 말이 돼? 트레저 헌터…는 잘 모르겠지만, 불륜 조사를 하는 탐정이나 DP가 그렇게 아무 준비 없이 낯선 동네로 들어올까? 난 절대 아니라고 봐."

"그럼 그 성목인가? 하는 사람은?"

"그 사람은 여기의 토속 종교 대빵이라고 했잖아. 당연히 여기 살았을 거고 은신처도 있을 거야. 그런 사람이 여기저기 그것도 같은 옷을 입고 돌아다닐 이유가 있을까? 무엇보다 뭔가 구린 게 있어서 잠적했을 건데 그런 행동을 할 리가 없잖아."

"그래도 뭔가 우리가 상상하기 어려운 이유가 있던 것은 아닐까? 넌 종교를 잘 이해 못하잖아. 하지만 사람들은 이 지역에만 있는 비밀스러운 종교도 막 믿어. 그러니까, 우리가 상식으로 이해할 수 없는 일이라 해도 충분히 일어날 수 있다는 말이야. 그런 '상상 못 할 이유'가 있었다면? 똑같은 옷을 입고 우연히 목격되는 일에 말이야."

조금 억지를 부려보았다. 이런 대화는 너무나 즐거웠다. 로아도 마찬가지일 것이다. 로아의 있는 대로 커진 눈이 말하고 있었다. 이것이 우리의 특별한 놀이라는 것을, 할아버지는 알까?

"그렇다고 하기엔 역시 목격 장소가 이상해. 그게 그 종교의 이상한 의식이라고 하면 좀 더 쉬운 방법이 있잖아. 백주대낮 사람들이 많이 다니는 곳에서 목격된다든가. 들판에서 목격된 것도 사실 의도하기 어려운 일이잖아. 우리랑 그 페북 사람이 우연히 보지 않았다면 거기 있는 거 아무도 몰랐을 거 아냐. 설마 며칠 동안 누가 볼 때까지 거기 서 있던 걸까? 그건 아닐 거라고 봐."

좋아. 합이 잘 맞고 있었다. 더 의문 제기할 것도 생각나지 않았고, 이제 마지막 단계가 남았다.

"그럼 넌 뭐라고 생각해? 그 남자의 정체. 여기저기 돌아다니는 이유."

나는 드디어 그 이야기를 꺼냈다. 로아가 앞선 사람들의 가설에 문제 제기하는 이유. 그건 자신만의 가설을 내세우기 위해서이다. 로아도 나의 이 말을 기다리고 있었을 것이다.

"그런 일이 있었지? 네가 말해준 거. 유명한 추리소설가가 실종된 사건."

"애거서 크리스티?"

"응. 그 사람. 그 애거서 크리스티가 며칠 동안 실종됐다가 엉뚱한 곳에서 발견된 일 말이야. 나는 그 일이 생각났어. 왜냐하면 남자의 모든 행적이 한 가지 결론만을 말하고 있었거든."

음. 그래. 그렇단 말이지.

"결론부터 말하자면 그 사람은 작가야. 하지만 작가가 누구야? 부질없는 자기 파괴의 순환 속에 갇혀 사는 사람이잖

아. 이번에 쓸 글이 성공할 거라는 보장이 없지만 무언가에 떠밀리듯이 매일매일 키보드 앞에 앉아 있어야 하는 사람이 작가야. 스트레스가 장난 아닐 거야. 그래서 어느 날 문득 멍하니 떠다니는 구름을 보다가 그대로 뛰쳐나온 거야. 그리고 무턱대고 가장 빠른 기차를 잡아타고 떠나온 거지. 여기 허실시로 말이야."

"그런데 그렇다고 할 단서는 딱히 없지 않아?"

"바보야. 지금까지 뭘 본 거야? 한 사람이 서로 아무 관계가 없는 네 사람을 쫓아다닐 리가 없잖아. 그 사람은 그냥 핸드폰도 카드도 안 챙기고 무작정 떠난 사람임에 틀림없어. 그래서 일주일 동안 같은 옷을 입고 있는 거고 여기저기에 간헐적으로 돌아다니는 거지. 그냥 바람 쐬고 기분 전환하고 나름 이런저런 근대 유산이 있는 이 동네 구경도 좀 하고.

그렇게 갑자기 떠날 수 있는 사람은? 정해진 직장이 없지만 바로 직전까지 무언가 압박을 받고 있던 사람. 지금 하고 있는 무언가로부터 급히 도망치고 싶은 사람. 그런 사람은 작가밖에 없잖아."

"작가…라면, 무슨 작가?"

"당연히 소설가지! 연재 작가는 아니야. 그런 사람은 도망치고 싶어도 연재의 굴레가 너무도 질겨서 도망치지 못해. 비슷하게 웹툰 작가도 아니야. 사진작가나 미술작가도 아니지. 빈손으로 휘휘 떠돌면서 보고 느끼려는 사람은 프리랜서 소설가밖에 없어."

일리는 있는 말이었다. 하지만 나는 허점을 지적할 수밖에 없었다. 어느 날 갑자기 옷도 폰도 안 챙기고 휙 떠난 사람일 거라는 추론까지는 그럴싸했다. 하지만 그게 꼭 소설가일 필요는 없다. 문자로 '나 퇴사함'이라고 쓰고 번호 없애고 아무 생각 없이 떠나버린 회사원도 로아가 그리는 남자상에 적합하다.

"아니야. 그런 건 역시 부족해. 이 추리에서 빠트려선 안 되는 게 우리가 본 것이야. 남자는 들판에 멍하니 서 있었잖아. 몇 분씩이나. 난 그저께 너한테 말하기 전에 저게 뭐지? 하며 한참을 쳐다봤다고. 남자는 꼼짝도 하지 않았어. 벌레가 발목을 물어뜯고 있었을 텐데 말이야. 소설가의 몹쓸 버릇이 뭐겠어. 도망쳐서도 완전히 도망칠 수 없다는 거 아니겠니. 넓은 들판과 해가 지면서 그곳을 온통 주황빛으로 물들여버리는 광경을 생전 처음 봤을 거 아냐. 영감이 머릿속을 괴롭히고 있던 거지. 분명히 기막힌 아이디어가 떠올랐을 거야. 이 심심하고 아무것도 없는 작은 동네도 소설가의 눈에는 신기하고 신나는 것들로 가득 찬 곳으로 보였을 거야. 소설가라고! 이 모든 단서를 만족하는 하나의 해답이!"

그 말에도 반박할 것이 많았지만 나는 한마디도 할 수 없

었다. 로아의 빛나는 눈동자를 보고 도저히 그런 말을 할 수
없었다.

*🔍

우리는 커피와 차에다가 카페에서 파는 샌드위치나 케이
크 같은 것도 얻어먹었다. 거절을 할 줄 모르는 로아 덕분이
었다. 길 건너에 있는 허실당 덕분에 이 동네에는 빵집이 아
예 없다시피 하다. 누가 감히 허실당과 경쟁하려 들겠는가.
만일 외부에서 일부러 이 도시를 찾는다면 그 이유의 99퍼
센트는 허실당 때문일 것이다. 그런데 용감하게 빵을 파는
카페라니! 맛은 뭐, 나쁘지 않았다.

커피도 야금야금 다 마시고 점심을 대신해 빵도 먹고 노
곤해지고 추리도 정체 구간에 들어서자 우린 여기 모인 목
적도 잃고 수다 떨다가 폰 만지다가 잠시 졸다가 하며 오후
시간을 죽내고 있었다.

그러던 도중 카톡이 왔다. 바로, 찾아가는 허실시 소식지
였다. 흥미를 끄는 내용이 아니면 광고 문자처럼 그냥 지워
버리게 되는 것이 이 소식지이다. 소식의 흥미 여부는 팝업
이 뜰 때 바로 그 순간 결정된다. 보통은 팝업도 제대로 읽지

않는다. 그것을 넘겨버리는 것 자체가 번거로운 일이기 때문이다.

하지만 이번에는 그럴 수 없었다. 보아하니 이 자리의 세 명 중 소식지를 받아보고 있는 사람은 나뿐인 것 같았다. 할 아버지는 노트북으로 뭔가를 두드리고 있었고 로아는 테이블에 엎어져 있었다. 나는 나도 모르게 자리에서 일어섰다는 것을 깨달았다.

로아가 뒤척이며 나를 힐끗 올려다보았다. 할아버지도 나에게 시선을 옮겼다. 나는 잠금을 해제하고 카톡을 읽었다. 유튜브 링크와 함께 나와 있는 소식지의 헤드라인은 이랬다.

[LIVE] 화제의 인물, 키다리 풀밭의 남자와 인터뷰를 시도해 보겠습니다.

나는 외칠 수밖에 없었다.
"와, 와이파이!"

우리가 알던 것보다 더 많은 사람들이 이 남자에 대해서 떠들고 있던 모양이었다. 페이스북에 댓글이 꽤 달리기는 했지만 정보성 글은 하나도 없었다. 그래서 그 반응을 대수롭지 않게 넘겨버렸던 것 같다. 목격자가 많지 않더라도 이 문제에 관심 있는 사람이 제법 된다는 사실을 간과해서는 안 됐는데!

직접 유튜브에 출연해 허전맨이라는 닉네임으로 활동하기도 하는 소식지 제작자가 별도로 그 남자를 목격했다는 사실은 우리가 알 수 없는 부분이었다. 방송에서 밝히기를 수요일 밤 우리 중학교 근처였다고. 이것은 흥미로운 아이템이었기 때문에 그는 흔적을 남기지 않고 페이스북 게시자 허희수에게 개인 메시지를 보냈다. 소정의 취재비를 대가로 두 사람은 협력해 남자를 찾기로 한다. 우리와는 다르게 그들은 발로 뛰어 남자를 찾아다녔다.

남자가 외부인이라는 결론은 똑같았다. 그렇다면 어디서 그를 찾을까? 중학생인 우리는 감히 시도해보지 못할 방법이 있었다. 바로 허실시의 모든 숙박업소를 찾아다니며 정보를 캐는 것. 소식지 제작팀과 페이스북 관리팀, 그밖에 그들이 가진 몇몇 인맥이 총동원됐다. 허실시는 그리 크지 않고 숙박업소도 모텔, 호텔, 게스트하우스 등을 통틀어도 30개가 되지 않았다. 그런데도 이틀이나 걸린 이유는 숙박업소는 좀처럼 숙박객의 정보를 알려주지 않기 때문이었다.

그렇다면 어떻게 단서를 찾았을까? 방송에서 말하길, 숙박업소 주변까지 철저히 탐문했다고. 그러다가 마침내 목격자를 찾았고, 그 근방에서 잠복해 있다가 외출하는 모습까지 잡아채 뒤쫓기 시작했다는 것이다.

참 집요하다. 정말이지 우리는 시도해볼 수도 없는 방법이었다. 그렇지만 질 수는 없었다. 우리는 곧바로 방송을 뒤쫓기로 했다. 라이브 방송이 찍는 곳이 어디인지는 금방 알 수 있다. 그곳은 뛰어서 오 분 정도면 갈 수 있는 항구였다.

허실시의 항구는 반쯤은 살아 있고 반쯤은 죽은 상태다. 항구로 기능하고 있지만 실제로 바다를 드나드는 배는 많지 않고 퇴역한 어선이나 군용 배 등이 박물관처럼 전시돼 있어서 단지 역사의 일부로만 남아 있는 모양새다.

나는 여전히 영문을 모르는 로아의 손목을 잡아끌고 항구로 달렸다. 가까운 거리였지만 우리 둘이 숨을 헐떡이기에는 충분했다. 로아는 무릎을 짚고서 나에게 해명을 요구하는 눈빛을 보냈다. 그렇지만 설명할 필요는 없었다. 아니, 오히려 무슨 일이냐고 묻고 싶은 것은 나였다. 혹시나 해서 다시 유튜브를 틀어보았다. 방송은 종료된 상태였다. 방송할 상황이 아니었다. 허전맨은 구석에 몰려 있었다. 안 쓰는 어선 하나를 등지고 있었고 그의 주위로 십수 명이 에워싸고 있었다. 어선의 선실 반대편에는 다름 아닌 그 남자, 돌아다니는 남자가 바다를 향한 채로 서 있었다.

도대체 이게 무슨 상황이냐고.

*🔍

숨을 조금 고르고 나니 보였다. 허전맨을 둘러싼 사람들 몇몇은 우리가 아는 얼굴이었다. 그들은 다름 아닌 우리가 지금까지 만나왔던 사람들이었다!

불륜을 저지른 곽 씨, 코인하다 빈털터리가 된 최 씨, 장기 탈영병 김 씨, 수상한 종교 관계자 이 씨.

이들이 동시에 한자리에 모인 것이다! 그밖에 몇 명이 더 있었는데 모르는 얼굴들이었다.

곽 씨가 외쳤다.

"비켜요! 저 사람한테 내가 물어볼 게 있으니까!"

허전맨은 말했다.

"지금 무슨 일인지 일단 얘기부터….".

곽 씨는 쏘아붙였다.

"거기랑은 관계없는 일이거든요?"

그러자 최 씨도 말했다.

"뭐 하는 짓이에요? 댁들이 저 사람이랑 무슨 관계라고?"

김 씨는 다른 누군가의 뒤에 숨어 있었다. 20대 정도 돼 보이는 여자였는데 머리도 염색하고 옷도 되게 화려하게 입은 사람이었다. 딸인가? 했는데 이런 사람한테 딸이 있을 리는 없잖아 하고 혼자서 머릿속에서 북 치고 장구 치고.

김 씨 앞에 선 여자는 조금 껄렁껄렁한 말투로 말했다.

"우리가 저 사람들이랑 할 말 있거든요? 다들 좀 비키시죠?"

실제로 보는 것은 처음인 이 씨는 다른 사람들은 무시한 채 외쳤다.

"성목님! 성목님 맞으시죠? 여기 좀 보세요, 저 이 권사예요. 성목님!"

선실에 가려져서 제대로 보이지 않았지만 저 모자와 체크 남방은 우리가 본 바로 그 차림이었다. 허전맨은 이 상황을 이해하지 못하고 있었다. 여기 모인 사람들도 마찬가지일 것이다. 그들 각각은 서로 다른 사연을 갖고 있었으니까. 나머지 사람들은 일행이거나 방송을 보고 덩달아 따라온 구경꾼인 것 같았다.

"상관없는 사람은 좀 빠져주시죠?"

"왜 상관이 없어요? 내가 저 사람한테 볼일이 있다니까."

"볼일은 무슨 볼일? 그쪽이 무슨 상관인데요?"

"그쪽 그쪽 할래요? 그쪽은 몇 살인데 말씨가 그 모양이에요?"

"아이 씨, 그냥 뭐 좀 물어본다니까."

"뭐? 아가씨 지금 욕했어?"

"왜 건드려요? 그리고 왜 반말이야?"

"그만 좀 하라고요! 왜 남의 일에 끼어들고 지랄이야?"

"시끄럽네, 진짜! 뭐라고 하는 건지 하나도 모르겠네!"

"여, 여러분, 제발 좀 진정하시고요. 한 명씩, 한 명씩 차분히 얘기해 보자고요? 네?"

그곳은 금방 난장판이 되었다. 사람들은 제각각 제멋대로 떠들어댔으며 남들이 뭐라 하건 전혀 귀담아들을 생각이 없어 보였다.

"저기."

로아가 슬쩍 내 옷깃을 잡아끌었다. 방둑 위 사람들이 서로에게 정신 팔려 있는 사이, 배 위에 있던 남자가 움직이기 시작했다. 그는 슬쩍 우리의 반대편으로 가 옆에 있던 다른 배로 건너갔다. 우리는 서로 눈을 마주친 뒤 사람들이 와르르 서로 달려들어 부대끼는 광경을 뒤로 하고 그를 쫓기 시작했다.

그 남자는 누구일까? 탐정일까? 트레저 헌터? 탈영병을 잡으러 온 헌병? 사라진 교주? 그것도 아니면 도망친 소설가?

어쩐지 나는 정체 같은 것은 아무래도 좋을 것 같다는 생각이 들었다. 막연히 든 생각이었다. 사실 저 남자는 도움이 필요한 것이 아닐까? 아무래도 이상하잖아. 매일 같은 옷을 입고 여기저기를 떠돈다는 게. 그렇지만 진실을 알기 위해서는 일단 남자와 만나봐야 한다. 직접 물어보면 될 일이다. 그것으로 수수께끼는 풀린다.

남자는 쫓긴다는 인식이 없는지 서두르지도 않고 두리번거리지도 않고 걸어 나갔다. 하지만 걸음은 꽤 빨라서 우리는 아슬아슬하게 그를 놓칠 뻔하기도 했다.

그는 한 집 앞에서 멈췄다. 대문과 담장이 있는 평범한 집이었다. 그곳이 집일까? 조금만 더 기다려보자. 슬쩍 보니 문은 열려 있었다. 문을 닫으면 저절로 잠기는 대문이었다. 그는 그 앞에 잠시 서 있다가 안으로 들어갔다. 로아는 나와 한 번 더 눈을 마주치고는 앞으로 나아갔다.

로아는 결판을 낼 작정이었다.

"실례합니다!"

문이 닫히기 전, 로아는 그 앞을 막아섰다. 나는 로아의 뒤에 바싹 붙어 서 있었다. 남자는 천천히 뒤를 돌아보았다.

"저기 있다!"

사람들이 몰려오고 있었다. 이 무리와 마주치면 일이 순조롭게 풀리지는 않을 것임이 분명했다. 어떡하나? 내가 대문 안의 남자와 달려오는 사람 사이로 고개를 오가는 사이 로아가 결단을 내렸다. 로아는 내 팔을 잡아 끌어다가 대문 안쪽에 던져놓다시피 밀쳐 넣었다. 그리고 자신도 문턱을 넘어 안으로 들어와서는 문을 닫아버린다.

쾅, 하고.

"여기 누구 집인 줄 알고!"

나는 외쳤다.

"몰라! 저 사람들 다 상대할 거야?"

이 집은 담장이 우리 눈보다 높았고 대문도 철로 돼 있어서 안에 있으면 일단은 안전한 것으로 보였다. 하지만 우리는 집주인의 허락을 전혀 받지 않고 마당에 들어왔다. 무단 침입을 했다는 말이다!

집안을 살펴보니 인기척은 느껴지지 않았다. 불도 꺼져 있었다. 그렇지만 그게 아무도 없다는 증거는 되지 않는다. 늦은 낮잠을 자고 있을지도 모르는 일 아닌가.

이내 사람들이 대문에 부딪혀 왔다. 철문은 그 너머의 무게감을 확실히 전달해 주었다. 언젠가 사극에서 본 공성전의 한 장면이 떠오르기도 했다. 사람들은 문을 손바닥으로 두드리며 소리 질렀다. 담장 위로 희번득거리는 눈이 올라왔다가 내려가기도 했다.

"문 열어! 너희들 이러려고 나랑 만난 거야? 너희들끼리 독점하려고?"

"거기! 애들 보내고 나랑 얘기 좀 해요! 돈이면 되잖아요? 그죠? 돈 때문에 그러는 거?"

"저리 비켜요! 밀치지 좀 마요! 아이 씨, 삼촌! 거기 서 있지만 말고!"

"성목님! 대답해주세요 성목님! 아이는 어떻게 하나요? 아이는… 성목님의….'

"여러분, 제발 진정들 하시고…."

목소리. 목소리.

로아는 그 목소리들에는 아무 관심이 없었다.

나는 비로소 로아의 의도를 눈치챘다. 로아는 바라고 있던 것이다. 바로 이 순간, 이 남자를 독점하는 순간을.

남자는 어리둥절한 표정이었다. 나와 로아를 번갈아 바라볼 뿐 아무런 말도 하지 않았다. 나이는 한 50대쯤 됐을까. 사진으로 봤을 때보다는 나이 들어 보인다는 인상이었다. 옷은 며칠간의 땀과 먼지를 온통 빨아들인 탓에 꾀죄죄했다. 사실 불쾌한 냄새도 났다. 하지만 로아는 개의치 않았다. 로아는 숨을 크게 몇 번 들이키고 내쉬더니 말했다.

"아저씨. 소설가죠?"

로아의 가설. 현실로부터 도망쳐서 정처 없이 떠도는 소설가.

"맞죠? 그냥 어느 날 문득 도망치고 싶었던 거죠? 그래서 옷도 챙기지 못했고 돈도 없어서 그냥 여기저기 떠돌아다니고 있던 거죠? 여기 허실시에는 어쩌다 들어온 거고요. 맞죠?"

나는 반박하고 싶었다. 허전맨은 숙박업소를 탐문 잠복하여 이 남자를 찾아냈다. 아무리 싼 모텔이라도 하룻밤에 몇만 원은 할 테니 돈이 없을 거라는 가설은 부정된다. 그는 돈이 있다. 하지만 옷은 갈아입지 않는다. 이 사실을 만족시키지 못한다면 추리는 성립하지 않는다.

하지만 나는 아무 말도 하지 못했다.

로아가 진짜 말하고 싶은 것은 그게 아니었기 때문이었다.

"저도… 저도 도망치고 싶어요. 그래도 되는 걸까요? 학교고 지긋지긋한 집구석이고 전부 잊어버리고 떠나버려도 되는 걸까요? 학교 선생님이 군인처럼 몇십 년 동안 쫓아다니진 않겠죠? 어차피 엄마 아빠는 내가 없어진 줄도 모를 거예요.

소설가면 신기한 장소도 많이 알겠죠? 중학생이 갈 수 있는 장소라든가. 누구도 찾을 수 없는 장소라든가. 네? 말해보세요. 여긴 너무 지긋지긋해요. 어른들은 맨날 인구가 쪼그라든다는 소리나 하고 있어요. 당연하죠. 누가 이런 아무것도 없는 심심한 도시에 살고 싶겠어요?"

그뿐이 아닐 것이다. 정말로 정말로 이런 낯선 여행자에게라도 토로하고 싶은 말은 따로 있을 것이다. 나는 그게 무슨 얘기인지 알았다. 매일 같이 듣던 얘기니까. 하지만 그 얘기까지 하게 내버려 둘 수는 없었다.

왜냐하면 나는 로아의 친구이기 때문이었다.

"로아야."

내가 어깨를 붙잡자 손바닥 틈새로 눈물이 떨어져 스며들었다. 그렇지만 난 말해야 한다.

"바깥을 봐."

로아는 내 쪽으로 고개를 돌렸다. 나는 엄지를 펴 대문 쪽을 가리켰고 로아의 시선은 그쪽으로 흘러갔다. 그곳에는 제각각의 이유로 문을 두드리고 소리 지르고 욕설을 내뱉고 담장을 넘으려 하는 사람들이 있었다.

이것으로 전해졌을까? 안 전해졌다면 최후의 수를 쓸 수밖에. 직접 말해주는 것이다. 지금 네 모습이 저 사람들과 똑같다고.

로아는 슬픈 얼굴이 되었다.

나도 울고 싶었지만 그래서는 안 되었다. 지금 내가 흐트러지면 누가 이 애를 구해줄 수 있을까.

나는 억지로 웃어 보였다. 하지만 찡그린 얼굴이 되었을 것 같았다. 이제 뭐라 말한다?

"알아. 나도."

로아는 말했다.

"내가 억지 부린다는 거. 하지만, 하지만…."

로아의 얼굴은 무너져 내렸다. 나는 로아를 안아줬다.

"내가 왜 모르겠어. 네 맘은 내가 제일 잘 알잖아. 그렇지만 이러면 안 돼. 내가 고민해봐야 아무 소용 없겠지만 그래도 같이 머리 맞대고 고민하자. 적어도 학교에 오면 계속 같이 있을 수 있잖아. 아, 학교 끝나고 방과 후 카페 할아버지를 만나러 다닐래? 카페에서 공부해도 되고, 할아버지한테 배울 것도 많을 거 같고."

"미안해…."

"괜찮아. 일단 여기서 빠져나가자."

"아저씨는?"

그러게. 어쩐다. 같이 도망가야 하나?

"이런 집은 뒤쪽에 쪽문이 있거든. 한번 집 뒤쪽으로 가보자."

느닷없이 남자가 입을 열었다.

"네? 아, 네."

나는 놀랄 수밖에 없었다. 그가 너무나 멀쩡하게 말했기 때문이었다. 솔직히 이 남자에 대한 내 가설은 지적 장애가 있어 돌아다니는 것, 간단하게 이것이었다.

그는 앞장서서 좁은 담장 안쪽 길을 헤쳐 나갔다. 그의 말대로 뒤에 쪽문이 나 있었다. 안쪽에서 빗장으로 잠겨 있어서 열고 나갈 수 있는 문이었다. 밖에 나가고 나서는 다시 잠그지 못하니까 나중에 다시 와서 말해줘야지.

우린 그렇게 함께 카페 토스타두로 돌아갔다.

*🔍

놀랍게도(정말 놀라웠다!), 남자는 우리에게 고개 숙여 사과하고 할아버지에게도 감사하다는 인사를 남긴 뒤 떠나갔다. 나는 그가 떠날 때까지도 무슨 일이 일어난 건지 이해할 수 없었다.

도대체 어떻게 된 거냐는 말에 남자는 이렇게 말했다.

"종종 이러더라고. 하하. 고속버스 끊기기 전에 가봐야겠는데. 아, 모텔 체크아웃도 하고."

그는 경기도 쪽에 산다고 했다. 버스를 빨리 알아봐야 한다는 건 이해하겠는데, 그것은 아무런 설명도 되지 않는다.

마지막으로 할아버지와 남자 둘만이 짧게 뭐라고 주고 받았는데 역시 애들한테는 말 못할 무언가가 있다는 뜻일까?

"에휴."

로아는 테이블에 미역처럼 엎어져서 구시렁댔다.

"이게 뭐야. 결국 저 사람은 뭐였던 거야? 대체 왜 저렇게 돌아다니고 있었던 거야? 밝혀진 게 아무것도 없잖아."

그런데 로아가 원하는 대로의 결말이 나온다 하더라도 그게 과연 해피엔딩일까? 아무리 생각해도 소설가는 아니잖아. 그 사람이 소설가라는 것을 인정했다면 나는 해소되지 않는 의문과 모순 때문에 더욱더 괴로워졌을 거야.

하지만 아직 끝난 게 아니다. 문을 나서며 남자와 할아버지가 나눈 대화에는 분명히 우리가 알아야 할 무언가가 있었다. 근거는 없지만 직감으로 알 수 있었다.

그래서 나는 물어보았다.

"마지막에 무슨 얘기 한 거예요? 마지막에 두 사람만 소근댔잖아요. 그 아저씨가 슬쩍 우리 쪽을 본 거 다 봤어요. 중요한 얘기인지는 알 수 없지만, 처음 만난 할아버지한테만 몰래 말할 뭔가가 있었을까요? 지퍼 내려갔다는 얘기는 아니었을 거 아네요. 그 아저씨는 왜 그렇게 떠돌고 있었냐는 질문에 제대로 답하지 않았어요. 뭔가를 감추고 싶었던 거겠죠. 특히 우리 같은 아이들한테는요."

로아는 고개만 왼쪽으로 돌려서 나를 보았다. 할아버지는 읽고 있던 책을 테이블에 살며시 내려놓았다. 두꺼운 양장본이라서 펼침면 그대로 둘 수 있었다.

"별 얘기 아니었어."

그렇지만 할아버지는 책갈피를 사이에 두고 책을 덮어버렸다.

"근처에 괜찮은 술집이 있느냐 묻더구나."

김빠지는 소리. 로아는 에이, 하며 야유를 보낸다. 거짓말이라고 생각하는 거겠지.

"허허. 진짜야."

"하지만 이대로라면 우린 잠을 제대로 자지 못할 거예요. 특히 로아는…"

"내가 뭐어?"

로아는 늘어지는 소리로 말했다. 길게 말할 필요는 없겠지.

"남자를 찾아냈지만 수수께끼가 오히려 더해진 게 문제라는 말이지."

할아버지는 말했다.

"그런데 난 거짓말하지 않았다. 정말 그분이 마지막으로 한 말은 술집 얘기였어. 그런데 그것도 이상한 일이지. 며칠

간 이 동네를 돌아다녔으면서 눈여겨 본 술집 하나 없었을까?"

"그것도 그렇네요."

나는 맞장구쳤다.

"결국 떠나버려서 마지막까지 그분의 정체는 짐작으로밖에 알 수 없게 됐구나. 나도 가설 하나를 세워봐도 될까?"

"물론이죠. 할아버지 생각은 어떤데요?"

"간단한 답이야. 멍하게 걷던 사람이 갑자기 말을 걸어왔다고 했지? 그걸 그대로 이해하면 어떨까?"

"다중인격이요? 뭐더라…."

"해리성 정체감 장애!"

로아가 몸을 벌떡 일으키며 대답했다.

"그런데 그렇다고 그렇게 돌아다녀요?"

나는 할아버지 쪽을 향해 물었다.

"정확히 일컫자면, 해리성 둔주라는 병이 있어. 어느 순간 자기를 잃게 되는데 그 증상으로 무작정 여행을 떠나게 되지. 그리고 어느날 문득 정신을 차리면 낯선 곳에 있는 자신을 발견하는 거야. 애거서 크리스티가 실종된 적 있었다고 했지?"

"아…."

로아는 탄식을 흘렸다. 애거서 크리스티 사례는 다름 아닌 로아가 제시했으니까.

"물론 겉으로 드러난 증상만으로 병을 진단하는 것은 매우 위험한 일이야. 애거서 크리스티의 실종도 단지 그런 게 아니었을까 추측할 뿐이지. 그렇지만 이 남자에 대해서는 몇 가지 단서가 있지. 한순간 인격이 바뀐 것처럼 보인 점, 자기가 왜 여기 있는지 모른다는 점, 원래 인격이 돌아오자 곧바로 집으로 돌아가려 한다는 점, 그리고 '종종 이런다'고 말한 점."

점수를 매기자면 만점짜리 설명이었다. 하지만 김이 빠지는 건 어쩔 수 없다. 모르그 가의 살인을 봤을 때의 느낌이 이랬던 것 같다. 하지만 그건 말하자면 추리 소설의 프로토타입이잖아. 그 정도는 감안해줘야 한다고.

물론 현실은 소설이 아니고 이쪽의 진실에 더 너그러워야 하겠지만.

로아도 역시 불만이었다. 돌아가는 길에 로아는 티가 나도록 말수가 줄어들어 있었다.

해가 지고 있었다. 서쪽은 바다였다. 해가 질 때면 온 도시가 다함께 저물어가는 햇빛에 휘감긴다. 다만 그저께와 같은 강렬한 노을은 없었다. 해는 얌전히 꼬리를 내리고 밤에게 그 자리를 내주었다.

밤. 그 말은 중학생들은 이제 집으로 돌아가야 한다는 뜻이었다.

"정말 싫어. 이딴 동네."

저만치 앞장서서 뒷짐 지고 땅을 내려다보며 걷던 로아는 말한다.

"확 핵미사일이라도 안 떨어지나? 요즘 정세가 어때? 외국이랑 무력 충돌 같은 거 일어난 거 없어?"

아무리 외국이랑 충돌한다 해도 대뜸 핵을 쏘는 나라는 없을 거고 쏜다 해도 이 허실시를 향해 쏘는 일도 없을 거라고 장담할 수 있지만 굳이 입밖에 내지는 않았다.

"아아, 따분하다. 조금만 더 버텨주지. 그걸 못 참고 집에 가버리냐. 정말 이상하지? 그 아저씨."

로아는 고개를 유연하게 꺾어 뒤를 보며 말했다.

"그러게."

나는 그렇게 답할 수밖에 없었다.

내 귀가 한계 시각은 여덟 시. 로아는 그러면 두 시간 정도 다른 데서 시간을 보내다가 집에 돌아간다. 그것은 로아가 깨달은 귀가의 스윗스팟이었다. 아버지가 높은 확률로 취해 쓰러져 있을 시각이고 아직 어머니가 돌아오기 전이라서 마주치지 않아도 되니까.

로아는 2학년이 되고 죽 그렇게 살고 있다.

차라리 내가 조금 더 나쁜 아이였다면. 집에서 정한 귀가 시간 따위는 무시하고 밤늦게까지 로아와 놀아줄 수 있었다면.

그런 생각을 안 해본 것이 아니다. 하지만 나는 그렇게 할 수 없었다. 홀로 나를 키운 아버지를 생각해서라도.

이런 우리가 어쩌다가 단짝이 됐을까.

생각할수록 신기한 일이다. 어떤 특별한 계기도 생각나지 않는다. 성격도 취미도 귀가 시간도 각각 다른 우리는 어쩌다 한두 번 대화하고 나서 누가 먼저랄 것 없이 붙어 다니게 됐다. 우리가 나누는 대화는 대개 해가 질 때 발생하는 도플러 효과라든가 매일 똑같은 옷을 입고 여기저기를 돌아다니는 남자 같은 시답잖은 것들이다.

그런 시답잖은 것들 말이야.

"너도 들었지? '길 잃어버리는 로터리' 이야기."

"그거 애들 떠드는 소리잖아. 차 타고 새벽 두 시에 로터리를 어떻게 어떻게 돌면 엉뚱한 데가 나온다는 거."

"아니면 서낭당에 있는 돌탑에서 매일 위에서 다섯 번째 돌만 새 거로 바뀌는 이야기."

"할 일 없는 놈이 한 짓이겠지."

"이번에 들은 것도 있잖아. 이 동네에 숨어 있는 비밀 종교나 금괴나."

"그런 게 뭐 어쨌다는 거야?"

나는 달려가서 앞질러 로아의 앞에 섰다.

"잘 생각해보면 이 동네에 이상한 일이 많이 있어. 그냥 흔한 소문인가 할지 몰라도 바로 여기서 일어나는 일들이잖아."

"그런데?"

"같이 비밀을 밝혀보지 않을래? 이 허실시의 비밀 말이야! 그러다가 뭐 하나 건지면 소식지에 제보하고. 돈도 벌고 말이야."

"돈이 필요하면 알바를 해."

"그게 문제가 아니야! 수수께끼잖아! 수수께끼가 여기저기 널려 있다고. 그걸 한번 추적하고 탐구해보는 거, 충분히 재밌을 것 같지 않아?"

나도 내가 왜 그렇게 열심히 로아를 설득하려 하는지 모르겠다. 하지만 나는 이게 먹히리라는 것을 알았다. 우리의 대화는 늘 그런 식이었기 때문이다. 수수께끼를 찾아내고 만들어내고 가설을 세우고 답을 찾고. 이런 대화를 나누는 사람은 구보중학교에서 우리 둘밖에 없을 것이다.

아니, 솔직하게 말하자. 그보다 더 중요한 사실이 있었다. 마음에 들지 않았다고 말할 수밖에 없을 것이다. 로아가 투덜대는 말들 말이야. 솔직히 그중에서 도저히 그러려니 하고 넘길 수 없는 것이 있었다. 바로 이 허실시에 대한 것이었다.

나는 이 동네를 무척이나 좋아하니까.

로아는 우두커니 서서 나를 빤히 바라보았다.

돌아오는 신발: 둘리 음학 학원 신발 실종사건

|

정마리

뚜루루루…. 또 다. 뚱땅거리는 피아노 소리를 뚫고 데스크에 놓인 유선전화기가 시끄럽게 울렸다.

한쪽 구석에서 태블릿 화면을 보느라 머리를 맞대고 있던 애들이 일제히 이쪽을 쳐다봤다. 나는 모니터 아래로 고개를 약간 숙이고 수화기를 들었다.

"네, 두리 음악 학원입니다."

— 안녕하세요, 선생님. 저 진영이 엄만데요.

습관적으로 귀에 바짝 댄 수화기가 크게 울렸다. 귀가 멍멍했다. 출근 첫날, 원장님이 수소문해서 구했다며 자랑스럽게 소개한 전화기는 들은 대로 통화 음량이 남달리 컸다.

"네. 안녕하세요, 진영이 어머님. 지금 원장님께서 레슨 중이셔서요. 저는 피아노 선생님은 아니고, 아. 수지 어머님께 들으셨구나. 네?"

역시나. 그 얘기다. 감쪽같이 사라졌다가 돌아오는 아이들의 신발 얘기.

"학원에서도 그런 일이 생기는 건 알고 있습니다. 혹시 진영이한테 따로 들은 얘기가 있으신가요? 아뇨, 저희도 어떻게 된 건지 확인하려고…."

나는 전화에 응대하며, 볼펜으로 노란색 메모 패드에 점을 콕콕 찍었다.

2:27 pm 진영이 어머니 – 신발 소문 관련 문의 〃

두리 음악 학원에서 아르바이트를 시작한 지 이 주. 면접 때 들은 말과 달리 둘리 학원 전화기는 쉴 틈 없이 울렸다. 허실초 학부모들 사이에 도는 학원에 대한 소문 때문이었다. 소문이 빠른 동네인 건 진작 알고 있었지만 새삼스레 놀라웠다. 같은 내용으로 오늘 온 문의, 아니, 항의 전화만 벌써 아홉 통째였다.

네, 그죠. 네, 네. 그러다 보니 응대에도 점점 힘이 빠졌다.

— 혹시 애들이 서로 왕따시키는 건 아닐까요?

예상 질문이었다. 오늘 온 전화 모두 서두부터 정황에 대한 추측, 결론까지 레퍼토리가 전부 똑같았다.

"원장님께서 아이들이랑 따로 면담하셨는데 왕따는 정말

아니라고 했대요. 원장님께서도 애들 오래 봐오셨는데 그런 느낌 전혀 못 받으셨다고…."

원장님이 알려준 응답을 앵무새마냥 줄줄 읊었다. 며칠 반복했더니 말이 막힘없이 나왔다.

— 선생님이 보시기엔 어떠세요?

"네?"

이건 예상 질문이 아니었다.

— 아무래도 젊으시니까 원장님이나 저보다 애들 사이 일을 좀 더 잘 느끼시지 않을까 싶어서요. 정말 아닐까요?

준비된 답변은 없지만 답이 정해져 있는 문제였다. 학원 평판이 떨어져서 전전긍긍하는 원장님이나, 시름에 잠긴 보호자, 그리고 이 문제가 빨리 해결돼서 항의 전화 릴레이가 끝나길 바라는 나, 알바생 오동희를 위해서라도. 길게 말할 필요도 없었다. '네.' 그 한마디면 됐다. 그런데 차마 입이 떨어지지 않았다.

— 선생님?

정적이 길어지자 불안감이 깃든 목소리가 나를 불렀다.

"아, 네. 죄송합니다. 저는…."

진영이 어머니가 숨을 죽이고 내 말이 이어지기를 기다렸다. 허리를 펴고 고개를 바로 하자 모니터 너머로 아이들이 보였다. 원장님의 태블릿으로 동영상을 보고 있었다. 과장된 유튜버의 목소리 위로 아이들 웃음소리가 쌓였다. 악보도 다운 받고 애들 연주도 녹음하고, 스마트하게 수업에 활용하려고 구매했다는 신형 태블릿은 원장님보다 아이들 손에 더 자주 들려 있었다. 킥킥 웃는 아이들 얼굴이 그늘 한 점 없이 밝았다.

"저는 못 느꼈어요."

성능 좋은 수화기 스피커를 통해 들려오는 안도의 숨소리가 마음을 무겁게 했다.

"그런데, 그런 건 없다고 확신하기는 힘들 것 같아요."

그래서 말을 덧붙일 수밖에 없었다. 진영이 어머니가 놀라서 짧게 숨을 들이켰다.

"뭐가 있어서 그런 건 아니고요! 아무래도 제가 여기서 일한 지도 얼마 안 됐고, 애들끼리 관계는 밖에선 잘 안 보이니까…."

오해가 없도록 얼른 덧붙였다. 당황해서 말이 주절주절 길어졌다. 괜한 오지랖을 부렸다는 자책과 함께 후회가 밀려왔다.

"너네 왜 놀고 있어? 들어가서 연습해!"

원장님이 점점 커지는 아이들 웃음소리를 듣고 레슨실에서 나와 상황을 정리했다.

네, 네, 그런 느낌 받으면 꼭 말씀드릴게요. 그럼요. 수화기를 붙잡고 식은땀을 흘리는 내 앞으로 아이들이 웃으며 지나갔다. 삼 학년 승호가 태권도복 끈을 빙빙 돌리며 나를 보고 혀를 쭉 내밀었다. 이 모든 상황이 현실감이 없었다. 내가 지금 여기서 뭘 하고 있는 건지. 정신이 멍했다.

　어울리지도 않게 피아노 학원에 아르바이트를 하겠다고 지원한 것부터가 잘못이었다. 그러고 보면 처음 알바에 지원할 때부터 뭔가 찜찜했다.

🔍

10:00~17:00(점심 시간 1시간 포함), 월~토요일(주 6일) 근무.
피아노 학원 아르바이트 선생님 뽑습니다.
허실초등학교 건너편 상가 2층에 위치한 피아노 전문 학원입니다.
회원은 대부분 유아~초등학생입니다.

주요업무
수업 스케줄 관리 및 신규 회원 상담
피아노 레슨/연습 후 간단한 소독
퇴근 전 청소 등
전반적인 학원 관리 업무 보조해 주실 분 구합니다.

-(우대) 전화 응대 잘하시는 분

-(우대) 바로 근무 가능하신 분

※관련 문의는 ★전화 말고 문자★로 주세요.

이모가 보낸 링크를 타고 들어가니 허실시 정보 교류 페이지가 떴다. 어제 올라온 게시글이었다. 두리 음악 학원. 첨부된 사진 속 학원 간판이 익숙했다.

형욱: @종훈 야 둘리 학원 알바 구한대

친구를 태그한 댓글을 보니 거기가 맞았다. 허실초등학교 건너편 두리 음악 학원. a.k.a. 둘리 음악 학원. 아이들은 오래된 만화 주인공과 이름이 유사한 두리 음악 학원을 둘리 학원이라고 불렀다. 우연의 일치로 성이 고 씨인 원장님의 별명은 자연스럽게 고길동 원장님이 됐다. 애들한테는 'ㄹ' 받침의 유무나 고경숙 원장님의 성별은 중요한 사안이 아니었다. 이 별명은 내가 허실동으로 이사 온 초등학교 사 학년 때부터 적어도 십 년 넘게 쓰이고 있었다.

아무튼 피아노를 좋아하지도, 아이들을 좋아하지도 않

는 내게 두리 음악 학원은 지나갈 때 눈에 살짝 걸치는 배경의 일부일 뿐이었다. 다녀본 학원이라곤 고등학생 때 점수를 올리기 위해 잠깐 다닌 수학 학원이 다다. 그런데 갑자기, 웬.

"피아노 학원?"

휴대폰 화면을 이모에게 보이며 물었다. 아무리 생각해도 너무 뜬금없다. 소파에 앉아 리모컨으로 채널을 돌리던 이모가 이제 봤냐는 듯 눈썹을 살짝 들었다 내렸다. 별거 아니라는 태도다.

"지원해보던가."

"갑자기?"

"갑자기는. 너도 이제 스물다섯인데. 언제까지 내 등골 빼먹고 살게?"

이모가 무덤덤한 얼굴로 허리에 찬 보호대를 툭툭 쳤다. 이모식 농담인 걸 아는데 말문이 턱 막혔다. 내가 이모 등골 브레이커긴 하니까.

물리치료나 도수치료를 받는 건 알고 있었는데 수술을 할 만큼 심각한 정도인지는 몰랐다. 나는 입을 다물고 정면으로 고개를 돌렸다.

텔레비전 화면에선 여자 둘이 머리채를 잡고 난리가 났다. 화면 구석에 적힌 제목을 보니 인터넷에서 짧은 클립 영상으로 봤던 드라마다. 이런 내용이었구나.

"동희야. 너도 나 없이 살 수 있어야 할 거 아냐. 사람이랑도 어울리고 그럴 줄 알아야지."

모른 체가 안 먹힌다.

"어울릴 줄 알거든?"

말하고 보니 너무 유치했다.

"앞에서 잠깐 그러는 거 말고, 진짜로. 너 친구 있어?"

가만있는 사람을 말로 두들겨 팬다.

"…디스크 수술하고선 무슨 죽을병 걸린 사람처럼 그래?"

"한번 아파보니까 사람이 생각이 그래. 나도 수술까지 해야 할 줄 몰랐지. 근데 내가 안 아프다고 우긴다고 아픈 허리가 멀쩡해져? 결국 이렇게 됐잖아."

"무슨 말을 하고 싶은데."

내가 뚱하게 말하자 이모가 한숨을 내쉬었다.

"외면한다고 나아지는 거 없어. 너 어차피 여기서 할 일도 없잖아. 나 간호한단 핑계로 휴학해 놓고 맨 집에서 빈둥거리기만 하면서."

다 맞는 말이라 반박하진 못하고 아랫입술만 불퉁하게 내밀었다.

지난달에 이모의 디스크 수술 소식을 듣자마자 짐을 싸들고 허실동으로 내려왔다. 오지 말라고 했는데 왜 왔냐고 타박할 줄 알았는데, 이모는 별말 없이 내 방바닥을 밀대로 한번 닦아주었다. 허리에 무리 간다고 말려도 고집을 부렸다. 이모 고집은 귀신도 못 꺾는 쇠고집이었다. 밀대를 미는 이모 옆에서 안절부절하자 이모는 웃으며 말했다. 내가 이것도 못할까 봐? 죽을병 아냐. 오버하지 마. 그래 놓고서는 왜 약한 소리로 사람 마음을 싱숭생숭하게 하는지.

혼자 꿍얼거리는 사이에 이모가 채널을 돌렸다. 정신없던 싸움판이 한순간에 정갈한 한식 상차림으로 바뀌었다. 이모가 요즘 자주 보는 건강 정보 프로다. 의사들이 슈퍼 푸드라며 밤콩을 소개하는 동안 나는 휴대폰으로 공고를 다시 읽었다. 이모는 페이스북도 안 하면서 이건 어떻게 봤대. 회원 대부분이 유아에서 초등학생이라는 문구가 눈에 박혔다.

"해 봐."

한 번도 내게 뭘 해라, 말아라, 강요한 적이 없는 이모다. 그런데 대체 무슨 바람이 불었는지 모르겠다. 나는 이모가 찬 허리 보호대를 힐끗거리다가 구인 공고 말미에 적힌 휴대 전화번호를 저장했다.

지원만 해보지 뭐. 설마 붙기야 하겠어?

오늘도 여지없이 전화기에 불이 났다. 설마가 사람 잡는다는 조상님들의 말을 무시한 대가를 이렇게 치르고 있었다.

— 원장님은 바쁘세요?

걱정을 쏟아내던 학부모가 원장님을 찾았다. 고상하게 돌려 말했지만 뜻은 분명했다. 책임자 바꿔주세요.

"원장님이요? 잠시만요…."

원장님이 들어간 레슨 실 쪽으로 고개를 돌렸다.

언제 나왔는지 원장님이 문밖으로 몸을 반쯤 빼고 나를 보고 있었다. 수화기를 손가락으로 가리키며 수신호를 보내자 원장님 얼굴이 해쓱해졌다. 원장님이 고개를 내저으며 손으로 크게 엑스를 그렸다. 나는 살짝 고개를 끄덕였다.

"죄송합니다. 지금 잠깐 화장실 가신 거 같아요. 네, 돌아오시면 말씀 전해드릴게요. 네. 들어가세요."

원장님에게 들리도록 입 모양을 크게 만들며 또박또박 말했다. 수화기를 내려놓자 원장님이 안도의 한숨을 내쉬며 다가왔다.

"어우, 설마 또 그 전화야?"

"네. 민준이 어머님이요."

나는 별 내용이 없는 메모 패드를 원장님 방향으로 돌려주었다. 위로 줄줄이 적힌 메모들과 똑같았다. 통화 시간과 발신자, 그리고 '신발 소문 관련 문의'. 원장님은 메모를 보더니 진저리가 나는 듯 몸을 살짝 떨었다.

"오늘만 벌써 몇 통째야."

원장님이 한숨을 쉬었다.

"방금 것까지 아홉 통이요. 방금 민준이 하원할 때 신발 좀 챙겨 보내달라고 하셨어요."

"그래?"

원장님이 떨떠름한 얼굴로 신발장이 있는 입구 쪽을 돌아보았다. 잠을 잘 못 잤는지 원장님 눈이 퀭했다.

"어제도 잠 못 주무셨어요?"

"응. 이 동네는 이놈의 소문이 문제야. 아니, 엊그제 기차 길에서 시체가 나왔다는데, 어떻게 이놈의 신발 얘기가 잠잠해지질 않아?"

전화 말귀가 어두워 통화를 기피하는데다, 학원 평판에 예민한 원장님은 최근 이어진 항의 전화 때문에 스트레스가 이만저만이 아닌지 처음 면접을 봤던 날과 달리 약간 날카로워 보였다.

"여기서 학원한 지 이십 년이 넘었는데 항의 전화가 이렇게 많이 온 건 처음이야."

원장님이 메모 패드를 앞으로 한 장씩 넘겼다. 얇은 종이가 넘어갈 때마다 높고 날카로운 소리가 났다. 나는 눈치껏 입을 다물었다.

"크게 굿이라도 한번 해야되나."

메모지를 맨 앞장까지 넘긴 원장님이 진지하게 중얼거렸다. 굿?

"천주교 아니셨어요?"

원장님이 항상 걸고 있는 은색 목걸이를 쳐다보았다. 길게 늘어진 십자가 펜던트에 못 박힌 사람 형상이 새겨져 있었다. 원장님이 내 시선을 따라갔다.

"아, 이거? 우리 아저씨 유품이야. 남편."

원장님이 예사롭게 말하며 펜던트를 살짝 들어 보였다. 그제야 길에서 가끔 보이던 두리 음악 학원 봉고차가 보이지 않게 된 이유가 떠올랐다. 대학교 앞 사거리에서 일어난 큰 교통사고로 원장님은 남편을 잃었다. 불과 두 달 전 일이었다.

"아…. 죄송합니다."

"죄송은, 몰라서 물어본 건데 뭘. 쌤 첫 인상은 엄청 무뚝뚝했는데 은근 눈치 많이 본다."

원장님의 주름진 얼굴이 약간 부드럽게 풀렸다.

"선생님! 열 번 다 쳤어요!"

레슨실 문을 열고 나온 수지가 크게 외쳤다.

"어, 갈게. 동희 쌤, 민준이 연습 끝나고 나오면 신발 좀 챙겨 보내줘. 삼 번 연습실."

원장님이 들고 있던 펜 끝으로 왼쪽 끝 방을 가리켰다. 칸막이 공사를 해서 만든 좁은 연습실 중 하나였다.

"네."

"응, 땡큐."

레슨실 문이 탁 닫혔다. 문이 닫힌 걸 확인하고 머리를 묶는 척 긴 머리카락을 쥐어뜯었다. 가만히 있을 것이지 남이사 굿판을 벌리든 기도판을 벌리든 그걸 왜 물어봐. 이놈의 호기심.

사무용 회전의자에 등을 기댔다. 각도가 애매하게 불편한데 저가형 모델이라 각도를 조정할 수가 없다. 나는 의자를 살짝 흔들며 통화 내용을 적어둔 메모지를 손끝으로 톡톡 쳤다.

전화를 기피하는 원장님 탓에 학원으로 온 전화는 대부분 내가 받았다. 원장님에게 전달하느라 일이 언제 일어났고, 아이들이 그에 대해 뭐라고 말했는지, 전부 이 메모 패드에 적혀 있었다.

6/8(화) 13:02 우석이 어머니

우석이가 어제 학원 끝나고 맨발로 집에 왔다고 하심. 신발 어디

됐냐고 물어봐도 대답을 안 한다고. 혹시 학원에 조던2 흰검 운동화 (사이즈 230) 없는지 확인 부탁하심.

⇒ 찾아보고 학원 신발장에 없다고 회신 드림.

왜 붙었는지 어리둥절해하며 출근한 첫째 날, 그러니까 지지난 주 화요일 오후의 통화 내용이었다. 그 아래론 신규 상담 전화 한 건과 레슨 일정 조율 내용이 적혀 있었다.

이때까지만 해도 이 일이 이렇게 학원에 큰 영향을 미칠지 예상하지 못했다. 애들이 뭐 잃어버리는 거야 그리 특이한 일은 아닌데다, 허실동에는 한산하고 어둑한 뒷골목이 많았다. 그 중 한곳은 삥을 자주 뜯기는 곳이라 해서 톨게이트라는 이름이 붙을 정도였다. 원장님이나 나나 말은 안 했지만 애가 집에 가는 길에 누구한테 운동화를 뺏기고 자존심에 입을 다무는 거라고 생각했다.

그러나 다음 날 우석이 어머니로부터 전화 한 통이 더 오며 일이 예상과 달리 전개되기 시작한다. 황색 용지를 팔락 뒤로 넘겼다.

6/9(수) 10:08 우석이 어머니

우석이가 잃어버렸던 운동화를 들고 왔다고 혹시 신발 어디서 찾은지 아냐고 물어보심. 모르겠다고 답변.

학부모로부터 전화가 두 번이나 왔으니 원장님은 우석이를 따로 불러 신발을 어디서 찾았냐고 자초지종을 물었다. 우석이는 무슨 일인지 입을 꾹 다물고 도리질 치기만 했다. 신발도 다시 찾았는데, 묵비권을 행사하는 애를 혼내기도 뭐해서 짧은 상담은 유야무야 넘어갔다.

특이한 헤프닝이었다. 원장님도 심각하게 생각하지 않았다. 다음날 비슷한 내용의 전화를 받기 전까지는.

6/10(목) 12:11 승호 어머니
승호가 태권도장에 맨발로 가서 사범님이 슬리퍼 신겨서 집에 보내셨다고. 학원에 승호 신발 없냐고 물어보심. 225 사이즈, 로봇 캐릭터 그려진 찍찍이 샌들.
⇒ 학원 내부 찾아보았는데 없어서 없다고 회신 전화 드림.

3학년인 승호는 피아노학원과 같은 층을 쓰는 태권도 도장에 다녔다. 피아노학원이 끝나면 곧장 태권도장에 가서 수업을 들었다. 이미 우석이 어머니한테 신발에 대한 이야기를 들었던 승호 어머니는 이게 둘리 학원에서 벌어진 일이라고 의심했다.

우석이 때와 마찬가지로 승호는 이튿날 없어졌던 샌들을

들고 집에 돌아갔다. 승호는 엄마의 끈질긴 추궁에 잃어버렸던 신발이 둘리 학원 신발장에 돌아와 있었다고 실토했다. 그때부터 원장님에게는 비상이 걸렸다.

그 뒤로도 두 번 더 같은 일이 반복되었다. 사라졌던 신발이 이틀 뒤에 학원 신발장에 얌전히 돌아오는 기묘한 일이.

특산물이 기담이라는 우스갯소리가 있을 만큼 전설과 기담이 많은 동네에서 이렇게 기묘한 일이 벌어졌는데 사람들이 떠들지 않을 리가 없다. 사람들은 열심히 입방아를 찧었다. 원장님은 소문을 막으려 이리저리발로 뛰며 해명했다. 하지만 순식간에 학부모들 사이에 퍼진 소문을 원장님이 일당백으로 상대할 수는 없었다.

소문이 퍼지며 신발이 사라지는 현상에 대해서 여러 해석이 나왔다. 귀신의 짓이라느니, 원장님의 체벌이라느니, 애들이 서로 돌아가며 괴롭히는 거라느니. 그중 학부모들이 가장 신빙성 있게 생각하는 건 세 번째, 왕따설이었다.

허실동에서 소문에 제일 민감한 건 누가 뭐래도 학부모들이다. 학부모가 얼마나 정보 공유를 많이 하는 집단인지 나는 이번 일로 체감했다. 두리 음악 학원 내에서 따돌림이 있다는 소문이 나자마자 뚝 끊긴 신규 상담도 그걸 증명했다.

분실? 도난? 실종.

나는 마지막 통화 내용 옆에 낙서를 끼적거렸다. 펜을 손가락으로 돌리다가 실종이라는 단어 뒤에 마침표를 찍었다. 신발에 이런 말을 붙이기는 좀 거창하지만 이거 말곤 설명할 단어가 떠오르지 않았다. 분실이라기엔 신발의 주인인 아이들이 잃어버렸다고 하질 않고, 도난이라기엔 신발이 멀쩡히 돌아왔다.

귀신이 신발을 가져간 거라는 둥, 신발에 귀신이 들려서 혼자 어딘가로 사라졌다 돌아온 거라는 둥 하는 소문은 신빙성이 없으니까 이 일은 이렇게 부르는 게 적절할 것 같다.

신발 실종 사건.

나는 끼적거린 낙서를 펜으로 지웠다. 에이. 내가 무슨 상관이야. 관심 끄자, 꺼.

모니터 너머로 밝은 갈색 정수리가 불쑥 튀어나왔다.

"선생님, 피아노 잘 쳐요?"

정효였다. 2시 51분. 벌써 초등학교 하교 시간이다. 6학년인 정효는 수업이 끝나자마자 피아노 학원으로 달려온다. 학원에 도착하는 시간이 점점 빨라지는 걸 보니 피아노뿐만 아니라 달리기에도 재능이 있는 모양이다. 가쁘게 숨을 쉬는 정효의 뺨이 발갰다.

"아니."

"그럼 왜 여기서 일해요?"

"그러게."

심심한 대답에도 정효는 데스크 앞을 떠나지 않았다. 정효는 알바를 시작한 첫날 부터 내게 지대한 관심을 보였다. 나에게 인사 외의 말을 건 첫 아이였다.

저는 나중에 커서 피아니스트 하고 싶어요. 피아니스트는 드레스도 입고 무대에도 서고, 손가락도 엄청 빨라서 멋지잖아요. 그래서 연습 열심히 하는구나. 네. 쌤은 안 웃겨요? 우리 엄마는 내가 피아니스트 하고 싶다니까 웃던데.

첫날에 나눈 짧은 대화가 떠올랐다. 내 어디가 마음에 든 건지 도무지 모르겠다.

정효의 반짝이는 눈동자에 호감이 어려 있었다. 선명한 관심이 당혹스러워서 나는 무표정을 고수했다. 정효는 이어지는 내 침묵에 아랑곳하지 않고 말을 이었다.

"그럼 우리 학원에서 일하는 거 재미없겠다."

"글쎄, 뭐."

초등학생보다 못한 내 대화 스킬을 깨달으며 얼음이 다 녹은 커피로 마른 입술을 축였다. 내 얘기를 하는 게 낯설고 어색했다.

"선생님은 허실동에서 태어났어요?"

나 때문에 뚝뚝 끊기는 대화가 불편해 엉덩이를 살짝 들썩이는 사이 정효가 다른 주제로 넘어갔다. 어디에 대화를 이어 나가기 위한 질문 큐 카드라도 숨겨둔 것 같다.

"아니."

"그럼요?"

"초등학생 때 전학왔어. 4학년."

"그럼 혹시 허실초등학교 나왔어요?"

"응."

자연스럽게 신상정보를 얻어내는 솜씨가 일품이다. 나는 답을 하고도 속으로 얼떨떨했다.

"와. 그럼 허실초 귀신 얘기 다 알아요?"

"졸업한 지 꽤 됐으니까 내가 모르는 얘기가 새로 생기지 않았을까."

이제는 기억이 흐릿한 몇몇 키워드들을 떠올렸다. 시험 기간에만 출몰하는 거울 귀신 얘기나, 이유 없이 깜박이는 4층 중앙 계단의 형광등, 분명히 담아뒀는데 자꾸 혼자 굴러 나와 있는 체육 창고의 배구공, 미술실의 귀가 깨진 석고 흉상 같은 것들.

"얘기해 줄까요?"

정효의 큰 눈이 빛났다. 나는 습관적으로 돌리고 있던 펜을 내려놓았다. 민준이 연습 끝날 때까지만 듣지 뭐.

"그래."

정효는 가방도 내려놓지 않은 채로 무슨 이야기를 하면 좋을지 고민했다.

"아! 얼마 전에 있었던 일인데….'

네 시 반. 퇴근을 앞두고 나는 청소를 시작했다. 데스크 아래쪽부터 바닥을 쓰는데 열려 있는 학원 입구로 갈색 단발머리 여자가 들어왔다.

발목까지 내려오는 황토색 셔츠 원피스를 입은 여자는 살구색 장지갑을 쥐고 있었다. 가방이 없는 걸 보니 성인 레슨을 상담하러 온 것 같지는 않고, 누구를 찾는 듯했다.

"안녕하세요. 누구 데리러 오셨나요?"

빗자루를 벽에 기대놓고 다가갔다.

"저 승호 엄마예요."

이 주 전에 샌들이 없어졌다고 전화를 걸었던 3학년 승호 어머니였다. 전화하며 상상했던 모습보다 훨씬 순한 인상이었다.

"아, 안녕하세요. 지금 승호 연습 중인데 불러드릴까요?"

"아뇨, 원장님 먼저 뵐 수 있을까요?"

따로 부르기도 전에 저녁을 먹고 있던 원장님이 입가를
닦으며 원장실에서 나왔다. 저렇게 귀가 좋은데 전화 말귀
는 어떻게 그렇게 못 알아듣는지 신기했다.

"어머. 안녕하세요, 승호 어머님. 오랜만에 뵙네요!"

"네. 잘 지내셨죠?"

둘이 대화를 시작하자 나는 슬쩍 자리에서 빠졌다. 퇴근
시간까지 이십 분밖에 남지 않아서 미적거릴 틈이 없었다.

"네? 이번 달까지만요?"

입구에서 원장님의 놀란 목소리가 들렸다. 나도 모르게 동
작을 멈추고 귀를 기울였다.

"네. 아무래도 그, 신발 때문에 소문이 흉흉해서요. 애가
고학년이면 모르겠는데 아직 삼 학년이잖아요. 따돌림받는
걸까 봐 걱정도 되고…. 생전 그런 적이 없는데 제가 아무리
물어도 누가 그랬는지는 말 안 하는 거 보니까 마음이 불안
해서요. 이번 주까지만 보낼게요."

승호 어머니가 꺼림칙한 얼굴로 신발장을 힐끔 쳐다봤다.

"어머님, 그건,"

"죄송합니다."

승호 어머니가 단호하게 원장님 말을 잘랐다.

"선생님, 저 연습 다 했어요!"

벌컥 열린 연습실에서 승호가 나왔다. 들어갈 때랑 다르게 태권도복 띠는 헐렁하고 양말은 벗은 채다.

"엄마!"

엄마가 오는 줄 몰랐는지 승호가 놀란 얼굴로 다가왔다. 놀란 가운데도 엄마를 반기는 얼굴이 밝았다.

"가자. 가방 메고 와."

승호가 연습실에 가방을 가지러 간 사이 승호 어머니가 목소리를 낮추고 빠르게 말했다.

"그리고 혹시나 하고 말씀드리는데, 요즘 학원에 대해서 소문이 되게 안 좋더라구요…. 삼안 아파트 카페 한 번 들어가 보세요."

"네?"

원장님이 당황해서 되묻는데 승호가 가방을 메고 나왔다. 승호 어머니는 꾸벅 인사를 하고 서둘러 승호를 데리고 학원을 나섰다. 엄마 손에 반쯤 끌려가면서 승호가 뒤돌아 손을 흔들었다. 원장님이 힘없이 손을 흔들어주었다.

"엄마, 나 오늘 태권도 학원 안 가?"

어리둥절하게 묻는 승호의 목소리가 오른쪽 계단에서 울리다 사라졌다. 원장님이 몸을 휙 돌렸다. 나는 그 모습을 안 보고 있던 척 바닥을 쓸었다.

"동희쌤. 그거 두고 일로 좀 와봐."

나는 냉큼 빗자루를 옆에 두고 다가갔다. 원장님은 데스크 앞으로 가서 앉더니 독수리 타법으로 검색창에 삼안 아파트 카페를 검색했다. 삼안 반상회라는 이름의 인터넷 카페가 나왔다. 회원 수가 이백 명이 좀 넘었다. 들어가자마자 보이는 왼쪽 버튼에는 '카페 가입하기'가 아니라 '카페 글쓰기'라고 적혀 있었다. 계정이 이미 가입된 카페였다.

자유게시판 목록에 '피아노 학원 옮기려는데 추천 부탁드려요'라는 제목이 눈에 띄었다. 이틀 전에 올라온 게시글은 댓글이나 조회수가 다른 글에 비해 월등히 높았다. 마우스를 클릭하는 원장님의 손이 떨렸다.

안녕하세요~

결혼하구 남편 직장 때문에 허실시로 이사 온 초2 엄마예요.

혹시 삼안 아파트 상가에 있는 피아노 학원 아시나요?

거기가 허실동에서 제일 오래된 피아노 학원이라고 해서 믿고 아이 맡겼는데... 요즘 소문이 흉흉하네요. ㅠㅠ

애들 신발이 자꾸 없어졌다 그래서 혹시나 선생님 체벌인가 했는데, 다른 분들이 그건 아닐 거라 그러구...

괜찮겠지 생각하기엔 한두 번도 아니고 이 주 만에 네 번이나 그랬다고 하니까요.

애들끼리 돌아가면서 서로 따돌리는 건 아닌지 걱정되네요. ㅠㅠ

자꾸 신발 없어졌다가 돌아오는 게 귀신 때문이란 소리도 있고...

뭐 그걸 믿는 건 아닌데 찜찜하긴 해요.

학원에서는 뭐 때문인지 아예 모르신다는데, 그것도 무책임하지 않나 싶어요...

게다가 사정은 알지만 학원차 운영 안하는 것도 불편한 점이 많네요.

혹시 다른 피아노 학원 추천해 주실 수 있을까요?

댓글 21

─ 맞아요, 학원차 운영 안하시니까 애로사항이 많네요ㅠㅠ원장님 사정 아니까 정 때문에 못 그만두고 있어요

─ 진실동 쪽 사거리에 피아노 학원 있어요. 거리는 좀 있어도 차량 운영하니까 전화해 보세요~

─ 목안동에 새로 피아노 학원 개원했던데 새로 단장해서 깨끗하고 좋더라구요! 저도 둘째는 그리로 보낼 거예요.

─ 에이... 세 살짜리 애 엄만데 저도 초등학생 때 그 학원 다녔어요. 지금은 어떤지 몰라도 저 때는 그런 체벌 없었습니다. 그리고, 귀신이라니... 다른 데면 몰라도 그 피아노 학원 같은 자리에서 이십 년도 넘게 있었어요.

  └ 거기 원장님 남편 분 최근에 돌아가셨잖아요. 혹시 모르죠. 안 좋은 기운이 서렸는지.

스크롤을 내릴수록 원장님 얼굴이 딱딱하게 굳었다. 터무니없고 기기한 귀신 얘기가 허실동의 소문에, 특히나 이런 독특한 사건에 빠질 리가 없다. 하지만 소문의 당사자가 어떻게 느낄지는 다른 얘기였다.

"…그만둘 때가 됐나 봐. 남편 없이 혼자 해보려니까 쉽지가 않네."

애써 아무렇지 않은 척하는 말투와 달리 원장님은 십자가 목걸이를 세게 쥐고 있었다. 펜던트를 꽉 쥔 손이 핏기 없이 하얬다.

"CCTV 확인해보면 어때요?"

"CCTV?"

내가 데스크 위쪽 천장을 가리키자 원장님이 고개를 들었다. 에어컨 옆에 흰색 CCTV가 입구 쪽을 향해 설치되어 있었다.

"어머. 저게 있었지, 참."

원장님이 손뼉을 쳤다.

"언제 알았어? 나는 감쪽같이 잊고 있었네! 신경 쓸 일이 한둘이 아니라 요즘 정신이 없어. 이것도 남편이 얼마 전에 옆에 태권도 학원 사장이랑 같이 달아둔다 어쩐다 한 건데…."

CCTV를 잊어버린 게 멋쩍은지 원장님이 횡설수설했다. 나도 말을 얼버무렸다. 예에. 그럴 수 있죠.

허실동의 시끄러운 사건에 발을 들일 생각이 없어서 모른 척하고 있었는데 이미 늦은 것 같다.

"이거 어떻게 확인하지? 녹화된 건가? 어우, 뭐가 뭔지. 쌤이 해볼래?"

나는 원장님이 비킨 의자에 앉아 녹화된 영상이 든 파일을 찾았다. 그중에서 지난주 월요일이 녹화된 영상을 재생했다. 처음 신발이 없어진 걸로 추정되는 날짜였다. 재생 위치를 네 시 오십 분쯤으로 옮겼다. 원장님이 내 옆으로 바짝 다가와 화면을 봤다.

화면 구석에 우석이로 보이는 뒤통수가 지나갔다. 다른 아이들 정수리도 살짝 보였다. 이때쯤 우석이와 함께 하원하는 건 주로 승호와 희우, 정효였다. 자기들끼리 뭘 하는지 모여 있던 아이들이 한 번에 입구 쪽으로 우르르 몰려 나갔다.

"이게 끝이야?"

그런데 딱 거기까지만 보였다. 원장님이 허탈한 듯 말했다. 들어오는 사람을 확인할 목적으로 카메라를 설치했는지 신발장 쪽은 보이지 않았다. 렌즈가 약간 빗겨나 있었다. 아예 위치를 옮겨 새로 달지 않는 이상, 각도를 조정해도 중문에 가려 신발장 쪽은 보이지 않을듯 싶었다.

"안 보이네요."

다시 원점이다. 쉽게 해결되나 했는데 살짝 맥이 빠졌다.

"혹시 모르니까 금요일 것도 틀어볼까요?"

"아냐, 쌤은 퇴근해. 내가 한번 돌려볼게."

원장님이 나보다 더 실망해 보였다.

"그런데 이상하네요. 애들이 학원에서 신발을 잃어버렸으면 원장님이나 저한테 말을 했을 텐데."

흘러가듯 한 말에 원장님이 고갤 끄덕였다.

"맞아. 그러네. 엄마들이 다들 학원에서 잃어버렸다가 찾았대서 나도 그렇게만 생각했지."

원장님이 내 말을 곱씹으며 생각에 잠겼다. 나는 슬쩍 시계를 확인했다. 벌써 다섯 시 십 분이었다. 먼저 들어가 보겠습니다. 에코백을 메고 인사를 하는 나를 원장님이 다급하게 붙잡았다. 잠깐만! 네? 원장님이 눈을 가늘게 뜨고 나를 쳐다봤다.

"이거 자기가 해결해볼래?"

"예?"

"이 소문 말이야."

"그걸 제가 어떻게…."

"눈썰미도 좋은 것 같고, 봐봐. 내가 놓친 것들도 찾았잖아."

원장님이 천장에 달린 CCTV를 가리켰다.

"이건…"

"해결하면 보너스 줄게."

"보너스요?"

원장님이 자신 있게 손바닥을 쫙 펴 보였다.

"다섯 장."

오만 원? 살짝 피어올랐던 흥미가 사그라들었다. 이 일을 맡았을 때 겪게 될 귀찮음에 비해 페이가 너무 짜다.

"오십."

오십. 무시하기엔 꽤 큰 액수였다.

*🔍

나는 무거운 책들을 안고 낑낑거리며 현관문을 열었다. 들어가자마자 식탁에 책들을 내려놓고 팔을 주물렀다. 계란말이를 말던 이모는 책을 보고 눈썹을 올렸다.

"너 피아노 학원에서 알바하는 거 아니었어?"

"맞는데?"

"그건 다 뭐야?"

이모가 두꺼운 책들을 턱짓했다. 『프로파일링 기초』『참

쉬운 탐정학』『행동 읽기』『베테랑 형사의 노하우』도서관
에서 빌려온 책들이었다.

"있어. 보너스."

이모는 뭔 소리냐는 듯 황당한 표정을 지었다. 나는 모른
척 책을 들고 방으로 들어왔다.

*🔍

"선생님, 왜 자꾸 쳐다봐요?"

애들이랑 스티커를 교환하던 정효가 다가와서 물었다.

"어?"

모니터 뒤에 숨어 아이들을 힐긋거리던 게 딱 들켜서 할
말이 없었다. 보너스 좀 타보려고 염탐 좀 했다, 왜.

"그냥…?"

어설픈 변명에 정효가 입술을 앙다물고 나를 빤히 쳐다
봤다.

"이거 갖고 싶어서 그래요?"

정효가 내민 손바닥 위에 작은 스티커가 놓여 있다. 요즘
애들 사이에서 저걸 모으는 게 유행이었다.

"선생님은 특별히 이거 그냥 줄게요."

아이들 쪽을 힐긋 본 정효가 목소리를 낮춰 속삭였다.

"애들한테는 내가 그냥 준 거 말하지 마요."

"아니, 괜찮은데…."

스티커를 받지 않자 정효가 손수 스티커를 떼서 모니터 구석에 붙인다.

"고마워."

정효가 뿌듯하게 웃으며 아이들에게로 돌아갔다. 나는 맹하게 생긴 분홍색 몬스터를 보며 힘빠진 소리로 웃었다. 바로 떼긴 글렀네.

애들은 정효가 오길 기다리고 있다가 다시 스티커북에 고개를 묻었다. 진지하게 토론하는 모양새가 정상 회담 저리 가라다.

나는 정효가 다가왔을 때 슬쩍 팔로 가렸던 메모 패드를 내려다보았다.

※ 두리 음악 학원 신발 실종 사건 사건 일지

6/7(월) 우석이 운동화 실종(첫 사건)

6/8(화) 우석이 어머니가 운동화 실종 사실 전화로 알림

6/9(수) 우석이 신발 찾았다고 연락 받음(어디서 찾았는지 묵비권 행사)

승호 샌들 실종(두 번째 사건)

6/10(목) 승호 어머니가 샌들 실종 사실 전화로 알림

6/11(금) 승호 샌들 찾았다고 연락 받음(신발장에서 찾았다고 진술)

6/14(월) 수지 남색 운동화 실종(세 번째 사건)

6/15(화) 수지 어머니가 운동화 실종 사실 전화로 알림

6/16(수) 수지 운동화 찾았다고 연락 받음(승호와 같은 진술 반복)

6/18(금) 정민이 운동화 실종(네 번째 사건)

6/19(토) 정민이 아버지가 운동화 실종 사실 전화로 알림

6/21(월) 정민이 신발 찾았다고 연락 받음(승호와 같은 진술 반복)

6/22(화) 수사 착수

신발 실종 피해자-총 4인

3학년 승호(남) – 발 사이즈 225

4학년 우석이(남), 수지(여) – 발 사이즈 230, 225

5학년 정민이(여) – 발 사이즈 230

*🔍

네 사건 피해자 공통점

1 학원 건너편 허실초등학교에 다님.

2 발 사이즈 220~230.

3 월수금 레슨 받음.

4 네 사람 모두 걸어서 십 분 안팎 거리에 삼.

5 같은 진술을 반복함.

~~6 정효와 친함.~~

엄마들의 걱정처럼 왕따 때문에 애들이 신발을 빼앗았다가 돌려주는 거라고 여기기에는 이상한 점이 많다. 누군가를 자발적으로 괴롭힐 때, 주동자는 따돌림 당하는 아이가 자신의 행위로 인해 영향을 받기를 바란다. 내가 느꼈던 바로는 그렇다.

하지만 네 아이는 사건 이후에도 여전히 씩씩하고 잘 웃었다. 주눅 든 기색도 보이지 않았고, 행동이나 성격도 크게 달라지지 않았다.

"귀신이 곡할 노릇이네."

내가 작게 중얼거렸다. 어디선가 시선이 느껴져 고개를 들었다. 애들은 여전히 자기들 스티커를 교환하느라 바빴다.

아무도 나를 쳐다보고 있지 않다. 어쩐지 찝찝한 기분이 들었다.

"그렇지! 몸 같이 쓰고…."

레슨실에서 원장님의 목소리가 들렸다. 이십 년 세월이 방음재의 효과를 떨어뜨렸는지 목소리가 선명하게 들렸다. 최근 들은 원장님의 목소리 중 제일 밝고 활기차다. 막귀인 내가 듣기에도 연주가 꽤 남달랐다.

지금 레슨을 받는 사람은 희우였다. 한 달 전에 허실동으로 이사 온 5학년 희우는 원장님이 요즘 가장 신경 쓰는 원생이었다. 원장님은 희우가 시 대회는 물론이고 전국 대회 콩쿠르에서도 수상도 가능할 거라고 믿었다. 요즘 뚝 떨어진 학원 평판을 다시 올려줄 귀한 인재였다.

닫힌 문 너머에서 페달, 경직, 스타카토, 패시지, 손목, 손끝 같은 단어들이 들렸다. 감미로운 희우의 피아노 연주 뒤로 아이들 웃음소리가 점점 커졌다. 목소리를 낮추지 않으면 원장님이 나와 보실 거다. 조용히 시키려고 아이들을 돌아보았다. 웃고 떠드는 아이들 사이에서 정효가 혼자 레슨실을 쳐다보고 있었다. 늘 편안하고 여유로워 보이던 정효에게서 처음 보는 표정이었다.

"너네 원장님이 연습하라고 하신 거 아냐?"

내가 대뜸 물었다. 연습 횟수를 덜 채우고 나와 놀고 있던 애들이 움찔했다.

"다했어요!"

"이것만 바꾸고 갈게요."

승호와 정민이가 말했다. 말이 안 맞다. 연습을 시키는 게 내 일은 아닌지라 나는 어깨를 으쓱하고 말았다. 하지만 방금 반응을 통해 확신이 생겼다. 애들이 사건에 대해 입을 다물기로 모종의 합의를 한 게 틀림없다. 그러지 않고서야 저렇게 성격이 다른 애들 입에서 일관된 진술이 나올 리 없었다. 같은 사건을 보고도 목격자들이 다른 주장을 펼칠 수 있다는데 성격도, 성별도, 나이도 다른 애들이 각자 겪은 일에 대해 똑같은 말만 되풀이하는 게 수상쩍다.

평소의 성격이나 연령으로 미루어볼 때 제일 입을 열 가능성이 높은 건 승호였다. 개중에 제일 어린 데다 충동적이고 솔직한 성격이었다. 둘리 학원 신발장에서 사라졌던 신발을 찾았다고 처음 진술한 것도 승호였다. 나이에 비해 씩씩하다지만 열 살이었다. 아이가 엄마의 추궁에도 입을 달고 버틸만한 이유가 뭐가 있을까? 고민하는 사이 애들이 스티커 북을 덮고 각자 연습실로 들어갔다.

연습실에 들어간 아이들이 제각기 피아노를 치기 시작했다. 똥땅거리는 피아노 소리가 뒤섞였다. 누가 켰는지 모를 메트로놈 박자기의 규칙적인 소리 위로 빨라졌다 느려지는 자유로운 리듬이 없혔다. 승호가 틀림없다. 피아노에서도 성격이 느껴지는 것 같아 나도 모르게 픽 웃음이 났다.

점점 소음에 가까워지는 피아노 소리를 애써 무시하며 메모 패드에 적은 글자들을 내려다보았다. 돌아가며 서로를 왕따 시키기에는 네 사람의 관계가 미묘하다. 학년도 다르고, 성별도 반반이다. 이런 경우엔 돌아가면서가 아니라 나이가 많거나, 힘이 센 쪽이 다른 쪽을 따돌리거나 괴롭히지 않나? 학년의 벽이 있는데 3, 4학년 애들이 5학년인 정민이를 괴롭히기는 힘들 것 같다.

막힌 듯이 풀리지 않는 생각에 펜을 돌리다가 메모 패드에 손가는 대로 아무렇게나 선을 그었다. 뭔가를 놓치고 있는데 그게 뭔지 몰라 답답했다. 꼭 퍼즐 한 움큼을 빼놓고 퍼즐을 완성하려 끙끙거리는 기분이 들었다.

아이들이 치는 피아노 소리 사이로 느지막이 시작된 정효의 연주가 들렸다. 쇼팽의 스케르초 1번. 빠르게 휘몰아치는 소리는 왠지 어두운 느낌이 들었다. 정효가 여름 방학 끝 무렵 콩쿠르에 나가려고 준비 중인 곡이었다. 제목을 여러 번 말해주었는데도 이름을 헷갈려 하니 아예 포스트잇에 적어서 모니터 아래 붙여줬다. 성격처럼 반듯한 정효의 글씨와 그 옆에 붙은 분홍색 스티커를 훑은 시선이 잠시 허공을 맴돌았다.

나는 급하게 지워버린 네 아이들의 여섯 번째 공통점 위로 더 많은 선을 그었다. 잉크가 번져서 펜 끝이 종이를 뚫었다.

하지만 종이에서 지워진 여섯 번째 공통점은 취소선도 없이 마음에 박혀 사라지지 않았다.

6 정효와 친함.

*🔍

"동희 쌤, 뭐해요?"

신발장에 애들 이름을 붙이는데 원장님이 다가와 물었다.

"이거 붙여두면 신발 관리하기가 수월할 것 같아서요."

낮은 곳부터 이름을 붙이느라 뻐근한 허리를 두드리며 답했다.

"어머, 코팅까지 해왔네."

"나중에 떼기 쉬우라고요."

"근데, 색지에 했으면 더 보기 좋긴 했겠다, 그죠."

"네, 뭐…."

최대한 아이들 키 높이를 고려해 이름표를 붙이며 답

했다.

"아유, 이렇게 쌤이 노력하는데 이제 진짜 안 없어지면 좋겠다."

나는 마지막 이름표를 붙이며 혼잣말처럼 답했다.

"그러게요."

*🔍

원장실로 쓰는 작은 방에는 상담용 책상과 의자, 철제 서랍, 작은 냉장고가 놓여 있었다. 갑갑한 느낌이 들어서 냄새를 핑계로 창문을 활짝 열었다. 책상 위에는 방금 상가 1층 옥련 떡볶이에서 사온 떡볶이와 순대가 놓여 있었다.

"이번 주에는 문의 전화도 안 왔고 신발도 안 없어졌네요."

지난주부터 신발이 사라지지 않더니 이번 주에는 문의 전화도 잠잠했다.

"그러게. 다행이지 뭐."

원장님이 순대 봉지를 펼치며 답했다. 나는 망설이다 어렵게 입을 뗐다.

"그럼, 혹시 그때 말씀하신 보너스는···."

"보너스?"

원장님은 그게 무슨 소리냐는 듯이 눈을 흡떴다. 식어가는 떡볶이와 순대를 사이에 두고 잠시 정적이 흘렀다.

"범인을 잡아야지 보너스를 주지. 범인을 잡은 게 아니잖아."

"문의 전화도 월요일부터 안 왔고, 신발도 안 없어지는데…. 이 정도면 해결한 거 아닌가요?"

지난주 내내 집 지키는 강아지마냥 두 눈 부릅뜨고 신발장 앞을 서성거린 시간이 허무해졌다.

원장님은 황당한 소릴 들은 것처럼 기찬 한숨을 뱉었다. 그 한숨 소리에 안 그래도 그저 그렇던 입맛이 뚝 떨어졌다.

"문의 전화만 안 오면 뭐 해, 소문 때문에 신규 회원 문의 전화도 안 오는데. 범인을 잡아서 소문까지 해결해야 진짜 해결이지. 안 그래요?"

원장님과 내가 생각하는 문제해결에 대한 상호 간의 정의가 달랐다. 내게 문제해결은 같은 일이 반복되지 않도록 만드는 것인데, 원장님의 문제해결은 원인을 찾아 고치는 일이었단다. 빈속이 더부룩했다. 소화시키지 못한 생각들이 머릿속을 어지럽혔다.

불쑥 이모가 했던 말이 떠올랐다.

'안 아프다고 우긴다고 아픈 허리가 멀쩡해져? …외면한

다고 나아지는 거 하나도 없어.'

"그래도 열심히 하는 게 고마워서 내가 이렇게 맛있는 밥도 사주잖아."

원장님이 대나무 꼬챙이로 순대를 찍었다. 내가 원장님 카드로 사 온 떡볶이 1인분과 순대 1인분은 양이 꽤 많았다. 요즘 세상에 사라진 줄 알았던 이 인분 같은 일 인분이었다. 이모랑 친한 옥련 떡볶이 사장님이 그걸로 둘이 충분히 먹겠냐며 넉넉하게 담아준 덕분이었다.

나는 어색하게 웃으며 물을 들이켰다. 고개를 돌린 채로 눈을 굴리는데 창밖으로 서성거리는 남자가 보였다. 남자는 바지 주머니에서 손바닥 반만한 흰 물체를 꺼냈다. 네모난 게 영락없이 담뱃갑처럼 보였다. 담배를 피우나 싶어 눈을 떼지 않았다.

"쌤, 왜 안 먹어? 보너스 안 준대서 맘 상했어?"

"아니, 그게. 창밖에 남자가 담배 피우는 줄 알고 보느라…."

"뭐? 아래서 담배피면 이리로 다 올라오는데, 이리 나와 봐요."

말을 마치기도 전에 원장님이 벌떡 일어나 창가로 다가갔다. 원장님이 아래를 향해 소리 질렀다.

"아저씨, 여기서 담배 피시면 안 돼요! 금연 구역이에요!"

남자가 고개를 들었다. 면바지에 회색 칼라 티셔츠, 알이 작은 은테 안경. 멋을 내진 않았지만 단정하게 정리한 희끗한 머리. 고개를 들어 2층 창문을 올려다보는 남자는 학자 같은 분위기를 풍겼다. 남자는 손에 들린 담뱃갑만한 수첩을 한 장 넘기며 고개를 살짝 숙여 인사했다. 멀어서 들릴 리는 없겠지만 종이가 팔락 넘어가는 소리가 들린 것 같다.

"어머! 아니시구나. 거기서 담배 피는 사람이 간혹 있어서…. 죄송해요."

민망하게 웃으며 사과를 한 원장님이 황급히 창문을 닫았다. 블라인드를 내린 원장님 목이 점점 벌게졌다.

"죄송해요. 저는 그런 줄 알고…."

"아냐. 내가 급했네. 먹어요. 나는 다 먹었어. 애들 연습 봐 줘야겠다."

탁. 급하게 닫힌 문이 꽤 큰 소리를 냈다.

나는 블라인드를 살짝 벌리고 아래를 내려다보았다. 남자가 여전히 이쪽을 올려다보고 있었다. 눈이 딱 마주치는 바람에 나도 모르게 놀라서 확 물러났다.

"뭐야?"

남자는 이쪽을 보면서 수첩에 뭔가를 적고 있었다. 뭘 적은 거지? 호기심이 생겼다. 잠시 고민하다가 창문 쪽에 몸을 붙이고 블라인드를 살짝 벌렸다. 나무 아래 서 있던 남자는 어느새 보이지 않았다.

나는 창문을 활짝 열고 불은 밀떡 몇 개를 우물거리다가 자리를 정리했다.

점심시간이 좀 남았지만 일단 데스크에 앉았다. 긴 책상을 놓아 만든 데스크가 오늘따라 허술해 보였다. 몸이 무거웠다. 의자에서 일어나기가 싫었다. 그깟 보너스 치사해서 안 받고 만다. 애들이 오가며 인사를 했다. 지난주부터 신발장 주위를 살피느라 애들을 배웅한 탓인지, 전보다 인사가 친근했다.

소독제를 뿌려서 피아노를 닦고, 악보들이 꽂힌 책장을 정리했다. 시끄럽게 울리던 전화기는 폭풍전야처럼 잠잠했다.

데스크 왼쪽에 난 큰 창문을 끝까지 열었다. 내리쬐는 햇볕 위로 부유하는 먼지들이 보였다. 에취. 먼지에 예민한 기관지가 빠르게 반응했다. 무심코 아래를 내려다보는데, 아까 봤던 수첩을 든 남자가 상가의 중앙 입구 앞에 서 있었다.

"아까 그 사람이네."

그런데 혼자가 아니다. 남자는 수첩에 글을 받아 적고 있었다. 그와 대화를 하는 동그란 뒤통수가 익숙했다. 좀 전에 하원한 수지였다. 수지가 손짓발짓을 크게 하자 남자가 너털웃음을 지었다. 수지 아버지는 아니었고 수지 할아버지라기엔 젊어 보였다. 수상한 사람이랑은 대화하면 안 된다고 학교에서 안 배우나? 행색은 단정해 보이지만 속내는 모를 일이다.

몸이 절로 움직였다.

"쌤, 어디 가요?"

당장 뛰어 내려가려는데 연습실에서 나오던 원장님이 놀란 얼굴로 물었다.

"1층 좀 다녀올게요!"

나는 신발을 구겨 신고 계단을 두 칸씩 내려갔다. 중앙입구로 나가자 수지가 혼자 있었다.

"수지야!"

"어, 선생님!"

나는 그 잠깐 사이에 약간 가빠진 숨을 내쉬고 허리를 쭉 폈다. 남자는 어느새 저만치 걸어가고 있었다.

"저 사람 아는 사람이야?"

남자의 뒷모습을 가리키며 묻자 수지의 얼굴이 밝아졌다.

"아뇨! 처음 봤어요!"

나는 살짝 미간을 찌푸렸다.

"이상한 사람이면 어쩌려고."

"이상한 아저씨 아닌데. 전설 모으는 아저씨래요!"

곧은 걸음으로 코너를 돌아 사라지는 남자의 뒷모습을 보는 내 미간은 더 좁혀졌다. 그거 되게 수상한 아저씨처럼 들리는데.

"그럼 우리 학원 얘기가 전설이 되는 거예요?"

수지의 볼이 상기되어 있었다.

"글쎄. 그렇게 되면 더 난리가 날 것 같은데…. 아무튼 낯선 사람은 조심하고, 집에 혼자 가는 거야?"

"네. 원래 승호랑 가는데 승호가 그만둬서요. 오늘은 혼자가요."

수지의 어깨가 눈에 띄게 아래로 쳐졌다.

"그렇구나. 조심히 가."

딱히 해줄 수 있는 게 없어 어색하게 서서 손을 흔들었다. 네. 안녕히 계세요! 수지가 허리를 꾸벅 숙이더니 빠른 걸음으로 걸어갔다. 나는 수지의 뒷모습을 잠시 보다가 다시 상가로 들어갔다.

내가 신발을 벗고 들어와 데스크 자리에 앉을 때까지 원장님은 알 듯 말 듯 한 얼굴로 나를 쳐다봤다. 멋대로 자리를 비웠다 돌아온 나를 혼내야 할지 망설이는 것 같았다. 나는 그런 원장님을 못 본 척 메모 패드를 처음부터 다시 훑었다. 수상한 외부인의 등장이 뉴런을 자극했다. 학원 내부인의 소행일 거라는 사람들의 추측과 달리 이 신발 실종 사건의 범인이 외부인일 수도 있다.

뚜루루루…. 높은 벨소리가 내 정신을 붙잡아 올렸다.

"네, 둘리, 아니, 두리 음악 학원입니다."

— 안녕하세요, 저 정효 엄만데요.

"네. 안녕하세요, 어머님."

정효 어머니와 통화를 하는 건 처음이었다.

— 정효가 학원에 신발을 두고 온 것 같아서요.

"네?"

정신이 번쩍 들었다. 사건은 끝나지 않았다.

좁은 원장실은 취조실로 안성맞춤이었다. 나는 창가에 서서 열린 창밖을 힐끔거렸다. 갑갑한 느낌이 가시지 않았다.

"정효야. 어떻게 된 건지 얘기 좀 해줘. 응? 선생님이 이렇게 부탁할게."

원장님은 정효를 닦달하다가 이제는 거의 애원하고 있었다.

"무슨 일이든 선생님이 혼 안 낼게. 손가락 걸까?"

원장님 맞은편에 앉은 정효는 입을 꾹 다문 채로 고개를 저었다.

"동희 쌤, 다른 애들 좀 불러와 봐요."

"네."

문을 열자 원장실 앞에서 걱정스러운 얼굴로 서성거리던 우석이와 수지, 정민이가 나를 향해 고개를 홱 돌렸다. 신발 실종 사건의 피해자, 혹은 용의자들이었다. 승호가 학원을 그만둬서 세 명뿐이었다.

아이들을 부르자 같이 있던 희우가 자연스럽게 따라왔다.

"희우는 잠깐만 기다릴래? 원장님이 셋만 불러서. 금방 끝나니까 들어가서 연습하고 있어."

희우가 주춤 물러섰다. 나는 희우를 뒤로 하고 원장실 문을 닫았다. 좁은 원장실이 꽉 찼다.

"너네 빨리 얘기해. 신발 누가 가져갔어."

원장님이 다그쳤다.

"승호는 이것 때문에 학원도 그만뒀어! 장난도 정도껏 해야지!"

원장님이 답답해서 책상을 내리쳤다. 한쪽 다리가 짧은 책상이 덜그럭거리며 흔들렸다. 아이들이 움찔 놀랐다. 이리저리 구르는 아이들의 눈동자가 자꾸 정효를 향했다.

원장님도 그걸 느꼈는지 정효를 집중적으로 취조했다. 한참을 다그쳐도 정효는 묵묵부답이었다. 기운이 빠진 원장님이 이마를 짚으며 한숨을 내쉬었다. 무거운 분위기에 놀란 수지 눈에 눈물이 그렁그렁했다. 그럼에도 불구하고 입을 열지 않을 기색이었다.

"…일단 피아노 연습부터 시킬까요?"

이대로는 진전이 없을 것 같아 정적을 깨고 말을 꺼냈다. 밖에서 희우가 치는 피아노 소리가 들렸다. 지난번과 다른 곡이다. 원장님은 여전히 이마를 짚은 채로 손을 허공에 휘저었다.

"나가자."

문을 열어주자마자 얼른 원장실을 나서는 다른 아이들과 달리 의자에 앉아있던 정효가 굼뜨게 움직였다.

"정효야. 가자."

손짓하니 정효가 원장님한테 고개를 꾸벅 숙이고 나왔다. 다른 애들을 각자 연습실로 들여보낸 뒤 정효를 돌아보았다. 정면 돌파다.

"잠깐 얘기 좀 할까?"

내가 먼저 인사가 아닌 말을 거는 건 처음이다. 늘 자연스럽게 눈을 마주치던 정효가 살짝 눈을 내리깔고 피한다.

"혹시 이번 일에 대해 얘기하고 싶은 거 있어?"

정효는 내가 지금 꼽을 수 있는 가장 유력한 용의자였다. 학원을 다니는 초등학생 중에서 학년과 성별이 다른 아이들을 통솔하고 말을 맞출 수 있을 만큼 영향력이 있는 사람은 정효밖에 떠오르지 않았다.

원장님이나 다른 학부모들은 정효를 예쁘고 어른스러운 모범생으로 생각해서 의심하지 않은 것 같지만, 내가 정효를 용의선상에서 제외하려 애쓴 이유는 아무리 생각해도 정효가 이런 일을 벌일 동기를 찾을 수 없었기 때문이다.

정효는 머뭇거리다 나를 올려다보았다.

"너네 혹시 서로 따돌리는 거야?"

내가 묻자 정효가 작게 고개를 저었다.

"돌아가면서 왕따시키는 거 아니야?"

정효가 다시 고개를 저었다. 좀 전보다 고갯짓이 더 컸다.

"알겠어. 일단 연습하고 있어."

내가 원장이었다면 앉혀놓고 더 추궁해볼지 몰라도, 나는 휴학한 아르바이트생이었다. 언젠가 이곳을 떠날 사람. 나는 연습실 방문을 닫고 나왔다.

창문이 없는 좁은 연습실은 문을 닫고 오 분만 머물러도 손바닥이 축축하도록 땀이 났다. 젖은 손바닥을 바지에 문질러 닦았다.

허실동이 서울보다 좋은 점 중 하나는 주택가가 무척 고요하다는 거다. 대학가의 고성방가에서 벗어나니 수면의 질이 대폭 상승했다.

"나와서 마늘 좀 까."

일주일에 하루 있는 휴일을 침대에서 마음껏 즐기기로 결심한 나를 이모가 호출했다.

"이게 다 뭐야."

거실에 나가보니 식탁 옆 큰 대야에 마늘이 가득 들어차 있었다.

"요 앞에 동태찌개 집 있지. 선화네. 거기서 알바로 줬어. 거기 비법이 이거야. 국산 마늘."

"이걸 다 까야 돼?"

건조대에 놓인 작은 과도를 가지고 와서 이모 맞은편에 앉았다. 알싸한 마늘 냄새가 코를 찔렀다.

"장갑 껴. 안 끼면 피부 아려."

이모는 장갑을 끼더니 본격적으로 마늘을 까기 시작했다. 분명히 똑같이 깠는데 이모 대접에는 든 깐 마늘이 두 배는 많아 보였다. 빠른 이모의 손놀림을 구경하다 보니 거칠어진 피부가 눈에 들어왔다.

"…이모. 근데 갑자기 피아노 학원 아르바이트는 왜 하라고 했어? 신기 떨어졌다는 거 거짓말이지."

"헛소리 말고 얼른 마늘이나 마저 까."

이모가 한대접 가득 찬 깐 마늘을 큰 봉지에 와르르 쏟았다. 나는 들고 있던 과도를 아예 내려놓고 물었다.

"왜 허실동으로 왔어? 이모 허실동에 아는 사람도 없었는데. 하고 많은 도시 중에 왜 여기였어?"

"마늘 까라고 불렀더니."

내가 눈을 피하지 않자 이모가 체념한 듯 마늘을 내려놓았다.

"나 신내림 해줬던 신어머니가 허실동 출신이었어. 정 평범하게 살고 싶으면 기운 센 동네로 가라고, 허실동을 짚어주더라고."

처음 듣는 얘기였다.

초등학교 4학년 때 나는 이모와 역삼동에서 허실동으로 이사를 왔다. 내가 학교에서 왕따를 당했기 때문이다.

두리 학원이 둘리 학원으로 불리는 것처럼 내게도 이름을 대신하는 별명이 있었다. 나는 학교에서 동희가 아니라 당희로 불렸다. 무당희. 내가 무속인인 이모와 단둘이 사는 걸 모르는 건 학교에서 경비아저씨밖에 없었다. 나는 이모에게 학교에서 따돌림을 당하는 걸 말하지 않고 버텼다. 바쁜 이모에게 손이 많이 가는 아이로 보이고 싶지 않았다. 이모가 나를 귀찮아하다가 버리지는 않을까 두려웠다. 아이들의 흥미가 식으면 지나갈 거라고 생각했지만 내 기대와 달리 괴롭힘은 날이 갈수록 심해졌다. 교과서나 준비물이 사라지는 건 예사고, 안 보이는 곳을 꼬집히거나 밀쳐지는 일도 점점 잦아졌다. 내가 왕따를 당하는 걸 이모가 안건 사 학년 여름 방학식 날이었다.

작은 창으로 보이는 하늘이 먹물이 스민 듯 깜깜해지고서야 이모는 음악실에 갇혀 있던 나를 발견했다. 경비아저씨는 문이 잠겨 있어 누가 있을 거라고 생각도 못했다며 쩔쩔 맸다. 일주일 후에 우리는 허실동으로 이사를 왔다. 나는 그 기억에서 도망치듯 멀어졌고, 그 후로 그때 일을 입 밖으로 내본 적이 없다.

"그 말이 맞았지 뭐. 그렇게 내려와서 너도 잘 컸고."

이모의 말에 마음 한구석에서 부정의 목소리가 들려왔다. 내가 잘 컸다고 할 수 있을까? 그 목소리를 애써 무시하며 웃었다.

나는 아직도 가끔씩 어딘가에 혼자 갇히는 악몽을 꿨다. 아무리 문을 두드려도 아무도 응답해주지 않는 방 안에 갇히는 꿈. 그 꿈을 꿀 때마다 깨닫는다. 나는 여전히 그 기억에 발목이 잡혀 있다. 발목에 닻이라도 매달린 것마냥. 잊었나, 싫을 때쯤이면 확 당겨 넘어진다.

감정이 잘 드러나지 않는 무덤덤한 표정도, 호기심을 누르고 소문이나 남의 일에 관심을 두지 않으려는 태도도, 가까운 사람 하나 없이 어딜 가나 겉도는 것도. 나를 구성하고 있는 성격 중 다수가 내가 외면하고 묻어버린 기억에서 파생되었다.

"잘 컸어."

순간적으로 빠져든 생각을 이모가 단칼에 잘라냈다. 고무장갑을 낀 이모의 손이 내 손 위에 얹혔다. 마주한 이모의 눈빛은 의심 한 점 없었다.

"이거, 마늘이 국내산이라 그런지 확실히 다르네. 눈 매워."

고개를 살짝 돌리며 말하자 이모가 손을 뗐다. 팔꿈치까지 내려오는 반팔소매로 얼른 눈가를 찍었다. 마늘을 까는 동안 멀쩡하던 눈이 갑자기 왜 매운지 모를 일이다.

"그러게."

이모도 장갑을 벗더니 눈가를 슬쩍 훑었다.

이모가 허리에 찬 보호대에 눈이 갔다. 내가 없었으면 이모는 여전히 역삼동의 높은 오피스텔에 살았을 것이다. 어쩌면 디스크 수술을 하지 않았을 수도 있다. 지금보다 훨씬 자유롭고, 편안한 삶을 누렸을지도 모른다.

"…고마워."

하지만 이모는 나와 함께하는 허실동에서의 삶을 택했다.

"낯간지럽게. 다 떠들었으면 마늘이나 마저 까."

화장실로 향하는 이모의 코끝이 빨갰다.

원장님은 아이들에게 크게 배신감을 느낀 것 같았다. 범인을 찾을 의욕만 잃은 게 아니라 수업에도 전만큼의 열정을 느끼지 못하는 것 같았다. 닫힌 레슨실 너머로 들려오던 원장님 목소리가 전에 비해 현저히 작았다. 그와 달리, 나는 원인 모를 열정이 넘치는 상태였다. 범인을 찾아서 이런 일을 벌인 이유를 듣고 싶어졌다. 원장님의 말대로 문제의 원인을 찾아 제대로 해결해보고 싶었다. 보너스도 뒷전이었다. 서점에 가서 책도 샀다. 『추리의 기술』.

여전히 내가 가장 유력한 용의자로 생각하는 정효는 전보다 조금 더 차분하고 조용해졌다. 예전처럼 내게 말을 걸지도 않았다.

범인을 찾기 위해 눈에 띄지 않는 선에서 아이들을 살피고 관찰했다. 아이들의 성격이나 특징은 물론이고 신발 취향까지 알게 됐다.

분홍색을 좋아하는 수지는 얼마 전에 산 베이비핑크색 단화에 꽂혔다. 우석이는 요즘 해외리그에서 뛰는 축구 선수에게 반해서 축구도 안 하면서 축구화를 신고 다녔다. 정효는 브랜드 로고가 박힌 흰색 운동화를 자주 신고, 희우는 항상 조금 낡은 주황색 캔버스 운동화를 신고 온다.

나는 지난번에 학원 근처를 얼쩡거리던 남자가 못내 마음에 걸려 환기를 핑계 삼아 창문으로 상가 중앙 출입구와 좌측 출입구를 자주 내려다보았다. 아이들에게 접근하는 수상한 사람이 없는지 살피기 위해서였다.

그럼에도 범인 찾기에는 진척이 없었다.

"다른 수가 필요한가."

나는 신발장 앞에서 허리를 짚고 서서 중얼거렸다.

"그러니까, 신발을 숨기고 범인이 어떻게 나오는지 반응을 보겠다고?"

"네."

내가 메모 패드에 정리한 내용을 읽던 원장님이 잠깐 생각하더니 끄덕였다. 길게 설득해야 할 거라고 생각했는데 너무 쉬웠다. 평판에 예민하던 원장님답지 않았다. 원장님이 내 생각을 읽은 것처럼 어깨를 작게 으쓱했다.

"어차피 더 잃을 것도 없는데 뭐."

원장님의 눈이 반짝였다.

"그래서, 어떻게 할 건데?"

*🔍

수업 중인 레슨실 문을 두드렸다. 안쪽에서 원장님의 목소리가 들렸다. 네, 들어와요. 약속된 대사였다.

잠깐 얘기 좀 할 수 있을까요 원장님? 그럼요. 뭔데? 신발이 하나 없어져서요. 어떡하죠?

내가 느끼기에도 국어책 읽는 듯 딱딱한 말투였다. 하지만 반응이 왔다. 악보를 보고 있던 정효가 고개를 획 들었다.

"누구 신발인데요?"

정효가 물었다.

"수지 꺼. 분홍색 단화 맞지? 그게 안 보이네."

정효는 이미 내 수를 눈치챈 것 같다. 나랑 원장님을 번갈아 쳐다보았다.

"애들 불러서 얘기 좀 해봐야겠네."

원장님은 다행히 나보다 연기력이 나았다. 원장님이 연습실에 있던 아이들을 데스크 앞으로 불러 모았다.

"수지 신발이 없어졌는데 본 사람 있니?"

"어. 그거, 새로 산 건데…."

수지가 화들짝 놀라며 말끝을 흐렸다. 신발이 사라진 것쯤은 아무렇지 않은 듯 행동했던 애들의 반응이 이전과 사뭇 달랐다. 우석이나 정민이, 희우도 무척 당황한 얼굴이다.

"수지야, 잘 생각해 봐. 신발 벗고 들어올 때, 수지 이름표 있는 자리에 잘 올려뒀어?"

원장님이 심각한 얼굴로 쐐기를 박았다.

"네, 자리에 벗어뒀는데."

당황해서 점점 울상이 되는 수지 얼굴을 보니 마음이 좋지 않았다. 하지만 이미 벌인 일, 범인이라도 찾아야 의미가 있다. 쿡쿡 찔리는 양심을 애써 외면했다.

"같이 찾아보자. 찾을 수 있을 거야."

제일 먼저 나선 건 나선 건 의외로 조용한 희우였다. 희우는 허락을 구하듯이 원장님을 올려다보았다.

"그래그래, 같이 찾아보자."

원장님이 내 쪽을 보며 한쪽 눈을 찡긋거렸다. 눈에 먼지가 들어간 것처럼 보였다. 너무 티 나는 거 아냐? 한숨이 절로 나왔지만 겉으론 무표정을 유지했다. 나는 정효의 눈치를 살짝 살폈다. 눈치 빠른 정효는 이미 원장님을 의심스러운 얼굴로 쳐다보고 있다. 방금 윙크하는 것도 본 모양이다. 다행히 우리가 노린 건 정효가 아니라 다른 애들이었다.

아이들은 흩어져서 수지의 신발을 찾기 시작했다. 혹시나 이전에 신발을 숨겼던 위치를 확인할까 싶어서 나와 원장님은 아이들을 따라다니며 신발을 찾는 위치를 잘 살펴보았다. 열리는 피아노 의자 속, 정수기 뒤편, 책장 뒤, 에어컨 뒤와 창문 바깥쪽.

수지의 단화는 아이들 손이 닿지 않는 높은 찬장 위에 숨겨두었다. 커피와 차 상자를 교묘하게 쌓아서 아래에서 보면 전혀 보이지 않았다.

십 분 정도 학원 안부터 복도까지 살피던 아이들이 수지를 둘러싸고 있다. 수지는 신발장 앞에 쪼그려 앉아 있었다.

"어떡해…."

수지는 무릎을 끌어안고 있었다. 정민이가 어깨를 토닥였지만 수지는 고개를 들지 않았다. 흐느끼는 숨소리에 물기가 섞여 있었다. 정신이 번쩍 들었다. 수지가 어떤 기분일지는 생각하지 못했다. 정효와 아이들의 반응을 살피고, 범인을 찾아내 호기심을 충족할 생각뿐이었다. 이기적이었다.

의자를 밟고 올라가 분홍색 단화를 꺼냈다. 신발을 들고 다가가자 희우가 수지를 불렀다. 살짝 얼굴을 든 수지의 눈이 잔뜩 젖어 있었다. 내 손에 들린 신발을 본 눈이 커졌다.

"어? 선생님이 찾았어요?"

의심 없이 반기는 수지의 얼굴을 보니 가슴이 쿡쿡 쑤셨다.

"내가 가져갔었어."

내 말에 아이들이 다 놀란 얼굴로 나를 쳐다보았다. 정효만 빼고.

"신발이 자꾸 없어지는 것 때문에 범인을 찾고 싶어서 그랬어. 같은 일이 벌어지면 범인이 당황해서 나설 거라고 생각했거든. 네가 이렇게 속상해할 줄 알았으면 안 그랬을 거야. 정말 미안해."

부끄러웠다. 면목이 없어서 고개를 숙인 채로 신발을 내밀었다. 수지는 나를 한 번, 아이들을 한 번, 자기 신발을 한 번, 번갈아 보았다.

"…괜찮아요. 찾았으니까."

수지가 고인 눈물을 닦으며 신발을 받아들었다.

"레슨실에는 없네. 어머, 신발 찾았어?"

이미 상황이 끝난 줄 모르는 원장님이 레슨실을 뒤지다 나온 척하다가 놀라서 나를 쳐다봤다. 반짝이는 원장님의 눈은 범인을 찾았는지 기대를 담고 있었다. 뭐라 말을 해야 할지, 난처한 얼굴로 민망해하는데 정효가 나섰다.

"신발이 잘 돌아오잖아요. 어른들이 왜 난린지 모르겠어요."

그 말을 듣는데 왜인지 머리가 떵했다. 잃어버렸던 퍼즐 한 무더기가 와르르 손에 들어온 것 같았다. 우리는 신발이 사라지는 것에 집중했다. 신발을 돌려놓는 사람이 범인인 건데. 신발을 잃어버린 아이들이 침착했던 건 신발이 돌아올 것을 알기 때문이다. 범인은 대체 왜 기껏 가져갔던 신발을 돌려놓을까? 또다시 생각이 꼬리에 꼬리를 물었다. 조금만 더 파고들면 답이 나올 것 같았다.

홀쩍. 뒤에서 들린 수지가 홀쩍거리는 소리에 생각을 멈췄다. 나는 벌서는 사람처럼 아이들 앞에 고개를 숙이고 서 있었다.

*🔍

"요 옆에 목안동에 피아노 학원 새로 개업했잖아. 거기서 부린 수작 아닐까?"

원장님이 물었다. 그럴 수도 있죠. 내 의욕 없는 대답에도 원장님의 열기는 식지 않았다. 지난번의 함정 작전 이후로 의욕이 꺾인 나와 달리 원장님은 불이 붙었다. 힘없이 있던 것보다는 나아 보였다.

"맞네, 맞아. 지난번 카페 글 있지. 거기서 자기네 피아노 학원 홍보했잖아. 사람이 상도덕이 있지. 그러면 돼?"

그러게요. 나는 평소처럼 무표정한 얼굴로 고개를 끄덕였다.

"맞다. 이거."

원장님이 태블릿을 건네주었다.

"애들이 동영상이랑 사진을 엄청 찍어 뒀더라고. 쌤이 보고 좀 지워줘. 그거 때문에 악보 보기가 어렵더라."

네. 나는 태블릿을 받아 들면서도 문가를 계속 힐끔거렸다. 6교시가 끝나는 종이 아까 울렸는데 아직도 정효가 오질 않는다. 정효는 지난 사건 이후로 학원에 일찍 오지 않았다.

세 시 이십구 분. 레슨 시간을 일 분 남기고서야 입구로 정효가 들어왔다. 희우와 함께였다. 정효가 데스크를 지나가면서 고개를 살짝 숙이고 지나갔다. 눈길도 주지 않는 게 배신자를 대하는 듯 냉랭한 얼굴이었다. 딱히 마음이 상하거나 서운하진 않았다. 오히려 그런 데면데면한 시선이 더 익숙했다. 희우가 그 옆에서 눈치를 보다가 작게 인사했다.

"안녕하세요."

"응, 희우 안녕."

정효는 쌩하니 레슨실로 들어갔다. 탁 세게 닫힌 문소리에 머리가 조금 아팠다.

레슨이 시작되자 피아노 소리가 들렸다. 오늘따라 정효의 연주 소리가 거칠고 크다. 내 착각이 아닌지 원장님의 말소리가 들렸다. 여기선 강약을 조절해야지.

나는 피아노 소리에 귀 기울이면서 태블릿 앨범을 열었다. 애들이 모여서 찍은 사진과 영상들이 지우기 조금 아깝다. 수줍음 많은 정민이가 연습실에서 춤을 추는 영상을 지우며 나는 작게 웃다가 코를 먹었다. 실수로 찍은 사진도 많았다. 원장님 얼굴이 화면 가득 찍힌 사진도 있다. 사진을 한참 삭제하다가 손가락을 멈췄다.

"이건 뭐지?"

비슷한 구도에서 흔들리게 찍힌 사진이 여러 장 있었다. 복도가 보이는 걸 보면 입구 근처에서 찍은 것 같았다. 흐릿한 사진들을 넘기자 또렷하게 찍힌 사진 한 장이 나왔다. 병거지 모자를 눌러쓴 남자가 복도 쪽에 서 있었다. 아이들을 데리러 온 학부모라기엔 행색이 수상쩍었다.

약간 움츠린 몸이나 서성거리며 움직였는지 사진마다 약간씩 다른 위치, 계속 이쪽을 향하는 고개. 나는 태블릿을 든 채로 입구 쪽에 섰다. 화면을 보면서 이리저리 움직여보았다. 내 눈높이보다 낮은 각도에서 찍은 사진이다. 아이들이 찍은 게 분명했다.

입구에서 이리저리 카메라를 들고 움직임이 보았다. 이 각도다. 나는 그 자세 그대로 사진을 한 장 찍었다. 방금 찍은 사진과 이전의 사진을 비교해보니 같은 구도가 확실하다. 살짝 걸치게 나온 중문과 천장, 바닥까지 비슷했다.

이 구도가 맞다면 남자의 시선이 향한 곳은 신발장이다. 나는 헛숨을 들이켰다. 사진이 찍힌 날짜와 시간이 저장되어 있었다. 6월 7일. 월요일. 4시 12분. 처음 신발이 사라진 날이다. 정효의 연주가 격렬하게 몰아치다가 급격하게 부드러워졌다.

*❃🔍

태블릿을 만지작거리며 정효가 나오길 기다렸다. 사진에 대해 물어 볼 작정이었다. 연습실에서 나온 정효는 또다시 나를 빠르게 지나쳐서 신발장 앞에 서있던 희우에게 갔다.

"저기."

"동희 쌤!"

정효에게 말을 걸려는데 원장님이 나를 크게 불렀다.

"네?"

내가 돌아본 사이 잠깐 멈칫했던 정효는 나가버렸다. 놓쳤다. 나는 태블릿을 내려놓고 레슨실로 향했다.

"이거 희우가 두고 갔는데 좀 가져다줄래? 방금 나갔어."

원장님 손에 들린 건 희우의 키즈폰이었다. 네. 나는 얼른 폰을 받아 들고 나갔다. 방금 정효랑 같이 나갔으니 얼른 나가면 따라잡을 수 있을 거다.

나는 신발을 구겨 신다가 멈칫했다.

"어?"

신발 하나가 남아 있다. 희우의 신발이다. 주황색 캔버스 운동화. 신발장에 붙은 이름표도 희우가 맞았다. 번뜩 정효가 했던 말이 떠올랐다.

"신발이 돌아오잖아요. 어른들이 왜 난린지 모르겠어요."

말 그대로였다. 신발은 사라졌다가 원래 상태 그대로 약 이틀 후에 돌아왔다. 마치 대여했다가 반납한 것처럼. 희우와 운동화, 수상하게 학원 안쪽을 들여다보던 정체 모를 남자.

뛰어나가려는데 학원 복도에서 누군가 서성거리는 게 보였다. 방금 태블릿에서 본 남자와 인상착의가 비슷했다. 눌러쓴 낡은 벙거지 모자가 특히나. 서울에서야 힙하다 할 수 있는 레트로 패션이지만 여기선 수상쩍게 보일 뿐이었다. 나는 최대한 아무렇지 않은 척 걸음을 늦췄다. 남자가 고개를 빼고 투명한 유리문 너머 보이는 아이들의 신발을 확인하다가 나를 의식하고 고개를 돌렸다.

"안녕하세요, 혹시 누구 찾아오셨어요?"

최대한 덤덤하게 물었다. 어렵지도 않은 질문에 남자는 어물거리며 답을 못했다.

"학부모님이세요?"

"아, 아뇨."

다시 한번 묻자 남자는 도망치듯 돌아섰다. 희우의 키즈폰이 울렸다. 발신자는 정효 누나. 함께 하원했으니까 아마 휴대폰을 찾으려고 전화를 건 모양이다.

"네, 여보세요."

— 어, 받았다. 안녕하세요. 휴대폰 주인인데요.

"네. 삼안 아파트 노인정 앞에서 만나요. 제가 그리로 갈게요."

삼안 아파트 노인정은 아파트 단지 구석에 있는 데다 등나무 정자 뒤편에 가려져 있었다. 그 정자에는 항상 노인정 할머니 할아버지가 한 분 이상 나와 있으니 안전할 거다. 나는 전화를 끊고 노인정 쪽으로 뛰듯이 걸었다. 속도가 점점 빨라졌다.

"어? 선생님?"

노인정 앞에 서 있던 희우가 먼저 나를 발견하고 눈을 동

그렇게 떴다. 나는 희우의 신발을 확인했다. 줄무늬 슬리퍼. 흰 선에 '이정효'라고 적혀있다.

"여기."

키즈폰을 건넸다. 희우가 쭈뼛거리며 휴대폰을 받았다.

"감사합니다."

"아빠 맞지?"

다짜고짜 이어진 내 말에 희우가 눈을 동그랗게 떴다.

"벙거지 모자 쓰고, 학원 복도 서성거리는 남자 말이야. 너네가 태블릿에 사진 찍어뒀던."

희우의 하얀 얼굴이 더 창백해졌다. 희우는 도움을 구하듯이 정효를 돌아보았다. 정효는 팔짱을 낀 채로 나를 쳐다보았다.

"마, 맞아요."

희우가 말했다. 나는 다음 말이 이어지길 기다렸다. 희우는 한참 입을 달싹거렸다.

집에 놀러온 이모 친구들이 한 달 전 허실동으로 이사 온 모자에 대해 떠드는 걸 들은 적이 있다. 외지인이 이사만 와도 그 집 평수가 얼만지, 모는 차는 연비가 얼만지 까지 떠들어대는 동네였다. 그런 동네에 목덜미나 쇄골에 멍이 있는 젊은 엄마와 아들이 이사를 왔으니 소문 좋아하는 사람들 입에 모터가 달렸다. 어떤 이유로 이혼을 했을지 사람들은 시끄럽게 쑥덕거렸다. 당사자는 입을 다물고 있었지만 허실동의 방구석 판사들은 여자의 이혼 사유를 그렇게 정의 내렸다. 가정폭력. 땅땅땅.

"아빠가 학교 앞으로 찾아왔어요. 학원까지도 따라오고, 자꾸 자기랑 같이 가자고 했어요. 나는 엄마랑 여기서 살고 싶은데…."

천천히 입을 연 희우가 두서없이 고백했다.

"엄마는 아빠 온 거 아셔?"

희우가 고개를 저었다.

"아뇨, 걱정 할까봐…."

희우의 목소리가 점점 기어 들어갔다. 자기 옷자락을 꽉 쥔 주먹이 너무 작았다. 그래서 내 것도 아닌 화가 불쑥 치밀었다. 그렇게 화가 치민 게 나 뿐만은 아닌 모양이다.

"그 아저씨가 자꾸 희우 괴롭혔어요! 막 입구에서 학원 끝나는 거 기다리고, 억지로 데려가려고 하고."

정효가 화를 내니까 내가 조금 진정됐다.

"어른들한테 말했으면…,"

"엄마한테 말하니까 어울리지 말랬어요."

정효의 말에 희우가 움찔했다. 희우가 고개를 푹 숙였다. 발보다 조금 큰 정효의 슬리퍼 위에서 흰 양말을 신은 발가락이 꼼지락거렸다.

"원장님은 맨날 정신없다고, 사진도 나중에 본다고 그러고. 그래서 우리끼리 방법을 찾은 거예요. 그 아저씨 없나 망도 봐주고, 희우 못 보게 따돌려주고요. 근데 그 아저씨가 자꾸 입구에서 희우 신발 있는지 확인하길래 우리가 신발 빌려준 거예요. 희우가 제일 집이 머니까. 맨발로 가기 힘들잖아요."

그동안 말 못 하고 참았던 게 쌓여있었는지 정효가 빠르게 말을 쏟아냈다. 좋은 마음으로 그랬는데 다들 다그치기만 하고 억울하긴 했겠다.

"…근데, 승호가 학원을 그만두게 될 줄은 몰랐어요."

똑 부러지게 말하던 정효의 목소리가 힘을 잃었다. 정효의 흰 운동화가 바닥을 툭툭 찼다. 따돌림이 아니라 보호. 내가 이 사건의 동기를 예측하지 못할만했다. 문제를 수습하려 애쓴 애들을 두고 일을 키운 건 어른들이었다.

"말할 거예요?"

비밀을 지켜 주기를 바라는 듯한 정효와 살짝 고개를 들고 나를 보는 희우의 물기 어린 눈을 보며 잠시 고민했다.

"응. 원장님도 소문 때문에 힘들어하시고, 너희 부모님도 계속 걱정하시니까."

정효의 얼굴에 실망이 서렸다. 희우가 팔로 눈가를 가렸다. 유난히 가는 팔이 도드라졌다.

"대신, 승호 어머니께 전화드릴게. 오해 풀리면 다시 학원 다닐 수 있을지도 몰라."

정효가 머뭇거리다가 고개를 끄덕였다. 해가 쨍쨍했다. 나는 눈부신 하늘을 올려다보며 눈을 살짝 찡그렸다. 덥고 눈부셨다.

"쭈쭈바 먹을래?"

내 말에 희우가 눈을 가리고 있던 팔을 살짝 내렸다.

아이들이 원생 하나를 보호하기 위해 신발을 빌려준 거라는 사건의 전말은 소소한 입소문을 탔으나, 왕따를 시킨다는 소문이나 학원에 귀신이 들렸다는 소문보다는 힘이 약했다. 그래도 간간히 신규 회원 상담이 들어오기 시작했다.

원장님은 신규 상담이 들어온 날 보너스를 줬다. 하얀 봉투에 든 돈은 오십만 원이 아니고 십오만 원이었다. 따져서 받아낼 마음도 없어진지라 감사하다고 말하고 넘어갔다. 그후로 원장님은 내게 묘하게 더 친절해졌다. 희우 어머니는 전 남편에 대한 접근금지 신청을 했다. 승호 어머니는 따돌림을 당한 게 아니었음에 안심했지만 이미 다른 피아노 학원을 다니고 있어서 재등록은 힘들겠다고 말했다.

나는 마우스 휠을 쭉 내렸다. 블로그에 달린 "내 신발 내놔."라든가 "귀신 나오는 피아노 학원 맞나요?ㅎㅎ"같은 댓글을 삭제하는 중이었다. 아직도 그런 댓글이 가끔 달렸다. 입구 쪽이 시끄럽더니 신발을 대충 벗어던진 정효가 데스크 앞으로 뛰어 들어왔다.

"쌤! 쌤도 이제 별명 생겼어요."

가장 먼저 떠오른 단어는 당회였다. 나는 마른 침을 삼켰다. 친구가 없는 사람에게 별명이 생기면 대게 그 이유나 뜻은 나쁜 쪽이다. 하지만 밝은 정효의 얼굴을 보니 내 별명이 뭔지 궁금해졌다.

"뭔데?"

정효가 씨익 웃었다.

"희동 쌤이요."

맥이 탁 풀렸다. 이름 두 글자 뒤집은 것뿐이다.

"둘리 학원, 고길동 원장님, 희동 쌤."

별 반응이 없는 내게 정효가 차근차근 읊어줬다. 둘리 학원 희동 쌤. 나쁘지 않다. 나는 살짝 입꼬리를 올렸다.